EVA MEIJER

VORWÄRTS

Roman

Aus dem Niederländischen
von Hanni Ehlers

btb

Erster Teil

1. Mai 1924

Clémence zeigte auf die hellgrünen Blätter der neugeborenen Salatpflänzchen. »Da fängt der Gemüsegarten an.« Ich folgte ihr am Rand entlang – trockene dunkle Erde zwischen meinen Zehen, Steinchen, zerfallendes altes Laub. »Hier stehen die Tomaten. Zucchini, Kartoffeln, Lauch. Die Zwiebeln.« Den Hintergrund bildete eine Reihe niedriger alter Bäume mit knorrigen Stämmen, einander zugeneigt wie die alten Männer auf einem Dorfplatz. »Das sind die Apfelbäume. Die Birnen stehen dort und die Pflaumen bei der Weide an der Ecke. Bis die reif sind, dauert es noch etwas.« In der Stadt lassen sich die Jahreszeiten an den Temperaturen ablesen und dem, was die Leute anziehen, kaum jedoch an der Reifung von Früchten, am Geruch des Grases oder am Verhalten der Vögel. »Hier.« Von einem Strauch pflückte sie zwei hellrote Erdbeeren. Sie gab mir die größere, biss selbst in die andere. Die Erdbeere war noch sauer. »Du musst aus der Sonne gehen, du verbrennst dir die Haut.« Ich schlug die Augen nieder. Zum ersten Mal an diesem Tag fühlte ich mich nackt.

»Seht mal.« Georges drehte den Eimer, den er vor sich hielt, mit der Öffnung zu uns hin. »Schwefelporlinge.«

»Georges kann Schwefelporlinge nicht von Birkenporlingen unterscheiden. Nur gut, dass ich dabei war. Er hätte uns alle vergiftet.« Louis kam mit einem Geschirrtuch in der Hand aus der Küche. Er war brauner als Clémence, wettergegerbt und muskulös, und roch stark nach Schweiß. Ich hätte ihn fast nicht wiedererkannt, als wir hier ankamen. In Paris trug er die schweren Anzüge mit großem Jackett, die in Mode waren, in Schwarz oder Dunkelblau, Schuhe mit stumpfer Spitze – und er war immer glatt rasiert. Jetzt lässt er den Bart stehen, und seine Haare sind lang – es verleiht ihm die Ausstrahlung von einer alten Eiche, weise und in sich ruhend. Louis hat uns vor zwei Monaten hierher eingeladen, weil sie sich vergrößern wollen. Georges und er kennen sich schon seit mindestens zehn Jahren; Louis hat eine Vorlesung an der École normale supérieure gehalten, als Georges dort Geschichte studierte, und seither arbeiten sie zusammen.

Ich habe beide bei einem Diskussionsabend über gewaltlosen Widerstand im Café de Flore kennengelernt, vor auch schon wieder fast vier Jahren. Die Veranstaltung fand im Keller statt, der dunkel und verraucht ist, an den Wänden wuchern schwarze Schimmelgebilde wie Fantasiebäume. Ich suchte mir ein Plätzchen auf einer Holzbank hinten im Raum, neben einem hoch aufgeschossenen Jungen mit kurzem Kraushaar und stilisiertem Oberlippenbart, der sich als Victor Martin vorstellte. Georges und Louis hielten eine Präsentation über Anarcho-Primitivismus, ich gab ihnen im Anschluss einen Prospekt vom Foyer, dem neuen vegetarischen Lokal an der Rue Mathis, wo ich dienstags kochte. Clémence war an dem Abend übrigens auch dort, zusammen mit ihrem damaligen Ehemann Solomon LeFèvre, dem Erfinder des Kugelschreibers, der viel zu früh auf tragische Weise bei einem Luftschiffunfall ums Leben gekommen ist. Ihr gab ich keinen Prospekt – sie trug ein teures Kleid und bewegte sich, als käme sie aus einer anderen Welt als wir.

Georges war ein paar Wochen später ins Foyer gekommen. Ich setzte mich nach meiner Schicht zu ihm, und wir redeten bis tief in die Nacht – ich erzählte ihm sogar von meiner Kindheit in Vilnius, von meinem abgebrochenen Studium in Genf. Er hatte sich wie ich mit der Untersuchung von Zusammenhängen zwischen Anarchismus und Vegetarismus befasst.

Georges zuckte entschuldigend mit den Schultern. »Habt ihr schon Hunger?«

»Die Suppe steht auf dem Herd.« Victor saß am Esstisch und fädelte bunte Perlen auf Schnüre, um einen Fliegenvorhang für die Hintertür daraus zu machen. Er sah auch unbekleidet schmuck aus, seine honigfarbene Haut schimmerte, das Brusthaar kräuselte sich keck.

Clémence machte eine Flasche Wein auf.

»Ich dachte, ihr seid keine Befürworter von Alkohol.«

»Ein, zwei Gläser sind gut für den Blutkreislauf. Und wir müssen doch eure Ankunft feiern.« Sie schenkte fünf Gläser ein. »Louis, kommst du?«

Georges ließ sich mit seinem hageren Leib neben mir am Tisch nieder und ächzte. »Das Holz scheuert am Hintern.«

Louis nahm auf dem Diwan uns gegenüber Platz, stellte seinen Körper zur Schau. Mag sein, dass ihm die Nacktheit schon zur zweiten Natur geworden war, aber für mich hatte es etwas Demonstratives. Beine breit, Schultern zurück.

»Du hast dir ein schönes Fleckchen ausgesucht.« Louis hatte schon seit Jahren geplant, aus der Stadt wegzuziehen. Voriges Jahr ist dann sein Vater gestorben, der ihm, obwohl sie entzweit waren, Geld hinterlassen hat, von dem er diesen Bauernhof kaufen konnte.

»Das war nicht ich.« Louis zeigte auf Clémence und erzählte, dass sie es war, die davon gehört habe. An einem kalten Tag im Februar seien sie hergekommen, um ihn sich anzusehen. Ein Nachbar – ein alter Klappergreis mit höchstens noch zwei oder drei Zähnen im Mund – habe gleich seinen Hund auf sie losgelassen. »Aber als er Clémence' Rehaugen sah, war alles gut.« Der Bauernhof gehöre Monsieur Renard, erzählte er, oder eigentlich dessen altem Mütterchen, das im vergangenen November beim ersten Frost gestorben sei. »Er wollte ihn gern loswerden.«

Clémence fragte, ob das Manifest schon fertig sei. Victor zog ein Blatt aus der Schreibmaschine und begann vorzulesen. Ich trank einen Schluck Wein. Als Erstes wurden meine Füße warm, dann folgten meine Fingerspitzen.

Manifest zur Förderung des Zusammenlebens von Mensch und Natur und des Friedens im Allgemeinen

Rousseau schrieb schon 1762 in seinem Gesellschaftsvertrag, *dass wir als Menschen frei gebo ren werden, danach jedoch in Fesseln leben. Auch heute noch hält uns die Gesellschaft, in der wir leben, gefangen – nicht nur wegen der Ungleichheit an Macht und Besitz, sondern auch weil wir …*

Victor schaute auf. »Der Gedanke ist noch nicht ausgereift.«

Wir haben sieben Prinzipien aufgestellt, nach denen man leben sollte.

1. *Frieden ist der Weg zum Fortschritt.*
2. *Wir wollen im Einklang mit der Natur leben.*
3. *Vegetarismus ist die logische Konsequenz aus den ersten beiden Prinzipien: Wir töten nicht.*
4. *Wir praktizieren Naturismus, da Kleidung unserer Verbundenheit mit der Natur und miteinander im Wege stünde.*
5. *Autorität ist immer unbegründet, und unsere Gemeinschaft ist deshalb anarchistisch.*
6. *Besitz korrumpiert, und deshalb gehört in unserer Gemeinschaft alles allen.*
7.

»Nummer sieben haben wir noch nicht.«

»Ich finde die Liste noch nicht wirklich überzeugend«,

meinte Clémence, von ihrem Wein nippend. »Der Hinweis auf Rousseau ist zwar durchaus angebracht, aber schon ein bisschen abgedroschen, und zudem war der natürlich eine höchst problematische Person angesichts seiner vielen Kinder und seiner Haltung gegenüber Frauen.« Sie schlug mir aufs Knie. »Das ist Punkt sieben: Frauen und Männer sind gleich.«

Louis nickte. »Natürlich. Petrus!« Der kleine weiß-braune Terrier hatte im Garten gedöst, bis ein Schmetterling auf seiner Nase landete; nun rannte er von Hecke zu Hecke und kläffte unsichtbare Feinde an. Louis rief ihn noch einmal, rannte dann durch die Küche nach draußen und warf eine Gabel nach ihm. Petrus merkte gar nichts davon.

Victor spannte das Blatt wieder in die Schreibmaschine. »Siebtens: Frauen und Männer sind gleich und müssen gleich behandelt werden.«

Georges gähnte. »Pardon.«

»Sophie, könntest du das bitte umschreiben? Du bist viel poetischer als diese Herren.« Clémence' Hand lag immer noch auf meinem Knie. Louis runzelte die Brauen.

»Tut mir leid, Schatz. Deine Ideen sind gut, aber deine Feder ist so zähflüssig.« Sie stand auf und küsste ihn auf den Scheitel. »Zeit für ein Bad.« Sie lief mit leichtem Hüftschwung quer durchs Zimmer, Fußabdrücke im Teppich hinterlassend. Keiner von uns schaute ihr nach.

Clémence und Louis schlafen im größten Zimmer, auf der Vorderseite des Hauses, ausgestattet mit einem wuchtigen Himmelbett aus Eiche und Fenstern mit Butzenscheiben. Victor hat das kleine Gästezimmer mit dem Alkoven unten auf der Rückseite des Hauses bekommen, wo nie die Sonne hineinscheint. Georges und ich durften das Zimmer im ersten Stock beziehen. Die Matratzen der beiden schmalen Betten dort waren von einer dicken Staubschicht bedeckt, und als ich den Fenstervorhang aufziehen wollte, fiel er von der Wand. Georges hängte stattdessen ein Laken vors Fenster, auf das der Baum davor gleich seinen Schatten warf. Die Betten haben wir zusammengeschoben und in ein Doppelbett mit harter Kante in der Mitte verwandelt.

»Ich muss mal eben die Augen zumachen.« Georges ließ sich rücklings aufs Bett fallen, lag kurz da wie tot und richtete sich wieder auf. »Kommst du auch?«

Ich roch mich selbst. »Ich gehe mich erst waschen.« Der Versuchung widerstehend, die Arme vor meinen Körper zu halten, lief ich stolz aufgerichtet nach unten. Dort war es kühler, und der Temperaturunterschied machte mir eine Gänsehaut. Ich nahm ein verwaschenes blaues Handtuch und einen Brocken Seife aus dem Vorratsschrank. Vom Wohnzimmer her ertönte Musik.

Ach, das Leben, es ist nur Leben
Ach, das Leben, es ist nur Zeit
Die Akeleien werden blühen
Der Morgen wiederkehren und der Mai

Das alte Leben, das alte Leben
Die ersten Dinge, die ich sah
Wir können Tage zählen und messen
Wirklich bewahren aber lässt sich kein Tag

»Hübsch, Schatz.« Ich erschrak über die schneidende Stimme von Louis, der plötzlich hinter mir im Flur auftauchte, den nackten Körper dicht an meinem vorbeischob. »War doch gut, dass wir das Klavier haben kommen lassen.«

Clémence hielt kurz inne, sang dann leise weiter. Am Ende des Liedes klatschte ich Beifall.

An der Eiche und der Ziegenweide entlang lief ich zur Wasserpumpe hinten im Garten, wobei ich mich vor den Brennnesseln vorsehen musste. Der Sand roch nach Wärme, über dem Hügel kreiste ein Raubvogel, wahrscheinlich ein Bussard.

2. Mai

Louis klopfte mit seinem Messer an ein Kristallglas, damit wir still waren, und schlug das Glas dabei entzwei. »Verflucht!« Er hob die größte Scherbe vom Boden auf, schnitt sich an ihrem gezackten Rand und steckte den Finger in den Mund. Clémence brach in Lachen aus, lachte, bis ihr Tränen in den Augen standen. Victor und Georges lachten zögerlich mit, Louis' Gesichtsausdruck gerann zu einer Grimasse, die genauso gut Wut wie Belustigung ausdrücken konnte. Er war als Einziger noch nackt.

Wir aßen eine Suppe aus Kartoffeln, Kohlrabi, Zwiebeln und Kerbel. Louis hatte einen Salat aus jungem Blattsalat, Spinat und Gartenkresse dazu gemacht und im Steinofen auf der kleinen Veranda hinter dem Haus ein Brot gebacken. Victor fand ein Schneckchen in seinem Salat.

Clémence wischte sich die Tränen ab und hob ihr Glas. »Prosit. Auf dieses besondere Experiment, auf euch alle, auf die Freiheit, nein, auf die Liebe.«

»Auf die Liebe«, wiederholten wir. Nur Louis blieb stumm.

»Man schmeckt, dass das Gemüse direkt vom Land kommt. Viel mehr Aroma«, sagte Georges zu ihm. Dabei sprühte er etwas Grünes in meine Richtung, das auf Victors Glas landete.

Louis gab nicht zu erkennen, ob er ihn gehört hatte.

»Schmeichler«, sagte ich leise.

Victor kaute bedächtig. »Ich weiß nicht«, sagte er zu Georges. »Salat ist Salat.« Dann sprang er auf. »Ich denke, ihr könnt jetzt mal eine heitere Weise gebrauchen. Clémence, wo hast du das Grammofon versteckt?«

»Nach dem Essen«, sagte Louis.

»Gut, gut, du bist der Chef.« Victor kratzte an seinen Mückenstichen – wir waren leichte Beute. Bei den Ziegen hatte mich eine Bremse gestochen, meine Wade war zu mehr als der Hälfte rot angeschwollen.

»Er ist nicht der Chef«, sagte Clémence. »Wir alle haben hier das Sagen. Gemeinsam. Wollen wir abstimmen?«

Victor rollte mit den Augen. »Nach dem Essen ist auch in Ordnung.«

Louis setzte den Teller an den Mund und schlürfte den letzten Rest Suppe in sich hinein.

Petrus tauchte am Tisch auf. »Hopp«, sagte Clémence, und schon machte er Männchen. Sie strich ihm etwas

Öl auf einen kleinen Brotkanten. Er rannte damit in die Zimmerecke und verschlang den Bissen wie ein Wolf ein Schaf – wie ein alter Wolf ein altes Schaf.

Früher am Tag war ich mit Georges und Victor an Raps- und Maisfeldern entlang ins Dorf gelaufen, um die Umgebung zu erkunden. Eine Frau in einem ausgefransten braunen Kleid, sie hatte etwas von einem Wiesel, hielt uns vor dem Marktplatz an. »Seid ihr die Leute, die Renards Bauernhof gekauft haben?«

»Die sind wir«, bestätigte Victor mit geschwellter Brust.

»Nicht gut«, sagte sie. »Und du?« Sie sah mich scheel an.

»Ich wohne auch dort, Madame.«

Davon erzählte Victor nun Louis und Clémence und dickte die Geschichte gehörig an; er band sich ein Geschirrtuch um den Kopf und ahmte den Gesichtsausdruck der Frau nach, mit den missbilligend geschürzten Lippen. Sie lachten.

»Mir tut sie leid«, sagte ich. Clémence sah mich interessiert an.

»Wieso denn das nun wieder?«, fragte Victor.

Louis erhob sich, einen feuchten Fleck auf seinem Stuhl zurücklassend. Er ging zum Sofa und streckte sich dort aus, die Arme über der Brust gekreuzt. Petrus sprang neben ihn, hechelte dort mit seinem drahthaarigen Leib weiter. »Zeit für Musik«, sagte Clémence und nahm das Grammofon aus dem Schrank. Victor legte eine Quadrille auf und tanzte mit einem unsichtbaren Partner im Kreis. Clémence tat es ihm nach. Georges fasste meine Hand und zog mich aufs Parkett. Anfangs hatten wir oft getanzt, ich war zwar nie sonderlich geschmeidig, und er auch nicht, aber es war schön, ein Raum nur für uns. Zu der Zeit traute er sich noch kaum, mich anzufassen. Jetzt führten wir für die anderen einen Schautanz vor, drehten uns einige Male übertrieben schnell im Kreis, bis uns schwindlig wurde und ich mich schlapp in seine Arme fallen ließ.

Das Musikstück endete abrupt, und Georges ließ mich nach einem raschen Kuss los, um einen Schluck Wasser zu trinken. Victor blieb wie erstarrt in seiner letzten Pose stehen, um sich dann bei der ersten Note des nächsten Lieds wieder in Bewegung zu setzen. Clémence ergriff meine Hand. »Darf ich bitten?« Sie nahm auch meine andere Hand, ohne eine Antwort abzuwarten, und zog mich an sich. Vor, zurück, die Musik taugte nicht zum Tanzen, man konnte darauf nur ein paar Schritte machen – sie sah mich an, unverwandt, vor, zurück, und dann war das Stück wieder vorbei, und sie lachte und fasste Louis' Hand. Er schüttelte den Kopf. Victor drehte sich noch ein paarmal in der Mitte des Zimmers, als wäre die Musik nicht verstummt, und legte dann einen Walzer auf, satt und hoheitsvoll – er tanzte mit geschlossenen Augen allein weiter.

Draußen fiel plötzlich die Dunkelheit ein, das logische Ende. Die Mücken waren schon wieder da, Georges und ich nahmen Zitronen mit nach oben. Das Messer scheiterte zunächst an der zähen Schale, tat nach einigen Schneidebewegungen aber doch, was ich wollte. Wir rieben uns gegenseitig mit den Zitronenhälften ein.

»Louis ist ganz schön präsent, nicht?«, sagte ich.

»Das war er schon immer. Aber deshalb sind wir ja auch hier. Weil er so etwas wie das hier auf die Beine stellen kann.« Er legte sich neben mich, den Arm über meiner Brust. »Man hört auf ihn.«

»Das wird ein interessanter Sommer.«

Er küsste mich auf die Schulter. »Das glaube ich auch.«

3. Mai

»Vergesst die Nägel nicht!« Clémence ging mit Georges ins Dorf, um Werkzeug zu kaufen – sie hatte ihn gebeten, einen Badezuber zu zimmern, und Holz war zwar zur Genüge da, aber kein Hammer.

Ich schrieb einen Brief an meine alte Freundin Petra – wie geht es in Paris, kommt ihr mit der vegetarischen Küche zurecht, und was machen die Katzen? Hier ist es wie erwartet still und ländlich, Louis spielt den Chef. Clémence ... Ja, Clémence kennst du wahrscheinlich. Die lässt sich nicht unterkriegen. Victor vermisst seinen Frisör. Kommst du im Juni? Alles Liebe, auch von Georges, der sich noch eingewöhnen muss.

Die Luft erwärmte sich, bald würde es oben zu heiß zum Arbeiten sein. Ich zog das *Manifest zur Förderung des Zusammenlebens von Mensch und Natur und des Friedens im Allgemeinen* zu mir heran. Vielleicht sollte ich mit einer Beschreibung der ländlichen Umgebung beginnen, jetzt noch grün und üppig, vollkommen wach; in ein paar Monaten würde alles gelb und offen sein. Eine Fliege summte über meinem Kopf, ich konnte sie nicht fangen und machte das Fenster auf, damit sie hoffentlich von allein den Weg hinausfand.

Um die Mittagszeit läutete Louis die Glocke. Ich legte meinen Füllfederhalter hin, machte einen neuen Fleck ins Löschtuch.

»Lass uns zusammen essen.« Georges und Clémence waren noch nicht wieder da, Victor war im Wald, um Wildkräuter zu sammeln. Louis pflückte einen Marienkäfer von seinem Schamhaar und setzte ihn auf den Jugendstil-Beistelltisch.

Das Essen war schon aufgetragen, Brot und Suppe von gestern. Ich erzählte, was ich geschrieben hatte, er schlürfte seine Suppe. »Bleibt das so?«

»Was?«

»Dass du immer angezogen bist. Du musst deine Scham überwinden. Ihr nicht stets nachgeben.« Er kniff die Augen zusammen. »Ich sehe, dass du noch sehr an dem festhältst, was du hattest und warst. Dass du dich noch sehr gegen uns abkapselst. Lass los. Ich helfe dir gern dabei, wenn du so weit bist.«

Ich tunkte mein Brot in die lauwarme Suppe. Meine Wangen glühten, aber es war auch heiß. »Ich brauche keine Hilfe.« Ich sah ihm gerade ins Gesicht. Er schien kurz verdutzt, wandte den Blick aber nicht ab.

»Seht mal!« Victor stand mit zwei großen Büscheln schlapper Petersilie in der Hand in der Tür.

Louis ging in die Küche. »Die kann gleich in die Suppe.«

»Er will mir helfen, mich zu öffnen.«

»Igitt.« Victor zog übertrieben die Mundwinkel herunter.

»Na, schön gekungelt?« Louis kam aus der Küche zurück und stellte einen Teller vor Victor hin, der etwas Petersilie hineinstreute.

»Sophiechen sagte, sie sei froh, dass ich wieder da bin. Und das weiß ich zu schätzen.« Er wandte sich mir zu. »Geht es ein bisschen voran mit dem Manifest? Ich habe heute Morgen einen Brief von Tobias bekommen, sie warten sehnsüchtig darauf. Ich glaube, ich werde es ihnen selbst hinbringen, ich muss sowieso in die Stadt.« Er setzte den Teller an den Mund und schlürfte die Suppe aus. Als er den Teller wieder hinstellte, grinste er mich kurz an, mit grünen Blättchen an den Zähnen.

Nach dem Essen ging ich zu den Ziegen. Ich füllte ihren Trog mit Wasser. Die größte kam kurz zu mir. Ihr hellbraunes Fell fühlte sich struppig an, der Geruch blieb an meiner Hand haften. Ich habe diese Ziege Marie getauft – Louis findet, wir sollten ihnen keine Namen geben, weil wir sie damit nur vermenschlichten –, Marie mit den tiefbraunen Augen. Ich wedelte die Fliegen von ihrem Gesicht und meinen Beinen fort. Sie meckerte kurz. Die Kleinen hatten Streit – Bobby jagte ständig hinter Dobby her, der, wann immer möglich, nach ihm ausschlug. Sie waren nur miteinander befasst, von mir nahmen sie kaum Notiz. Dominique, der Vater, hatte immer ein wachsames Auge auf die Straße in der Ferne, genauso wie die alte Geiß Dési. Die Luft war klar, warm, ohne schwer zu sein, es hätte mich gewundert, wenn es ein Gewitter gegeben hätte. Marie schaute ebenfalls zur Straße. Das ist es, dachte ich, das ist alles. Es hat keinen Sinn, sich nach dem zurückzusehnen, was war.

Ich blieb zu lange bei ihnen und verbrannte mir den Scheitel. In der Nacht träumte ich von grauen Wölfen, die bei uns blieben, uns beschützten.

4. Mai

Heute wurden die Olympischen Spiele eröffnet. Victor hat den ganzen Tag am Radio gesessen. Seine Begeisterung war ansteckend – zum Schluss saßen wir alle um ihn herum. Getanzt haben wir auch noch.

5. Mai

Victor und Georges waren früh im Dorf gewesen, um Pfähle zu besorgen – hinter dem Haus lag zwar ein Stapel alter Pfähle, doch sie reichten nicht aus, um die ganze Ziegenweide neu einzuzäunen. Victor klagte über Schmerzen in der Schulter, Georges runzelte hinter seinem Rücken die Brauen. Ich musste lachen.

»Lachst du mich aus?«, fragte Victor.

»Das würde ich nicht wagen. Aber gestern hat dir überhaupt nichts gefehlt.«

»Pfff«, machte er mit schiefem Grinsen. Er hat mir erzählt, dass er manchmal Heimweh hat, vor allem am Wochenende – nach der Mode, dem Schwung der Stadt, einem Publikum, das nicht nur aus Birken und Gänsen besteht.

Louis maß die Abstände aus und legte die Pfähle an

den richtigen Stellen bereit, Clémence hielt sie fest, während ich sie mit ein paar Schlägen des dicken Hammers im Boden versenkte. Schon nach zwei Pfählen fing ich an zu schwitzen und musste mich ständig der Mücken erwehren – auch eine Bremse flog herum, die es wahrhaft auf mich abgesehen hatte, bis Louis ihr einen Hieb mit einem der Pfähle verpasste. »Selbstverteidigung.«

Um die Mittagszeit kam der Wagen mit der zweiten Ladung Pfähle. Georges und Victor brachten sie zur Weide, wo Clémence sie an die richtigen Stellen legte. Victor setzte sich ins Gras. »Schaut mal, ein Schneckenkönig.« Er hielt eine Weinbergschnecke in die Höhe, ihr gelbweiß-braunes Gehäuse war linksherum gewunden. Schnecken sind älter als Berge.

Clémence setzte sich zu uns in den Schatten der Weide. Louis brachte Butterbrote, sein Pimmel baumelte vor meinem Gesicht, als er das Tablett abstellte.

Nach dem Mittagessen arbeiteten wir weiter. Mein Körper war schwer, an den Innenseiten meiner Daumen bildeten sich Blasen, die bei jedem Schlag brannten. Schmerzen sind nur ein Gefühl. Clémence merkte, dass sich mein Tempo verlangsamte. »Soll ich dich mal ablösen?«

Louis sah sich meine Hände an. »Tun die Blasen nicht weh?«

»Das macht mir nichts.«

Er spannte ein dickes Tau zwischen den Pfählen, ganz bis zum Ende des Feldes.

»Beißen sie das nicht einfach durch?«, fragte ich Clémence. Sie zuckte mit den Schultern.

»Ich verstehe nichts von Ziegen.«

»Louis denn?«

Sie schüttelte den Kopf und lachte.

Am späten Nachmittag bezog sich der Himmel. Unter der Decke aus dünnen weißen Wolken blieb die Wärme erhalten. Ich war schweißnass, als endlich Wind aufkam, und es fühlte sich an, als würde ich sauber geblasen, als wäre ich neu erstanden, nun aber als Körper. In der Ferne fuhr ein Karren vorüber, gezogen von zwei Belgischen Kaltblütern. Der Mann auf dem Bock hob die Hand, wir winkten zurück. Krähen flogen um den Wagen herum.

»Liebe Leute«, Louis legte die Hände zum Trichter um den Mund, um die Entfernung besser zu überbrücken, »ich habe hier ein Glas kalte Zitronenlimonade für euch.«

»Komm«, Clémence tippte mir auf den Arm – ich bekam überall Gänsehaut.

»Zum Wohl«, sagte Louis, als wir alle um den runden Tisch hinter dem Haus saßen. Wir hoben unsere Gläser.

»Uh«, Victor zog die Wangen ein, »sauer.«

»Halb so schlimm«, meinte Louis.

Victor lachte. »Denn das ist ganz dein Geschmack.«

Louis lachte auch. »In der Tat.«

Georges hatte am Abend davor ein Kartoffelsoufflé gemacht, von dem noch ein großes Stück übrig war. Er wurde ein immer besserer Koch. Wir aßen jungen Salat aus dem Gemüsegarten dazu. Während des Essens besprachen wir Tolstois Essay »Der erste Schritt« über das Schlachten von Tieren. Louis meinte, dass der Vegetarismus für Tolstoi vor allem eine religiöse Angelegenheit gewesen sei, während Victor fand, dass darin wachsende moralische Einsicht zum Ausdruck komme – schon bald schwenkte die Diskussion zu den Theorien von Bakunin und Proudhon über, wobei Letzterer von Louis als fast schon bourgeoiser konservativer Denker dargestellt wurde. Victor widersprach dem vehement, Clémence versuchte, eine Brücke zwischen beiden Positionen zu schlagen. Ich hörte vor allem zu, wohlig müde vom Essen und vom langen Tag. Georges nickte immer wieder ein.

»Wach bleiben«, sagte Louis plötzlich und stupste ihn an.

Georges schreckte hoch. »Pardon.«

6. Mai

Heute war ein langer Tag, der sich mit Simplem hinzog. Clémence und ich setzten die Arbeit am Zaun fort, Georges pflückte hinter dem Haus Disteln, um eine Suppe daraus zu machen. Victor sagte, er müsse an einem Vortrag arbeiten, und sann mit geschlossenen Augen auf dem Sofa liegend den halben Tag über vor sich hin. Louis betätigte sich im Gemüsegarten – das Unkraut schießt aus dem Boden. Petrus leistete ihm Gesellschaft, er schlief im Schatten der Hortensie an der hinteren Hauswand.

Es war weniger heiß als in den letzten Tagen, aber uns lief trotzdem schon bald der Schweiß über den Rücken, und wir tranken immer wieder Wasser aus der Kanne an der Pumpe. Ich trug ein lockeres Baumwollkleid – die Mücken hatten mir gestern derart zugesetzt, dass ich vor Juckreiz kaum schlafen konnte. Ein gehöriger Muskelkater machte mir das Bücken schwer, und die Blasen an meinen Daumen waren aufgeplatzt. »Geht es?«, hatte Louis vorab gefragt. Natürlich ging es.

Um zwei Uhr waren wir fertig mit dem Ziegengatter. »Kommst du mit baden?«, fragte Clémence. Sie deutete auf den Himmel. »Wir müssen uns aber beeilen.«

Vor der Biegung der Straße zum Dorf zweigt ein schmaler Pfad ab, der zum Fluss führt. Man geht dort durch lockeren Sand, und ich war froh, dass ich feste Schuhe angezogen hatte.

Clémence erzählte von einem Pamphlet über pazifistischen Anarchismus, das Louis geschrieben hatte.

»Warum ist er so sehr gegen Gewalt?« Mir schien das im Widerspruch zu seinem Charakter zu stehen.

»Er glaubt an die Liebe. Auch Tiere liegen ihm am Herzen.«

Wir liefen still weiter. Enten flogen über uns hinweg, ich hörte sie weiter entfernt irgendwo auf dem Wasser landen; zwischen den Nadelbäumen hockte ein Kaninchen, das uns beäugte.

Wir kletterten über einen niedrigen Holzzaun und liefen über eine Wiese voll blühendem Löwenzahn zu dem schmalen Sandstrand. Wortlos zogen wir uns aus. Clémence war schneller als ich, eher im Wasser. Ich bin seit Jahren nicht mehr schwimmen gewesen, aber mein Körper wusste noch, was er zu tun hat.

»Bist du glücklich mit Georges?« Sie schwamm ein ganzes Stück von mir weg, drehte um und kam wieder zum Ufer zurück.

»Er ist mein bester Freund. Und du mit Louis?« Das kalte Wasser betäubte meine schmerzenden Hände.

»Louis und ich sind seelenverwandt.« Sie tauchte unter, schwamm zur anderen Seite des Flusses, winkte mir, aber ich fror mit einem Mal. Ich stieg heraus, nahm Wasser mit, das um mich herum Miniaturmeere im Sand bildete.

»Mochtest du nicht mehr schwimmen?« Sie ragte über mir auf wie ein Pferd oder eine Mutter.

»Ich schwimme nie lange.«

»Wir hätten ein Picknick mitnehmen sollen.«

Sie saß zu dicht neben mir, ich rückte zur Seite. Der Sand war warm wie eine zweite Haut. Ein Haubentaucher brach durch die Wasseroberfläche und danach viel weiter weg noch einmal. Es wirkte wie eine Einladung. Ich ging wieder ins Wasser und schwamm bis ins Tiefe, meine Schultermuskulatur lockerte sich.

Als ich wieder aus dem Fluss kam, hatte sie sich angezogen. Ich streifte mit dem Rücken zu ihr rasch mein Kleid über, wischte mir, so gut es ging, den Sand von den Füßen, bevor ich die Schuhe anzog.

11. Mai

Louis saß, als ich nach unten kam, schon am Radio, um die Nachrichten über die Wahlen zu verfolgen. Die Männer hatten am Abend davor lange darüber diskutiert, ob sie wählen gehen sollten oder nicht. Prinzipiell sind wir natürlich alle dagegen – das ist ja letztlich nichts anderes als die Bejahung eines faulen alten Systems. Pragmatisch gesehen liegt es anders. Da das aus den Nachkriegswahlen hervorgegangene Mitte-rechts-Kabinett mehr schlecht als recht regiert, hat die Linke jetzt gute Chancen. Für Louis und Georges war Wählen keine Option, Victor war sich unschlüssig. In Paris wäre er bestimmt zur Wahl gegangen, um Schlimmerem vorzubeugen; hier musste er diese Entscheidung rechtfertigen, was ihn zweifeln ließ. Von seiner Stimme würde es zwar nicht abhängen, doch wenn alle Anarchisten so dachten oder, schlimmer noch, alle Bürger, dann wäre das schon eine andere Sache.

»Ich begleite dich an die Wahlurne«, sagte ich. Ich war neugierig, wie sie das hier aufzogen. Clémence wollte auch mitkommen.

Es war ein strahlender Tag, die Sonne machte das neue Grün um uns her noch heller, ließ die Blätter Schatten aufeinander werfen. Petrus lief ein Stück mit uns mit, blieb aber schon am Zaun hechelnd stehen. Clémence hatte ein schickes grünes Kleid gewählt, und ich kam mir neben ihr wie ein Bauerntrampel vor, obwohl ich mein bestes Kleid anhatte. Victor trug ein etwas altmodisches Hemd mit Binder und Hosenträgern. Wir waren eine Sehenswürdigkeit im Dorf. Drei Knirpse von acht, neun Jahren liefen eine Weile tuschelnd und lachend hinter uns her, bis Victor sich umdrehte und mit dem Finger drohte. Die Frau vom Milchmann trat in die Türöffnung, um uns zu mustern. Unser fröhliches »Bonjour« erwiderte sie nicht.

Im Gemeindehaus hatte man ein Wahllokal zusammengeschustert. Zwei alte Männer saßen an einem Tisch, der aus einer Tür auf zwei Böcken mit einem Laken darüber bestand. Die Türklinke ragte genau vor dem linken der beiden unter dem Laken empor, daneben lagen die Stimmzettel.

»Einmal?« Die Zähne des rechten Mannes standen alle kreuz und quer.

Victor gab ihm seine Wahlkarte und zeigte seinen Ausweis vor, der Mann schrieb etwas in ein Heft. Sein Füller kleckste, der Ärmel hatte blaue Flecken.

Unterdessen setzten die Männer ihr Gespräch fort. Es ging um einen Schimmel, der Sehnenbeschwerden im linken Vorderbein hatte. Der Stimmzettelmann wollte ihn loswerden, doch der Schlachtpreis war ihm zu gering. Er wollte lieber noch abwarten. Der andere gab Tipps: Stell ihn eine Zeit lang raus auf die Weide, es ist Sommer, vielleicht heilt es doch noch.

Clémence lächelte den ersten Sprecher an. »Verzeihung, ich fing gerade etwas von Ihrem Gespräch auf. Sie haben ein Pferd zu verkaufen?«

Der Mann kniff die Augen zusammen, als schaue er ins Licht.

»Wir haben vor ein paar Monaten den Bauernhof von Renard gekauft, und da hätten wir schon Platz für ein Pferd.«

Victor warf seinen Stimmzettel in die als Wahlurne dienende Milchkanne.

»Ich habe kein Pferd zu verkaufen.«

»Falls Sie es sich anders überlegen sollten«, sie zog einen Zettel aus ihrer Tasche und griff zu dem Füller, der auf dem Tisch lag, um ihre Adresse aufzuschreiben, »ich biete hundert Franc über dem Schlachtpreis.«

Wir gingen wieder hinaus in die Sonne. »Das arme Tier«, sagte Clémence. »Wir müssen das mal im Auge behalten.« Keiner von uns hatte Erfahrung mit Pferden, aber warum sollten wir das nicht auch hinbekommen.

Zu Hause lief laut das Radio. Louis hatte die Fenster aufgemacht, während er im Gemüsegarten arbeitete. Clémence erzählte ihm von dem Pferd. Er sagte nichts dazu.

»Was ist? Findest du die Idee nicht gut?«

»War das vor oder nach der Stimmabgabe?« Er trieb den Spaten energisch in den Boden.

»Ach, Louis. Die anarchistische Sache steht und fällt doch nicht mit *einer* richtigen oder falschen Stimme.«

»Es geht ums Prinzip. Wenn du im Restaurant eine Schweinelende bestellst, wird auch kein Schwein dafür getötet. Aber du isst das Fleisch von einem getöteten Tier, und je mehr Menschen das tun, desto mehr Schweine werden getötet.«

Clémence schüttelte den Kopf und sah ihn eine Weile an, doch er hielt den Blick abgewandt, schaute auf die Tomatenpflanzen. Sie zog in meine Richtung die Brauen hoch und ging ins Haus. Die Sonne folgte ihr, warf ihren Schatten vor ihr her.

Beim Essen blieb das Radio an. Aufgeregte Stimmen vermischten sich mit unseren. Es sah so aus, als könnte das Bündnis der Linken die Wahlen gewinnen. »Erst mal abwarten«, sagte Victor. »Voriges Mal hatte ich so große

Hoffnungen, habe sogar Geld eingesetzt, und dann wurden wir alle enttäuscht.«

»Georges, würdest du mir bitte den Wein reichen?«, bat Louis. Der Wein stand direkt neben Clémence.

Georges reckte sich und reichte ihm die Flasche. Manchmal sah er in seiner Nacktheit so jung aus, so viel schmaler als die anderen Männer und unschuldiger, weniger seiner selbst bewusst. Er machte einfach mit.

»Auf den Sieg«, sagte Louis, eher zu sich selbst als zu uns. »Auch wenn er nicht legitim ist.« Im Radio fing ein Mann an zu singen. Die Wahllokale würden in einer Stunde schließen.

Clémence zog sich nach dem Essen ins Schlafzimmer zurück, ohne auch nur Kopfschmerzen vorzuschützen.

Ich blieb an diesem Abend mit einem Buch im Wohnzimmer und hörte mit halbem Ohr der Diskussion zu, die sich Runde um Runde im Kreis bewegte, nirgends aus der Kurve flog, nirgends die Form änderte, sondern sie verstetigte – Worte können Gespräche bilden, die sich in alle Richtungen bewegen, die zwischen Menschen wachsen und so zur Entstehung von etwas Neuem führen, sie können aber auch dazu benutzt werden, die schon vorgegebenen Linien noch zu verstärken, um Wahrheiten in Stein zu meißeln. Die Männer redeten nur noch, um sich selbst reden zu hören. Mich bemerkten sie gar nicht. Als ich zu Bett ging, hatten sie ausgeredet, und das Narrativ lag fertig auf dem Tisch.

Am nächsten Morgen wurde bekannt, dass das Cartel
 des Gauches, angeführt von der Section Française de

l'Internationale Ouvrière, die Wahlen gewonnen hatte. Édouard Herriot von den Radikalen sollte Regierungschef werden, der Präsident sollte in einem Monat gewählt werden. Wir waren den ganzen Tag fröhlich, ja fast ausgelassen – Kinder, die endlich draußen spielen dürfen.

18. Mai

Ein Bums, ein Fluch. Georges befühlte seinen Kopf und schimpfte auf die Bettkante. Er hatte schon seit drei Tagen Fieber. Im Bett war es zu heiß, aber im Garten holte er sich einen Sonnenbrand, und im Erdgeschoss werkelte Louis herum. Ich wollte ihm einen Kuss auf die schmerzende Stelle geben, doch er wehrte mich ab. »Bekommst du nicht bald genug?« Er roch säuerlich, aber das konnte auch von dem Eimer mit Erbrochenem neben seinem Bett herrühren.

»Ich?«

»Von diesem Experiment. Diesem sogenannten Leben mit der Natur.« Er hustete und setzte sich auf die Bettkante.

»Was redest du denn da? Wir leben hier doch mit der Natur!«

»Das sind Hirngespinste. Das hat nichts mit Harmonie oder Selbsterhaltung oder der Suche nach neuen Formen des Zusammenlebens zu tun. Das sind Hirngespinste von Louis, und ihr macht alle mit.«

Er kratzte sich eine Kruste von der Hand. Beim Zimmern des Badezubers war er an einem Nagel hängen geblieben.

Ich seufzte. »Meckerfritze. Soll ich dir etwas Wasser holen? Möchtest du einen Brei?« Er stand auf, und ich zog das Bett ab. Der Geruch von altem Schweiß, von Schlaf, von krankem Menschen. Auf dem Kopfkissenbezug zeugte ein orangefarbener Ring aus getrocknetem Speichel davon, wo er gelegen hatte.

Er wankte nach unten. Petrus erwartete ihn am Fuß der Treppe, sein kleiner Leib zitterte vor Aufregung. Da kam jemand, vielleicht würden sie was zusammen machen.

Mit der Bettwäsche in den Armen lief ich zur Pumpe. Wir hatten nur noch ein kleines bisschen Seife, morgen musste jemand ins Dorf gehen, um neue zu holen. Louis hat ein Lavendelfeld gekauft, jenseits vom Dorf, und Victor will lernen, Seife zu machen, aber es dürfte wohl noch eine Weile dauern, bis er den Bogen heraushat. Natürlich sind das alles Hirngespinste, fixe Ideen. Und natürlich gründet alles auf Louis' Geld. Aber irgendwo müssen wir anfangen. Ich schrubbte die Bettwäsche, bis sie ganz sauber war, und breitete sie hinter dem Haus zum Trocknen aus. Georges war nirgends zu sehen, vielleicht war er doch wieder nach oben gegangen.

Abends wurde noch spät bei uns an die Tür geklopft. Durch das kleine Fenster sah ich vier Männer in nahezu identischer Aufmachung: schwarzer Bart, Brille, dunkler Anzug. »Hallo?« Petrus bellte gellend laut.

Der linke der vier, hager und mit ziemlich viel Grau im Bart, fragte auf Deutsch nach Louis. Ich ließ sie herein.

Ein Schwall kalte Luft zog durchs Haus, das Küchenfenster stand offen. »Louis, wir haben Gäste.« Clémence kam als Erste an die Tür, danach kam Victor aus dem Wohnzimmer, Louis im Schlepptau, und sogar Georges kam flott die Treppe herunter.

Louis begrüßte die Männer auf Russisch. Alte Freunde, sagte er danach auf Deutsch, auf der Durchreise nach Madrid. »Kommt rein, kommt rein.«

Victor holte Wein, ich Gläser, Louis stellte zuerst Clémence vor und danach die anderen. »Igor.« Er umarmte den Mann noch einmal. »Fünfzehn Jahre? Zwanzig schon?«

Georges holte die Gartenstühle herein, er schwitzte. Louis erzählte vom Haus, vom Garten, dass er davon ausgehe, binnen zwei Jahren völlig autark zu sein. »Morgen bekommt ihr eine Führung.« Igor reichte ihm eine Zigarre, die er begierig annahm. Igor war offenkundig der Anführer: ein hochgewachsener Russe mit mächtigem gezwirbeltem Bart und Hosenträgern. Der hagere Mann, Lev, knibbelte an seiner Nagelhaut und plinkerte in einem fort mit den Augen. Dmitri war jung und ähnelte Igor, mit den gleichen eckigen Schultern und den kleinen Ohren am großen Kopf. Seine Gesichtshaut war schuppig und rot gefleckt. Vielleicht aufgrund seiner Jugend, vielleicht wegen eines Mangels an Vitamin C oder D. Der letzte, Mitya, war schon etwas älter und nickte bald ein.

»Es ist schön hier«, sagte Igor. »Aber wie Tschorny schreibt, sind Kommunen eine Bedrohung für die Freiheit des Individuums. Sie stehen im Widerspruch zur individuellen Verpflichtung eines Anarchisten. Wir können uns bestenfalls in Syndikaten vereinigen.«

»Wir geben unsere Individualität nicht auf, im Gegenteil: Wir schaffen die Voraussetzungen für das Aufblühen dieser Individualität«, wandte Louis ein.

»Es lenkt vom Kampf ab.« Igor zündete seine Zigarre noch einmal an. »Ihr unterstützt die Grundprinzipien dieser Gesellschaft, wenn ihr euch nur über sie hinwegsetzt. Außerdem kratzt das niemanden, schon gar nicht die Herrscher. Besser, man bleibt in Paris und beteiligt sich dort an der Revolution.«

»Gerade mit deiner Revolution bestätigst du ja die Macht: Indem du Gewalt mit Gewalt beantwortest, festigst du den Status quo. Ausbrechen kann man daraus höchstens, wenn man etwas radikal anders macht. Der Staat wird sich nicht ändern. Aber wir können uns ändern. Und zugleich ein Beispiel geben für jeden, der sich widersetzen will.«

Dmitri rümpfte die Nase. »In Russland ist alles im Wandel. Wir organisieren uns auch, aber öffentlich – schau doch, was sich in der Ukraine getan hat.«

»Als wenn das Ergebnis so positiv wäre. Alle diese Revolutionen haben bloß zu anderen Machthabern geführt, nicht zu einem anderen System.«

»Na«, wandte Victor ein, »seit Ludwig XIV. hat sich aber schon viel geändert.«

Louis zuckte die Achseln. »Trotzdem sitzen wir hier.«

Einer der Besucher zog eine Flasche Wodka hervor. Clémence trank mit. Auf ihrem Gesicht lag eine sanfte Glut, sie sagte wenig. Louis führte das größte Wort. Igor erzählte von Briefen, die Tschorny ihm über seine Zeit in Sibirien geschrieben habe, es seien Gedichte darunter, unter Lebensgefahr von einem Kameraden herausgeschmuggelt, der dort vorgeblich als Bewacher arbeitete. Igor deklamierte einige Verszeilen über den unendlichen Winter und die unendliche Grausamkeit und Sonnenflecken an der Wand.

Noch einmal wurden Zigarren ausgeteilt. Georges ging zu Bett, blass vor Müdigkeit. Trotzdem stieg er nur widerstrebend die Treppe hinauf, wie ein kleiner Junge, der zwar zu müde ist, um wach zu bleiben, aber eigentlich nicht ins Bett gehen möchte.

»Kooperation ist wichtiger als Überleben. Wir sind soziale Wesen, die sich gegenseitig ergänzen. Kropotkin schreibt zu Recht, dass das Zusammenleben uns noch am besten vor den Gefahren schützt, die unser Überleben bedrohen.« Louis war rot angelaufen.

Igor fing an zu lachen. »Mein Freund. Du hast es noch nicht verlernt.«

»Eure Bewegung gründet sich auch auf Kooperation. Wie jede Revolution, jede Form von Fortschritt. Es ist Unsinn, zu denken, dass wir in einer zukünftigen Welt als Individuen losgelöst voneinander existieren werden.«

»Die Stricke der Macht müssen auf jeder Ebene entwirrt werden. Im Staat, in der Familie, in der Arbeitswelt und in der Organisation. Kommunen perpetuieren die Hierarchie.« Dmitri schien selbst über seinen fanatischen, ja fast wütenden Einwurf erschrocken zu sein.

»Ist das dein Sohn?«, fragte ich Igor. Aller Augen waren plötzlich auf mich gerichtet.

»Mein Neffe. Seine Mutter ist in der Revolution von 1905 ums Leben gekommen.«

»Der Mensch ist mehr als nur ein Arbeitnehmer.« Louis sprach lauter als vorher.

Ich gähnte und brachte mein Glas in die Küche. Clémence folgte mir. »Louis hat recht, auch wenn er selbst nicht danach leben kann.« Es klang entschuldigend.

»Genug.« Louis' Stimme war so laut, dass Petrus erschrak und zu uns gerannt kam.

Clémence schüttelte den Kopf und lief mit drei großen Schritten durch den Flur ins Wohnzimmer. »Genug, ja. Es ist zwei Uhr. Wir gehen zu Bett.«

Die Männer blieben drei Tage, an denen wir alle, ohne es abgesprochen zu haben, bekleidet waren – sogar Louis. Jeder Abend endete mit erhobenen Stimmen, jeder Morgen brachte die Verbrüderung. Bis auf den letzten Abend, an dem Louis Igor vor Wut sein Glas vor die Füße schmetterte und wir Igor nur mit Mühe davon abhalten konnten, auf der Stelle abzureisen. Am nächsten Morgen kam er in vollem Ornat aus seinem Zimmer. Ich wollte gerade zu den Ziegen gehen.

»Louis war schon immer so«, sagte er. »Aber er scheint einzurosten. Zu wenig Widerspruch.«

»Wir widersprechen ihm ständig.«

Er schüttelte den Kopf. »Ihr seid ihm nicht ebenbürtig. Clémence vielleicht, doch die nimmt es nicht so genau. Aber wir gehen jetzt.« Er wandte sich um. »Dmitri, weckst du die anderen?«

Ich klopfte bei Clémence und Louis, und noch ein zweites Mal. Da es still blieb, öffnete ich die Tür. Louis lag auf der Seite, das Betttuch über sich gezogen. Clémence lag auf dem Rücken, nur Bauch und Beine waren zugedeckt. Sie öffnete die Augen.

»Sie gehen.«

»Louis.« Sie rüttelte ihn an der Schulter. Er drehte sich von ihr weg. »Unsere Gäste gehen weg.« Sie nickte mir kurz zu, als wäre ich eine Bedienstete. Ich ging, Petrus im Schlepptau. Die Ziegen bekamen einen großen Teller alte Kräuter.

1. Juni

Der Nachbar brachte uns drei braune Hühner. Er stand plötzlich hinter dem Haus, Victor hatte keine Zeit mehr, sich etwas überzuziehen. Das erzählte er uns abends lachend. »Er hat doch mal eben genau hingeguckt. Und fragte, ob wir immer so herumliefen. Ich habe ihm von unseren Regeln erzählt und ihm Spinat mitgegeben. Vielleicht kommt er nächste Woche mal zum Essen. Ich habe gesagt, dass er seine Kleidung ruhig anbehalten darf.«

Da Petrus es auf die Hühner abgesehen hatte, mussten wir einen Stall für sie bauen. Das Holz in der Scheune war morsch, aber Louis hatte bei dem verfallenen Bauernhof weiter hinten an der Straße Bretter herumliegen sehen. Georges und ich zogen los, um sie in Augenschein zu nehmen. Er hustete immer noch. Louis hatte nach einem komplizierten Verfahren einen Sirup aus Spitzwegerichblättern für ihn zubereitet. Nun versuchte Georges, immer wenn er Louis sah, seinen Husten zu unterdrücken, damit der ihn nicht für undankbar hielt.

Früher oder später setzt alles Moos an. Auch der Stapel Bretter, der im Vorgarten des Bauernhofs lag, war morsch. Wir gingen um das Haus herum zur Scheune, die an einem kleinen Rinnsal lag. Die Tür stand offen, drinnen herrschte Zwielicht. »Wir sind nicht allein hier.« Ich flüsterte, die Worte wurden sogleich von der Wärme geschluckt.

»Psst.« Georges wedelte mit den Armen. Ein Poltern, irgendwas schoss an meinen Beinen entlang davon. Eine Katze oder ein Fuchs oder irgendein anderes kleines Wesen.

Georges griff zu einer Heuforke, ein Bretterstoß fiel mit lautem Getöse um. Er hielt die Heuforke ins Licht, ihr Eisen war rot vor Rost.

Wir trugen die Bretter und die Gerätschaften, die wir sonst noch in der Scheune fanden – ein Besen, zwei Grabgabeln, eine Schaufel –, nach draußen. Hinten in der Scheune stand ein niedriger Tisch mit Krimskrams in Kisten. Es stank dort in der Ecke nach Nagetierpisse. Ich nahm eine der Kisten mit hinaus – sie war voller Zeitungspapier, das in Flocken zerfiel, als ich es anfasste.

Wir liefen um das Haus herum. Ich rüttelte an einer Tür, die unversehens aufsprang. Drinnen war die Zeit eingefroren. Wir liefen durch ein Leben ohne Bücher, aber mit bestickten Kissen und Sinnsprüchen an der Wand, und alles war mit Staub bedeckt, der aufwirbelte, wenn wir vorbeigingen. »Wir müssen noch mal wiederkommen«, sagte ich leise. Georges durchquerte das Zimmer und ging eine Holztreppe hinauf. Dort stand ein großes Bett aus glattem, dunklem Holz, Decken unter einem weißen Überwurf. Georges öffnete die Kleiderschranktür, ich blieb nicht stehen, um hineinzusehen, es beklemmte mich auf einmal.

Draußen fand ich unter einem Schutzdach Überreste von einer Umzäunung – Maschendraht, Tau, Holz. Ich lud die Schubkarre voll und wartete an der größten Magnolie auf Georges. »Hast du noch was gefunden?«

»Ich wollte mich nur mal umschauen.« Er hob die Schubkarre an und lief los.

»Lass mich das doch machen.«

Er lief weiter, trampelte mit seinen Füßen über den Boden, als läge etwas Schlechtes darin begraben.

»Ist irgendetwas?«

»Muss denn etwas sein?«

Die Sonne brannte unterdessen Löcher in den Tag, die Luft war heiß. Georges keuchte, hielt jedoch an seinem hohen Tempo fest.

Nachmittags zimmerten wir einen Hühnerstall. Als wir die Hühner am Abend dort einsperrten, schien das unter ihnen Verwirrung zu stiften – das größte Huhn, das ich Marguerite getauft habe, lief immer im Kreis herum, und das zweitgrößte, Simone, pickte nach dem kleinsten, das sich kaum dagegen wehrte. Suse. Ich schob für die Nacht ein großes Brett zwischen sie. Logisch, dass sie in Streit gerieten, weil sie plötzlich so dicht aufeinanderhockten, und ich wollte nicht, dass die kleine Suse am nächsten Morgen womöglich gerupft oder gar tot in einer Ecke lag.

Mit einem Handtuch lief ich zur Pumpe, um mich zu waschen. Mein Schweiß war schwarz vom Staub, und als ich mir über die Arme rieb, rollte sich der Schmutz unter meinen Fingern zusammen. Er saß mir auch in Nase und Ohren. Ich seifte mich ein.

»Deine Haare müssten mal geschnitten werden. Soll ich das heute Abend machen?«

Ich zuckte vor Schreck zusammen. »Wo kommst du denn plötzlich her?«

Clémence zeigte auf die andere Seite der Weide. »Ich war baden.«

Gemächlich spazierte sie über den Gartenweg davon, ihre Sandalen klackten auf den Steinen, zarte Hufe, klack, klack, klack. Viel langsamer als mein Herzschlag, viel dezidierter.

12. Juni

Der Bahnhof kam mir wie eine Stadt vor – unbekannte Menschen, Maschinen, Geklingel. Der steife Stoff meiner schwarzen Hose scheuerte an den Schenkeln. Lea und Bernhard hätten schon da sein müssen. Quer durch die Halle kam ein feister Mann ohne Hals auf mich zu. Ich trat einen Schritt zur Seite, er hielt weiter auf mich zu, bis wir fast Nase an Nase standen.

»Schweinebande.«

»Pardon?«

»Treibt ihr es den ganzen Tag miteinander?«

»Bitte, mäßigen Sie sich!«

»Dann zieh dich doch aus.« Er fasste an die Knopfleiste meiner Bluse.

Ich stieß seine Hand weg. »Finger weg.«

Er spuckte neben mir auf den Boden. Eine Schliere Speichel blieb an seiner Lippe hängen, er wischte sie mit seinem dicht behaarten Handrücken ab.

Ich sah ihm weiterhin gerade ins Gesicht. »Regen Sie sich nicht so auf, das schadet Ihrer Gesundheit.«

Er war kurz davor, mich zu schlagen, besann sich aber plötzlich und marschierte mit großen Schritten davon.

Aller Augen in der Halle waren auf mich gerichtet, keiner sagte etwas, die Blicke hüllten mich ein. Ich bin ganz gelassen, dachte ich, gafft ruhig, das perlt von mir ab wie Wasser. Und es perlte von mir ab wie Wasser. Dann kamen zwei junge Leute in die Halle, und das konnten nur Lea und Bernhard sein.

Lea und Bernhard wollten mit Louis an einem Stall arbeiten, in dem sich die Ziegen unterstellen konnten. Lea zog gleich ihre Kleider aus, sie war mager und hatte kleine Brüste mit ganz dunklen Nippeln. Bernhard behielt die Hose an, vielleicht weil er die Hosentaschen brauchte, um seine Zigarren darin zu verstauen.

Es wurden an die dreißig Grad, und so trugen wir mittags alle eine Hose und ein weißes Hemd. Nur Louis blieb nackt – seine Haut sieht inzwischen aus wie dunkles Leder. Er war hochbeglückt über den Zuwachs – katzenfreundlich zu Bernhard und vertraulich mit Lea. Sie war zweiundzwanzig, Bernhard dreiundzwanzig – noch bevor Louis etwas sagte, zeigte sich seine Überlegenheit an Jahren. Abends bekamen beide eine Massage von ihm, auf der langen Bank hinter dem Haus.

Am Wochenende nach Lea und Bernhard kamen andere Leute, wieder ein junges Paar, die Frau lachte über alles. Sie pflückten Lindenblüten für Tee und zwei Eimer Johannisbeeren von dem Busch am Fluss. Danach halfen sie Louis dabei, auf dem sumpfigen Stück der Ziegenweide neues Gras auszusäen. Die Ziegen wollten nichts von ihnen wissen. Ich hatte den Verdacht, dass Louis mit der Frau schlief, war mir aber nicht sicher und traute mich auch nicht, Clémence zu fragen. Wir führen bei der Arbeit oft lange Gespräche, in denen wir uns über alles Mögliche unterhalten: die Eigenarten der Männer, unsere Kindheit – sie kommt aus einer gut situierten französischen Familie, einer ganz anderen Welt als ich – und welche Hoffnungen wir hegen, wie es Ziegen und Hühnern geht, die Romane, die sie in Paris bestellt und die ich nach ihr lese. Aber die Sache mit dem freien Sex ist vielleicht doch heikel, manchmal wirkt sie plötzlich viel verletzlicher, als es sonst den Anschein hat.

Hinter der Ziegenweide stehen einige Kirschbäume, von denen Clémence und ich am Sonntagnachmittag drei Eimer voll pflückten. Wir aßen viel zu viele davon, ich sah an ihren Lippen, wie rot meine sein mussten.

Georges ist seit seiner Grippe stiller geworden. Er lacht nur noch selten, und wenn ich ihn berühre, lässt er es zu wie ein Tier, das gelernt hat, sich nicht zu sträuben, jedoch ohne wirklich darauf zu reagieren. Ich habe ihn ein paarmal gefragt, was los ist, worauf er vergrätzt »nichts« sagte. Er ist sehnig geworden, hager, verschlossen. Er schneidet das Brot mit einer Besessenheit, die ich nicht an ihm kenne.

Wir essen, soviel wir können. Ich habe immer Hunger: Salat, Spinat, Erbsen, rote Bete und grüne Bohnen sättigen nicht richtig, und unser Brot ist zwar herzhaft, aber es reicht nicht. Victor hat einen großen Koffer getrocknete Hülsenfrüchte und Nüsse aus Paris mitgebracht, die wir rationieren, da der Großteil unserer eigenen Ernte noch auf sich warten lässt. Die Tomaten sind zudem von einer Wurzelfäule befallen, und wir fürchten, dass uns auch die Kartoffeln verschimmeln könnten. Petrus frisst, was bei uns auf den Tisch kommt, und dazu Eier von unseren Hühnern – ich habe Victor im Verdacht, dass er auch hin und wieder ein Ei isst, sage aber nichts. Victor hat in Paris einen eintägigen Kurs in rhythmischer Gymnastik besucht und beginnt seither jeden Morgen mit einer Reihe von Bewegungen, die seine Stimmung ausdrücken sollen.

Unser Manifest ist in *L'Humanité* publiziert worden. Es beginnt so:

Der freie Mensch, das freie Land: Manifest zur Förderung des Zusammenlebens von Mensch und Natur und des Friedens im Allgemeinen

Frieden ist der einzige Weg, der zu Fortschritt führt. Unser Daseinszweck ist, in Harmonie mit der Natur zu leben. Dazu gehören der Vegetarismus, eine gewaltlose Haltung gegenüber allen Lebewesen und der Naturismus, denn Kleidung ist eine Vermummung, die uns von unserem natürlichen Dasein entfremdet. Eine Befehlsgewalt von oben beeinträchtigt unsere Freiheit, deshalb sind wir Anarchisten; Besitz korrumpiert, wir teilen miteinander, was wir haben. Hierin, wie in allen anderen Dingen, sind Frauen und Männer gleich.

Es hat viele Diskussionen ausgelöst, nicht zuletzt weil wir uns im letzten Abschnitt ausdrücklich auf das Werk von Olympe de Gouges berufen – gegen ihre als royalistisch gewerteten Äußerungen während der Revolution gibt es offenbar immer noch Ressentiments, die wir auf Frauenhass zurückführen. Wir erhalten Briefe von Kritikern und Besserwissern; Louis diskutiert auf der Meinungsseite der Zeitung seit Wochen mit einem Kommunisten, der unsere Art des Zusammenlebens für den Anfang vom Ende hält. Doch es gibt auch Bewunderer: Vorige Woche hat uns jemand einfach mal hundert Franc geschickt.

Die Kritik hat mich dazu angeregt, auf der Grundlage des Manifests ein Buch zu schreiben, in dem ich den Zustand des Landes analysieren und darlegen möchte, wie unsere Antwort darauf aussieht. Obwohl mir das ganz gut von der Hand geht, fühle ich mich ruhelos und habe Haarausfall. Ich muss mich immer noch eingewöhnen. Irgendwann werde ich schon zurechtkommen, mich hier zu Hause fühlen – so wie Petrus, der meistens auf dem Sofa schläft, während ich schreibe. Wenn es im Haus zu warm wird, gehen wir zusammen baden, oder er trottet in den Garten hinaus. Jeden Morgen pflücke ich die Zecken aus seinem Fell, die die Hühner mit großem Appetit verspeisen.

13. Juni

Victor betreibt seine Heilgymnastik mit immer größerer Ernsthaftigkeit. Er beginnt den Tag mit einer Reihe von Bewegungsübungen, bei denen manchmal auch ein Reifen zum Einsatz kommt oder zwei lange Gummibänder, vor dem Mittagessen gibt es Atemübungen und eine Gesangsimprovisation und abends eine weitere Reihe tänzerischer Bewegungen, in denen er die Geschehnisse des Tages verarbeitet. Er macht seine Übungen unter dem Vordach auf der Rückseite vom Haus, damit er das Grammofon von drinnen gut hören kann. Schon ewig liegt er mir damit in den Ohren, dass ich mal mitmachen soll.

»Lass uns heute Abend eine Reihe über die Wahlen machen«, forderte er mich auf. Gaston Doumergue ist zum Präsidenten gewählt worden – Louis hat heftig darüber gemurrt, denn er kann den Mann nicht leiden. Ich mag ihn schon, er ist meiner Meinung nach aufrichtiger als Millerand. Mit seinem großen Schnauzbart und seiner schleppenden Sprechweise erinnert er mich ein bisschen an meinen Vater. Meine Eltern sind schon so lange tot. Sie hätten nichts von unserer Gemeinschaft begriffen. Aber immerhin hat mein Vater dafür gesorgt, dass ich zur Dorfschule gehen durfte, weil ich unbedingt lesen und schreiben lernen wollte.

»Ich bin überhaupt nicht gelenkig«, wandte ich ein.

»Das macht nichts. Jeder kann das. Es geht um die Emotionen.« Victor erzählte, dass ein Freund von ihm daran arbeite, Delsartes Ideen vom emotionalen Ausdruck in Stimme und Gebärden in Bewegungsübungen für Schulen umzusetzen. »Den Menschen fehlen Möglichkeiten, sich auszudrücken. Die moderne Technik trägt dazu bei, dass wir uns immer weiter von unserem Körper entfernen. Na komm, Sophie, zier dich nicht so.«

Zwei Stunden nach dem Essen begannen wir mit einer Einheit zum Aufwärmen. Sie bestand aus Atem- und Stimmübungen sowie dem Beugen und Strecken des Körpers bis in die Zehen und die Fingerspitzen. Georges kam kurz zuschauen, verschwand aber schnell wieder, als Victor »Mitmachen oder verschwinden« rief. Er legte eine Platte mit ruhiger Musik auf. »Fühle einfach, was du fühlst«, sagte er. Sein rechter Arm bewegte sich schon wellenartig wie ein Aal im tiefen Wasser. Er schaute auf seine Hand und bewegte den Oberkörper mit. Auch die andere Hand nahm die Bewegungen auf. Ich dachte an die Wahlen, an den Wanst von Doumergue, an die so zähe und ungewisse Zukunft des Landes. Ein Holpern und Stocken. Nichts Fließendes wie bei Victors Tanz. Ich begann mich langsam zu bewegen, beschrieb Ecken. »Gut«, sagte Victor ab und zu. Ich zeichnete ein Quadrat in die Luft, bewegte mich darum herum, wurde selbst zum Quadrat. Meine Arme waren schwer, so hoch erhoben, meine Schultern schmerzten. Als die Platte zu Ende war, schwitzte ich. Victor fragte, ob ich das wirklich so empfunden hätte.

»Ich denke schon«, sagte ich. Als ich zur Seite schaute, sah ich, dass Louis und Georges vom Wohnzimmer her zuschauten. Louis formte mit seinen Händen ein Quadrat, sie lachten.

1. Juli

Der Brief von der Zeitung *L'En Dehors* kam zu einem unpassenden Zeitpunkt: Louis und Clémence waren sich über die Anlage einer zweiten Wasserpumpe heftig in die Haare geraten – Clémence' Meinung nach ist sie auf lange Sicht notwendig, Louis findet das dekadent. Es hatte damit geendet, dass sie ihm ein Glas Wasser über den Kopf goss, worauf er in lautes Schimpfen ausbrach. (Je öfter jemand schimpft, desto bedeutungsloser werden die Worte, während das Verletzende daran sich tiefer eingräbt, bis eine Grenze überschritten ist und es plötzlich reicht, ohne dass der Schimpfende versteht, warum – für ihn war es nur Zorn, immer nur Zorn.) Auch haben die Schnecken unseren Gemüsegarten entdeckt: Es bleibt abzuwarten, ob Salat und Kohl sich davon erholen.

Ich schnitt das Thema nach dem Essen an. »Ich bin von *L'En Dehors* eingeladen worden, eine Artikelserie zu schreiben. Sie sind insbesondere an unseren Erfahrungen mit dem Naturismus interessiert, ob wir dadurch der Natur näherkommen, und auch an der Gruppendynamik.« Ich sah Louis an. »Ich soll dir Grüße von Henri und Émile ausrichten.« Seine alten Freunde hatten das Blatt vor ein paar Jahren übernommen.

»Grüße zurück. Schön. Mach das.«

Clémence schaute von Colettes *Chéri* auf – Louis hasste die Autorin, bezeichnete sie als Scharlatan, aber Clémence fand ihre Bücher unterhaltsam. »Guter Plan.«

»Hat jemand etwas dagegen?«

»Aber unbedingt über den Tanz schreiben!«, sagte Victor. »Die Künste sind mehr als alles andere geeignet, die Spiritualität anzuregen.«

»Was soll denn das jetzt wieder heißen?«, entgegnete Louis.

»Mich hältst du aber bitte dabei raus«, meinte Georges. Unser gemeinsamer Bereich war sonst immer etwas Selbstverständliches, ein vertrautes Zimmer: Das steht hier und das dort, nichts verlangt viel Aufmerksamkeit. Jetzt sind ständig Dinge umgestellt, stehen nicht mehr dort, wo sie vorher gestanden haben. Ich weiß nicht, wer sie umgestellt hat oder wer dafür verantwortlich ist, sie zurückzustellen.

»Und wenn ich deinen Namen ändere?«

Georges zuckte mit den Schultern. Später sagte Clémence, er empfinde das wahrscheinlich schlicht als Bedrohung, und ich solle nicht zu streng gegen ihn sein.

Dadurch, dass wir uns im Rhythmus des Landes bewegen – uns um die Tiere, die Pflanzen, den Gemüsegarten kümmern –, kommen wir der Natur, einem puren und authentischen Leben näher. Der Naturismus trägt dazu bei und führt zudem die Absurdität der Mode vor Augen, die mit ihrer Akzentuierung oder Verhüllung bestimmter

Körperpartien Frauen in ein anderes Korsett zwängt als Männer. Das Ästhetische wird von der praktischen Notwendigkeit der Kleidung als Schutz vor Kälte oder Insekten abgekoppelt. Städter nehmen dadurch etwas Lächerliches, Groteskes an – man sehe nur, wie die Damen in ihren teuren Kleidern paradieren, wie die Herren mit gespielter Gleichgültigkeit die schönsten Oberhemden unter den edelsten Jacketts tragen! Die Mode von heute ist leger, aber das besagt nicht, dass auch der Stil ihrer Träger leger ist. Frag die Ziege, welche Rolle das spielt, und sie wird dich auslachen.

Louis ist wirklich am liebsten nackt, kann wie ein Baum in der Landschaft aufgehen. Georges schämt sich immer noch wie ein Pubertierender für seinen Körper, dessen Gestalt und dessen Regungen. Victor vermisst den Putz, versteht es jedoch, auch ohne Kleidung schick auszusehen – er stutzt seinen Oberlippenbart neuerdings mit einer Nagelschere zu einem geraden Strich. Clémence weiß, dass sie schön ist, dass man sich nach ihr umdreht; sie ist nackt noch schöner als angezogen, oder nein, anders – in einem Kleid ist sie ein Filmstar, ohne Kleid eine Augenweide. Ich selbst bevorzuge es, bei der Gartenarbeit etwas anzuhaben, weil ich mich dann besser geschützt fühle; am liebsten trage ich Hose und Oberhemd.

Der Naturismus ist auch der Gesundheit förderlich, da die Haut Sonnenlicht aufnehmen kann und man bereitwilliger ins Wasser geht, um zu schwimmen. In unserer Gemeinschaft werden keine Unterschiede zwischen Mann und Frau oder zwischen Arm und Reich gemacht – wir sehen alle gleich aus, leisten alle den gleichen Beitrag. Die Frauen bestellen genauso gut den Boden, wie die Männer kochen oder, wenn nötig, Näharbeiten verrichten. Soziale Gleichheit fängt beim Körper an.

Wer mit der Freikörperkultur beginnt, wird anfangs vielleicht ein gewisses Unbehagen empfinden oder das Bedürfnis haben, sich vor der Witterung zu schützen. Körper und Geist brauchen Zeit, sich zu gewöhnen. Mit der Zeit wird man gar nichts anderes mehr wollen und verstehen, dass wir wie die Eulen, die Schafe und die Rehe dazu gemacht sind, im Freien zu leben. Schamhafte Gefühle in Bezug auf den nackten Körper hängen oft damit zusammen, dass Nacktheit sexualisiert wird und Sex tabuisiert ist. Doch Nacktheit hat im Prinzip nichts Sexuelles – Männer wie Frauen sind mit einem Körper ausgestattet, mit dem sie arbeiten, Sport treiben, lieben können. Ein System, das Frauen, zumal deren nackten Körper, als ein Objekt betrachtet, das Begierde weckt, gründet auf überholten Vorurteilen. Wir Frauen haben unsere eigene Erfahrung, unsere eigenen Wünsche, und können darüber reden, ohne deswegen promiskuitiv zu sein. Nicht, dass sexuelle Beziehungen verwerflich wären. Obwohl diese in unserer Gemeinschaft momentan nur in romantischen

Beziehungen stattfinden, muss das nicht der ideologische Schlusspunkt sein – wir sind für andere Formen des Zusammenlebens grundsätzlich offen.

Victor fühlt sich offenkundig zu Männern hingezogen, und Louis mit seiner schütteren grauen Brustbehaarung und seinem ach so eindringlichen Blick finde ich unattraktiv. Das beruht, glaube ich, auf Gegenseitigkeit, denn nach einem ersten Angebot, mir über meine Blockaden hinwegzuhelfen, hat er nie wieder Anstalten gemacht, unsere Beziehung in irgendeiner Weise zu vertiefen.

Neue Seite.

Der Vegetarismus ist ein natürlicher Bestandteil des Anarchismus, weil er die Autonomie anderer respektiert und zu einem friedfertigen Leben beiträgt. Diskussionen über ein Leben ohne Fleischkonsum konzentrieren sich meistens auf die gesundheitlichen Vorteile. Die moralische Frage wird vergessen.

Henri und Émile stehen dem Vegetarismus skeptisch gegenüber. Das war schon in Paris ein Streitpunkt und jetzt wieder. Wir finden es richtig, keinem anderen zu schaden, sie stehen auf dem Standpunkt, dass der Mensch im Mittelpunkt des Daseins steht und es beim Anarchismus um unsere Freiheit, unsere Entwicklung geht. Sie betrachten die Gewalt auch als ein manchmal notwendiges Übel zur Verwirklichung der guten Sache, während wir sie ablehnen.

Freiheit und Gewaltlosigkeit gehören unabdingbar zusammen. Will man die Fesseln des Systems abstreifen, genügt es nicht, innerhalb von dessen Strukturen gegen dieses System aufzubegehren. Man muss das ganze System infrage stellen. Die uns unterdrückenden Strukturen und Mechanismen sind jedoch nicht mit Gewalt zu bekämpfen, denn sie bestätigt diese ja gerade. Vielmehr müssen wir eine Alternative aufstellen, und zu der gehört, dass wir jegliche Gewalt gegen andere und jegliche Beherrschung anderer missbilligen. Nicht nur die eigenen Grenzen zählen, sondern die eigene Freiheit ist mit der Freiheit aller anderen Lebewesen verknüpft.

Ich bin mir nicht sicher. Die Menschen sind es einfach gewohnt, sich für auserwählt zu halten. Und vielleicht schaffen sie es nicht, nach höheren Idealen zu leben. Aber das ist kein Grund, es nicht zu versuchen.

Wer den Krieg miterlebt hat, sieht, wenn er die Augen schließt, die Leiber der Toten auf den Schlachtfeldern. Nicht nur der Menschen, sondern auch der Pferde. Und auch wer die Augen aufmacht, sieht die Pferde vor sich: nicht in den Schützengräben, sondern in den Schlachthäusern.

Vielleicht ist dieser Vergleich zu heikel – noch. Wenn ich
 an Hubert mit seinen Schützengrabenfüßen denke, für

immer verkrüppelt, Patrick, der immer noch bei jedem Hüsteln hochfährt, Jean, der zufällig in der Nähe der Gare de l'Est war, als Granaten darauf abgeschossen wurden. Er hatte kein Gesicht mehr, wir wussten nicht einmal genau, ob er es war – Monica glaubte ihn an seinem Goldkettchen zu erkennen. Er muss es gewesen sein, sonst hätten wir ihn irgendwann wiedergesehen.

14. Juli

Monsieur Renard hatte uns eingeladen, am Nationalfeiertag nachmittags auf ein Glas zu ihm und seiner Familie zu kommen. »Anarchisten sollten mitten in der Gesellschaft stehen«, sagte Louis. »Wir dürfen nicht auf unserer Insel bleiben.«

Clémence zog ihr hellgrünes Kleid an. Louis runzelte die Stirn, als sie nach unten kam.

»Was ist?«, fragte sie. »Wir haben doch vereinbart, dass wir mitmachen, oder? Dazu gehört, dass man sich festlich anzieht.«

»Man kann es auch übertreiben. Ich verstehe nicht, wieso du dieses Kleid überhaupt noch hast.« Er schlug nach einer Mücke.

»Wegwerfen wäre eine Sünde.«

Unterwegs schloss sie zu mir auf. »Ich habe dieses Kleid einmal von Solomon geschenkt bekommen. Louis ist ganz einfach eifersüchtig. Er selbst hat sich schließlich auch herausgeputzt.« Louis trug eine schwarze Hose und ein schlichtes Hemd. »Und du siehst auch fabelhaft aus. Warum sollte die Revolution nicht gut aussehen dürfen, dafür gibt es keinerlei Grund.«

Diese Ansicht muss ich vielleicht noch in meinen Artikel einarbeiten, dachte ich. Clémence hakte sich bei mir unter. Lavendel, Sommer, Victor hat mit der Seifenherstellung begonnen. In der Ferne war die Blaskapelle zu hören.

Die Tür wurde von einer kleinen, dunkelhaarigen Frau mit drallen Armen und stämmigen Beinen geöffnet. »Willkommen«, sagte sie. Auf ihrer Oberlippe zeichnete sich ein schmaler Schnurrbart ab. Sie wandte sich gleich um, ohne zu lächeln.

»Meine guten Freunde, kommt herein.« Monsieur Renard, der auch einen Schnurrbart hat, aber einen buschigen weißen, wie ein kleines totes Frettchen, empfing uns mit ausgebreiteten Armen. In der Mitte des Zimmers stand ein Tisch, an dem fünf Kinder saßen, alle mit verschränkten Armen. »Hier meine Nachkommenschaft. Geht euch mal selbst beschäftigen, Jungs.« Die Kinder standen ohne ein Wort auf und verschwanden.

»Marguerite? Cognac!«, rief Monsieur Renard seiner Frau zu, die im Flur wartete. Wir setzten uns an den Tisch, mein Stuhl war noch warm von dem Jungen, der darauf gesessen hatte. »Darf ich einschenken? Es ist ein Tag zum Feiern.« Monsieur Renard hatte mit zurückhaltender, neutral klingender Stimme gesprochen, doch seine Frau war so geräuschlos davongehuscht wie die Kinder und im Nu mit der Flasche zurück gewesen.

»Auf unser prachtvolles Vaterland«, sagte er. »Prosit.« Er fragte Georges, ob er auch gekämpft habe, und zog sein Hemd hoch. Über seine Brust zog sich eine gerade Narbe, umgeben von borstigen schwarzen Haaren. Sein Bauch wölbte sich über den Hosenbund, dass der Gürtel nicht mehr zu sehen war, ein schwabbelnder Buckel mit Kuhle. »Beinahe hätten sie mich erwischt, diese Halunken. Stimmt's, Marguerite? Es fehlte nicht viel, und es hätte mich nicht mehr gegeben.«

Georges erzählte, dass er im Krieg als Koch gearbeitet habe.

»Kommt vor, kommt vor. Der Mensch muss schließlich essen. Und du?«

Victor hatte den Dienst an der Waffe ebenfalls umgehen können und erzählte, dass er Informationsveranstaltungen organisiert habe – anarchistische, aber das erwähnte er nicht.

»Ich wurde leider auch eingezogen«, sagte Louis. »Ich bin prinzipiell gegen Krieg, aber zu verweigern war nicht möglich.«

»Du wolltest dich deiner Pflicht entziehen? Aus Feigheit?«

»Blutvergießen führt zu Blutvergießen. Das hat dieser sinnlose Krieg mehr als irgendetwas anderes bewiesen.« Louis hatte seinen Kameraden Geschichtsunterricht gegeben; nach drei Monaten Wehrdienst brach er sich den Knöchel und verstand es dann, den Heilungsprozess um Jahre hinauszuzögern.

»Und alle Jungs, die für euch ihr Leben gelassen haben, ich, der beinahe für euch sein Leben gelassen hätte, das soll umsonst gewesen sein? Das war sinnlos?«

»Sinnlos in der absurdesten Bedeutung des Wortes.«

Renard schenkte sich noch ein Glas ein und kippte auch das gleich hinunter.

»Wieso fragen Sie eigentlich nicht, was wir gemacht haben?«, sagte Clémence. Dabei stellte sie die Füße etwas breiter auseinander.

»Sie haben recht, Madame. Was war Ihre Rolle in unserem Kampf?« Er hustete und schluckte den Schleim hinunter.

»Ich habe Wunden versorgt und Männer sterben sehen. Erst im Feldlazarett, später im Val-de-Grâce.«

»Ich ziehe den Hut vor Ihnen, Madame.«

Er sah sie triumphierend an, und sie sah ihm gerade ins Gesicht, wandte den Blick nicht ab, wie es von ihm beabsichtigt war, sondern ließ den seinen daran abprallen. Wir schauten zu, sogar Louis hielt den Mund.

Sie fing an zu lachen. Renard erstarrte.

»Was ist so lustig?«

»Sie tragen ja gar keinen Hut.«

Louis grinste, Victor murmelte etwas zu Georges, der mir auf die Schulter haute. Clémence ging in die Küche und fragte Madame Renard, ob sie nicht zu uns zum Tee kommen wolle. Die Frau antwortete nicht, schüttelte nicht einmal den Kopf.

Draußen nahm uns die warme Luft auf, ließ uns wieder atmen. »Ich glaube nicht, dass sie kommen wird«, sagte ich zu Clémence.

»Sie kann nicht.«

»Natürlich kann sie. Wir sind alle frei, zu gehen und zu stehen, wo wir wollen«, sagte Georges dezidiert.

Clémence blieb stehen. »Manche«, sagte sie langsam, »sind freier als andere.«

»Ich meine ja nur«, lenkte Georges mit etwas dämlichem Gesicht ein.

»Ich weiß, was du meinst. Ich weiß, du denkst, dass wir hier frei sind. Dass wir hier außerhalb der Normen und Verpflichtungen der Gesellschaft leben. Doch die Regeln haben auch wir verinnerlicht.«

»Wir suchen zumindest nach Freiheit.«

Clémence schüttelte den Kopf, schien plötzlich müde zu sein.

»Aber deswegen sind wir doch hier«, sagte ich. »Weil wir glauben, dass etwas anderes möglich ist, dass wir etwas Neues machen können.« Meine Stimme klang empörter, als ich es bezweckt hatte.

Sie nahm meine Hand und drückte einen Kuss darauf. »Und deshalb stehen deine Chancen besser als meine.«

18. Juli

Wir ertrinken fast in Zucchini. Die Pflanzen haben den gesamten östlichen Rand vom Gemüsegarten eingenommen, und jeden Tag hängen fünf bis sechs reife Früchte daran.

»Es wäre schade, wenn sie verfaulen«, sagte Clémence. »Lasst uns damit eine Runde bei den Nachbarn machen. Ich gehe am besten zusammen mit Sophie, das wirkt weniger bedrohlich.«

Victor machte ein betretenes Gesicht. Er hatte ein paar

Tage vorher mittags seine Tanzreihe auf der Vorderseite vom Haus gemacht, weil dort Schatten war, und dabei hatte ihn die Frau von Doktor Camus gesehen und die Polizei gerufen. Später kamen zwei Beamte, um sich ein Bild zu machen. Louis hatte ein gutes Gespräch mit ihnen, wie er abends erzählte; der eine Polizist war auch Anhänger der Freikörperkultur und wollte dafür sorgen, dass seine Kollegen von weiteren Besuchen bei uns absehen. Am Tag darauf bekamen wir einen Drohbrief, Kritzeleien auf Zeitungspapier. »Schweinebande! Nehmt euch in Acht!« Victor hat ihn im Abort aufgehängt.

Wir nahmen einen großen Korb, füllten ihn mit den Zucchini, die wir noch auf Vorrat hatten – sie sind krumm und gewunden, rund oder länglich und haben alle Farben zwischen Gelb und Grün –, stellten ihn in die Schubkarre und gingen dann das Beet ab. Blüten pflückten wir auch, die kann man in Öl ausbacken oder in den Salat geben. Die Bienen summten zudringlich, eine Libelle strich hautnah um uns herum und entschwand dann über die Wiese hinweg in die Ferne. So hatte ich es mir vorgestellt: traumhaft, warm, Erde unter meinen Fingernägeln und nach Pflanzen riechende Hände, zartgelbe Sommertage, von der gleichmütigen Sonne verwöhnt.

»Au, au, au«, Clémence sprang auf. »Eine Biene.« Sie war in die Kniekehle gestochen worden. »Du musst den Stachel heraussaugen.«

Ich hockte mich hinter sie, wagte kaum, ihr Bein anzufassen. Auf der Innenseite ihres Schenkels ein Dreieck aus Muttermalen. »Und wie?«

»Als wolltest du mir einen Knutschfleck machen. Schluck den Stachel aber nicht runter.«

Ihr Bein war wärmer als meine Hand, ihre Haut schmeckte ein bisschen salzig, und sie roch nach Erde. Ich machte es einfach, und es gelang. Ich spuckte den Stachel aus, meinte Blut zu schmecken. Noch bevor ich mich erhob, wurde mir kurz schwindlig, und ich hielt mich an ihrem Bein fest.

»Alles in Ordnung?« Sie rieb sich über den Stich. »Ich muss ihn mit etwas Essig einreiben. Arme Biene.«

Ich erschrak und ließ ihr Bein los, sie schien meine Verwirrung nicht zu bemerken.

23. Juli

Die Hitze nistete sich zuerst in der Luft, dann im Land und schließlich im Haus ein.

Am dritten heißen Tag kam kein Wasser mehr aus der Pumpe. Georges konnte den ziemlich verrosteten Schwengel los bekommen und zog dabei das obere Rohr mit heraus. Er wischte sich den Schweiß von der Stirn, auf der rote Striemen zurückblieben. Es war erst zehn Uhr morgens.

»Jetzt heißt es graben.«

Wir hatten nur einen Spaten. Georges lief noch einmal zu dem verlassenen Bauernhof, um sich nach einem Rohr umzuschauen, und ich fing an zu graben. Die Sonne brannte mir auf den Rücken, Schweiß lief mir aus den Haaren übers Gesicht und tropfte auf den Boden. Meine

Brüste hingen herab wie schlappe Tüten. Nach dieser Pumpe wird irgendetwas anderes kaputtgehen, dachte ich, und danach wieder etwas.

»Fleißig, fleißig.«

Ich strich mir die Haare aus dem Gesicht. Clémence stand nicht weit entfernt.

»Mir wurde gerade klar, dass alles sinnlos ist.«

Sie lachte. »Aber Wasser brauchen wir schon.«

»Das stimmt.« Ich grub weiter, spürte, wie der Schweiß weiter an meinem Körper hinunterrann. Ich wusste nicht, ob Clémence noch dastand und zuschaute, sah erst auf, als Georges zurück war. Er ruckelte auch das letzte Rohrstück heraus, hielt das mitgebrachte Rohr dagegen. Es schien zu passen und musste nur noch installiert werden.

Doch das Rohr löste sich immer wieder, Georges fluchte. Ich nahm es ihm ab, damit er die Schelle festschrauben konnte. Er schraubte wie wild.

»So.« Er probierte die Pumpe aus – Wasser ist manchmal die reine Freude.

Ich hielt den Kopf darunter. »Herrlich.«

Er legte die Hand an meine nasse Wange und sagte, ich sei schön kühl. Ich spritzte ihm Wasser ins Gesicht, worüber er wieder fluchen musste, ein fröhliches »Verdammte Scheiße«. »Dir werd ich's zeigen.« Er ließ einen Eimer volllaufen, doch bis es so weit war, war ich längst wieder im Haus.

Nachts gab es ein stundenlanges Gewitter.

30. Juli

Am letzten Julitag wurden es fast vierzig Grad im Schatten. Ich saß am großen Tisch im Wohnzimmer und schrieb. Petrus lag schlafend auf dem Sofa, sprang dann aber herunter und ließ sich auf den Boden fallen, bis es ihm auch dort zu warm wurde und er sich auf den Steinfliesen vor dem Kamin ausstreckte. Louis war zum Nachbarn gegangen, um ihm bei der Brombeerernte zu helfen, Georges in ein nahe gelegenes Dorf, um ein Tau zu kaufen, Clémence war baden, Victor befand sich zu einem Tanzkurs in Paris, von wo er im Laufe des Tages zurückkehren würde. Es war vielleicht nicht das erste Mal, dass ich allein im Haus war, aber zum ersten Mal spürte ich es.

> *Will man in enger Gemeinschaft zusammenleben, genügt es nicht, dieselben Ausgangspunkte zu haben: Diese müssen auch immer wieder durchleuchtet, immer wieder diskutiert werden. Eine Gemeinschaft ist ein Organismus aus Menschen und Worten und muss offen bleiben, um etwas Neues hervorzubringen.*

Bildeten wir eine enge Gemeinschaft? Wir taten jedenfalls so als ob. Wir kannten inzwischen die jeweiligen Steckenpferde der anderen, ihre Leibspeisen, ihre guten und schlechten Angewohnheiten. In Gedanken versunken ging ich in die Küche, um mir ein Glas Wasser zu holen.

Auf der Fensterbank waren Lorbeerblätter zum Trocknen ausgebreitet, gestrandete kleine Ruderboote.

Clémence kam gleichzeitig mit mir in die Küche, und es war, als sähe sie mich plötzlich. Ich weiß nicht, wie lange wir so dastanden, in einem Raum, in dem noch alles geschehen kann. Der Moment zog sich hin, zog sie zu mir hin.

Ich weiß nicht, wer den ersten Schritt auf die andere zu machte.

Sie küsste mich, oder ich sie, immer zärtlicher und heftiger. Ihr Rücken war nass vor Schweiß, den ich nach oben strich, über ihren Hals in ihr Haar; ihre Hand auf meiner Seite vibrierte, sandte einen Stromstoß durch mich hindurch. Meine Haut war in Bewegung, meine Hände – ich dachte mit meinen Händen, sie dachten vor mir her. Ich wurde zwar nicht eins mit ihr, doch für einen Moment wurden wir beide an einen neuen Ort versetzt.

Sie trat einen Schritt zurück, strich mir eine Haarsträhne aus dem Gesicht. »Möchtest du ein Glas Wasser?«

»Nicht nötig.« Ich küsste sie innig auf den Hals.

»Ich schon.« Sie lief von mir weg, es zog an mir wie ein Gummiband, das sich dehnt, irgendwo aus der Mitte meines Körpers heraus. Ich widerstand der Anwandlung, ihr zu folgen. Sie reichte mir ihr Glas, ich trank auch einen Schluck.

Ich machte sicher ein betretenes Gesicht, denn sie stellte das Glas hin und küsste mich sanft. »Hallo, meine Schöne. Schau nicht so bedripst.«

 Petrus kam in die Küche getrippelt und ließ sich neben

uns auf die Steinfliesen plumpsen. Ich schaute auf ihn hinunter. Clémence fasste meine Hand. »Komm.«

Ich folgte ihr nach oben, nackte Füße auf der warmen, knarrenden Treppe, Staub hing in der Luft, das Licht machte ihn sichtbar. Das Zimmer war dunkel, viel zu warm, das Betttuch hing als Sonnenschutz vor dem Fenster. Es ging schnell – mein Höhepunkt, dann ihrer –, ihre Lippen an meiner Wange, warm, »Sophie«, ihr Atem, süß – ich wollte sie mir bewahren, aber sie war schon fort. Ich sah sie durchs Fenster zur Pumpe laufen. Meine Hände rochen nach ihr. Ich blieb am Fenster, bis sie wieder zum Haus kam.

Am Eingang zur Küche schickte sie mir einen flüchtigen Kuss herauf, halb neben meinen Mund. »Ich habe den Eimer für dich stehen lassen.«

Ich wusch mich in ihrem Wasser, duftete nach Seife, als ich das Haus wieder betrat. Louis saß mit einem Buch am Tisch. »Habt ihr einen guten Nachmittag gehabt?«, fragte er aus dem Zimmer.

»Es geht stetig voran mit dem Buch«, sagte ich und murmelte etwas über die lähmende Hitze. Ich lächelte noch, aber er hatte sich schon wieder über sein Buch gebeugt. Dabei drehte er den Finger im Bart herum, eine geradezu obszöne Gebärde.

Clémence kam im Flur an mir vorüber, eine Flasche Wein und Gläser in den Händen. »Trinkst du ein Glas mit?«

»Ja, sei mal ein bisschen gesellig.« Louis schaute zu mir auf, als sähe er mich zum ersten Mal.

»Ich habe noch etwas zu erledigen.«

»Das geht doch auch morgen noch.«

Clémence setzte sich zu ihm an den Tisch, ich nahm den Stuhl neben ihr, damit ich sie nicht anzusehen brauchte. Ich hatte Gänsehaut auf Armen und Beinen; das Blut unter meiner Haut strömte zu ihr hin.

Louis erzählte, dass im Dorf über uns geredet würde. Er sei mit dem Handwagen bei Monsieur Duchamp gewesen, um Holz zu holen, und dessen bettlägerige Frau sei Dreh- und Angelpunkt des Klatschs – die anderen Frauen des Dorfes brächten ihr Essen und sprängen beim Saubermachen ein, und dabei würden die letzten Neuigkeiten beschwatzt. Die außereheliche Schwangerschaft der Frau von Lehrer Hallibert liege schon zwei Jahre zurück, da seien sie froh über unser Kommen. Louis lachte. »Sie denken, dass wir hier alle den lieben langen Tag miteinander im Bett liegen und dass wir geheimnisvolle Rituale pflegen. Duchamp hat mich mindestens fünfmal gefragt, ob wir am Sonntag nach Luynes in die Kirche kommen.«

Ich erzählte von dem Mann auf dem Bahnhof, wobei ich sowohl das Geschehen als auch den Bauch des Mannes andickte.

»Wir könnten ruhig einmal hingehen«, sagte Clémence. »Es ist wichtig, dass wir hier akzeptiert werden. Und vielleicht können wir den Leuten auch etwas beibringen. Dieser Nachbar hat doch Kühe, nicht?«

Louis verzog das Gesicht. »Vielleicht mag Victor mitkommen.«

Der betrat gerade in diesem Moment das Zimmer. Seine kleine Nickelbrille hing ihm schief auf der Nase.

Ich fand immer noch, dass es ein komischer Anblick ist, nackt, aber mit Brille.

»Wie war's in der Hauptstadt?« Ich stand auf, um ihn auf die Wange zu küssen.

Er erzählte, dass sie sich vor allem mit Wut befasst hätten. Nicht mit dem individuellen, sondern dem gesellschaftlichen Ausdruck von Wut im Tanz. Er selbst empfinde zwar selten Wut, doch es sei trotzdem eine sehr nützliche Woche gewesen – am letzten Tag hätten sie auf der Place de la Concorde ein Anarcho-Tanzkollektiv gegründet, dessen Ziel der Sturz des Kapitalismus mittels Bewegung sei. Das Kollektiv würde sich jeden Dienstagabend versammeln, und vielleicht könnten alle sich im Herbst hier bei uns treffen. »Aber wohin soll ich mitkommen?«

»In die Kirche.« Clémence und ich sagten es im Chor. Sie legte mir unter dem Tisch die Hand aufs Bein.

Er sah uns entsetzt an. »Warum wollt ihr denn jetzt wieder in die Kirche?«

»Um mit den Dorfbewohnern in Kontakt zu kommen. Sie denken, dass wir irgendeine gruselige Sekte sind.«

»Sind wir doch auch!« Victor machte ein paar mysteriöse Bewegungen. »Aber im Ernst. Als Kind musste ich immer mit in die Kirche. Wisst ihr, was ich da gemacht habe?«

Wir schüttelten den Kopf.

»Gegengebetet. Bei allem, was sie sagten, murmelte ich, dass es nicht wahr sei. Sonst wäre ich komplett verrückt geworden. Mein Vater schlug mich jeden Samstagabend mit seinem Gürtel, zehn , manchmal auch zwanzigmal, weil mich das hart mache. Nur mich schlug er, meine Brüder nicht – die waren offenbar schon von sich aus hart. Und dann am Sonntagvormittag in die Kirche. Alle wussten es. Die Nachbarn, mein Lehrer. Aber keiner sagte was.«

Während Clémence und Victor weiterredeten, stand Louis auf. Er machte das Radio an, drehte am Knopf, bis er einen Sender fand mit Musik, die ihm gefiel. Er machte ein Tänzchen, allein, das Gesicht gesenkt. Auf einmal vermisste ich Georges.

1. August

Nach einer schlaflosen Nacht war ich als Erste unten – ich gab Petrus sein Frühstück, holte an der Pumpe ein paar Kannen Wasser und stellte den Kessel für den Kaffee auf, die Ohren gespitzt – sie konnte jeden Augenblick herunterkommen. Eine Tür, Schritte auf dem Flur: Mein Herz hüpfte hoch und sank in derselben Sekunde.

»Morgen«, sagte Victor.

»Du bist aber früh dran.« Er schlief meistens am längsten von uns allen.

»Ich konnte nicht schlafen. Ich habe die ganze Zeit gegrübelt.«

»Guten Morgen.« Sie stand plötzlich neben uns, strich Victor kurz über den Arm und küsste mich ganz leicht auf die Wange, während sie meinen Arm umfasste und wieder losließ – die Berührung brannte sich ein. »Hast du nicht gut geschlafen?«

Victor nickte. »Aber es war heute Nacht schön draußen. Ich dachte, es sei ganz dunkel, bis ich die Sterne sah.«

Das Wasser kochte, ich mahlte die Kaffeebohnen. Clémence holte die Kaffeekanne aus dem Wohnzimmer. Auf dem Küchenbüfett rang eine Fliege mit dem Tod.

»Mir war, als wäre ich nicht mehr ich selbst«, fuhr Victor fort. »Als wäre der Körper, der im Bett lag, zwar meiner, aber irgendwie abgespalten. Ein lahm daliegendes Ding mit meinem Gesicht und meinen Gedanken. Mein wirkliches Ich schwebte ein bisschen umher.«

»Ist alles in Ordnung mit dir?«, fragte ich.

»Jetzt schon.«

»Du kannst uns jederzeit wecken«, sagte Clémence, die vor mir entlangging, um ein Tischtuch aus dem Schränkchen zu nehmen.

Victor nickte. »Es war eine ganz eigenartige Erfahrung. Ich hatte Mitleid mit mir selbst.«

Clémence schaute von ihm in Richtung Wohnzimmer und im Vorübergehen zu mir. Es verschlug mir fast den Atem, was sie zum Lachen brachte.

»Was ist daran so witzig?«, fragte Victor.

»Pardon, mein Lieber. Aber ich lache über sie.« Sie zeigte auf mich. »Sie blickt so ernst auf den Kaffee. Aber komm, setz dich doch eben zu uns an den Tisch, bevor du tanzen gehst. Warum hattest du Mitleid mit dir?«

3. August

Über den Feldern hingen dichte Nebelschwaden. Es war Sonntag, und wir hatten verabredet, dass wir gemeinsam einen langen Spaziergang machen würden, doch Georges und Victor erschienen beide nicht zum Frühstück. Georges hatte Zahnschmerzen und Victor irgendetwas mit der Verdauung, er trank schon seit Tagen Tee aus zerkrümelten Brombeerblättern gegen den Durchfall. Louis war zwar da, wollte aber ins Dorf, um mit Schuhmacher Pierre über den Erwerb eines Zuckerrübenfelds zu sprechen.

»Dann gehen wir eben zu zweit«, sagte Clémence vergnügt, das Gesicht noch weich vom Schlaf. »Hast du fertig gegessen?«

Petrus rannte auf dem Pfad vor uns her. Er bellte einen Schmetterling an und einen Baumstumpf, der von Weitem tatsächlich wie ein Tier aussah, ein Dachs oder ein kleines Wildschwein. Clémence warf mir hin und wieder einen Seitenblick zu, ich fühlte, wie sich meine Wangen röteten. Meine Gedanken wirbelten durcheinander, die Worte machten, bevor ich sie aussprechen konnte, Bocksprünge wie junge Geißlein. »Ich möchte dir so viel sagen.«

»Wir haben Zeit.«

Wir bogen hinter den Kornblumen nach links auf den Waldweg ab. Petrus bellte einen Fasan an und schoss ihm hinterher ins Gebüsch. Sie fasste meine Hand. Die Sonne schien in mich hinein.

Am Fluss zog sie ihr Kleid aus, unter dem sie nichts anhatte, und sprang ins Wasser. »Komm, es ist herrlich.«

Auf dem schmalen Sandstrand ließen wir uns trocknen. Sie lag auf der Seite, das Gesicht mir zugewandt, und streichelte meinen Arm. »Ich habe viel an dich gedacht. Ich weiß nicht, ob es klug ist, dich zu küssen. Aber irgendetwas zwingt mich dazu.«

Ich blieb ganz still liegen, schloss die Augen, fühlte ihren Atem auf meinen Lippen und dann ganz zart ihre Lippen.

»Du.« Sie rollte sich auf den Rücken. Meine Hand tastete sich voran, über ihren Arm, ihren Bauch. Sie hielt sie fest. »Nicht hier.« Ich öffnete die Augen, drehte mich zu ihr hin. Ihre Brustwarzen bewegten sich meinem Zeigefinger entgegen, änderten ihre Form.

»Du bist so schön.«

»Du bist schön.«

»Nein, du.«

»Du. Immer tausendmal schöner.«

Eine große Wolke schob sich vor die Sonne, ich bekam Gänsehaut.

»Komm.« Sie erhob sich. »Ich möchte dir etwas zeigen.«

Die Allee der tausend Kastanien schien kein Ende zu haben. Die Bäume schlossen sich hoch über unseren Köpfen, ließen kleine Streifen strahlend blauen Himmels offen, Öffnungen in eine andere Welt.

»Im achten, neunten Jahrhundert war hier das Landgut der Familie L'Estrivie. Der erste Comte de L'Estrivie, Guy, bekam nur Töchter. Die älteste, Sylvie, wollte Ritter werden; kein Beruf für Frauen, aber sie war fest entschlossen. Die Freunde ihres Vaters brachten ihr alles bei – Bogenschießen, reiten, jagen, fechten. Sie erwies sich als außergewöhnlich talentiert. Ihr Vater drückte ein Auge zu. Doch als sie achtzehn war und eine gute Partie machen sollte, fand er, dass es genug damit sein müsse. Das sei doch kein Leben für eine Frau, vielmehr sei es an der Zeit, einen passenden Gemahl zu finden. Da lief sie von zu Hause weg und schloss sich als Mann verkleidet einer Bande Soldaten an. Schon bald war sie die Anführerin des Trupps, und als solche befahl sie, das Schloss anzugreifen. Die Soldaten zögerten – das Schloss war für seine gute Verteidigung bekannt, und es war noch niemandem je gelungen, es einzunehmen. Sylvie aber wusste ihre Leute zu überzeugen, da sie, wie sie sagte, genau wisse, wo die Schwachstellen seien. Sie brachen in aller Frühe auf und gelangten ohne größere Probleme vor das Schlosstor. Die Wächter wurden nicht getötet, sondern gefangen genommen, lediglich ein alter Schildwächter vor dem Burggraben fiel. Sylvie bestand darauf, den Comte zu fordern. Ihre Soldaten bildeten einen Halbkreis hinter ihr. Als ihr Vater sah, wer ihm da gegenüberstand, ergab er sich ohne jede Gegenwehr. Sie sperrte ihn im Kerker ein und suchte ihn jeden Morgen auf, um zu fragen, ob er ihre Berufswahl nun akzeptiere. Jeden Morgen schüttelte er den Kopf. Nach einer Woche ließ sie ihn in seine Gemächer zurückkehren, wo er nun in einer Art Hausarrest lebte. Er starb am tausendsten Tag. Darauf ließ sie entlang des Wegs zu dem Dorf, in dem er geboren war, tausend Kastanien pflanzen.«

»Und lebte sie noch lange glücklich und zufrieden?«

»Das verrät die Geschichte nicht. Wahrscheinlich hatte sie kein leichtes Leben.«

Clémence hielt während des ganzen Spaziergangs meine Hand. Ihre Hand war kleiner als die von Georges, die Haut weicher; meine Hand passte genau in ihre.

Kurz bevor wir wieder zu Hause waren, küsste sie mich. »Wir machen langsam, ja?«

Ich nickte, mit weichen Knien. Ich wollte ihr sagen, dass ich sie liebte, aber das hätte der Leichtigkeit Abbruch getan. Petrus rannte nicht mal zum Haus voran, seine Pfötchen waren müde.

Wir kamen gerade rechtzeitig zum Essen. Es roch nach Suppe.

»Hattet ihr einen schönen Tag?« Victor reichte mir die Wasserkaraffe.

Louis tat auf, Kartoffeln mit etwas Grünem. »Guten Appetit.« Er machte sich gleich darüber her.

Es schmeckte besser, als es aussah. Victor erzählte von seiner Darmflora, Louis klagte über einen Artikel in *Le Figaro*, den ihm jemand geschickt hatte: Die Kommunisten hätten nun definitiv das Sagen in der Gewerkschaft CGTU, und die Anarchisten würden als Extremisten hingestellt.

Petrus bellte, es war jemand an der Haustür.

»Georges. Wo kommst du denn her?« Ich dachte, er läge wegen seiner Zahnschmerzen im Bett.

Er griff an die Rückenlehne von Victors Stuhl, um nicht das Gleichgewicht zu verlieren. »Wo ich herkomme? Wo komme ich eigentlich nicht her?«

Er taumelte zum Sofa und schloss die Augen.

Clémence lief zu ihm hinüber. »Georges, möchtest du nicht lieber ins Bett gehen?«

»Ins Bett? Während meine Freunde hier gemütlich beisammensitzen? Während meine Frau lieber hier sitzt?« Er steckte die Hand in seine Hose und kratzte sich herzhaft im Schritt.

»Keiner von uns würde im Moment gern mit dir im Bett liegen, mein Freund.« Victor kicherte über seinen eigenen Scherz. Georges schnarchte bereits.

Wir aßen schweigend. Clémence saß direkt neben mir, und ich fühlte mich so glücklich, dass es schon bedrohlich war: ein so steiler Hang, dass man nicht mehr hinunterlaufen, sondern sich nur noch hinunterrollen lassen konnte.

17. August

Es wird Zeit, den Winterporree zu setzen. Meine Hände haben das Landleben kennengelernt, sind kräftig geworden und verhornt; ich merke das beim Klavierspielen, die Knöchel reiben manchmal aneinander. Ich kann am Wind riechen, dass das Wetter umschlagen wird, ein früher Anflug von Herbst verleiht dem Spätsommer Tiefe. Dieser Geruch zieht mich nach draußen.

Die ersten Äpfel sind reif. Wir essen die herabgefallenen, machen uns noch nicht die Mühe, Körbe zu füllen. Die Vögel essen mit.

Zwischendurch treffe ich Clémence – in den Tag geschmuggelte Momente. Wir laufen mit Petrus durch den Wald, suchen Himbeeren, streichen uns gegenseitig den Saft auf die Arme, um ihn beim Schwimmen wieder abzuwaschen. Wir laufen über die Baumstämme, die den Fluss überbrücken, finden kleine Lichtungen im Wald, essen Brombeeren vom Strauch. Ihre Hände sind elektrisch geladen, lassen die Härchen auf meinem Arm zu Berge stehen. Ihre Worte singen weiter in meinen Gedanken.

2. September

Die Hitze macht, dass uns die Tage endlos erscheinen, und doch wird es jetzt wieder Abend. Wir sitzen draußen um das Feuer, das wir entfacht haben, um die Mücken zu vertreiben – Louis, Victor, Georges, Petrus und sie in der Mitte, der Kopf, der Anlass oder die Anstifterin. Es duftet nach Lavendel, und wir trinken abwechselnd Weißwein und Holunderblütensaft gegen den Durst. Die roten Trauben sind mit einem Mal reif; wir ernten den ganzen Tag Obst. Louis will Ende der Woche Marmelade daraus machen, jetzt essen wir es noch so. Auf dem Tisch steht auch ein Schälchen Walnüsse. Ringsherum zirpen Heuschrecken. Die Männer riechen nach Schweiß, nur Victor nicht. Er wäscht sich neuerdings zweimal am Tag mit viel Seife, weil Petrus Flöhe hat und er fürchtet, sie auch zu bekommen. Ich habe ihm mehrmals zu erklären versucht, dass es den Flöhen egal ist, wie er riecht und wie sauber er ist, aber er will mir nicht glauben.

Anfangs brachte die Sonne nur Wärme, jetzt wirkt sie vor allem beklemmend. Louis braust immer schneller auf, sogar Clémence geht ihm manchmal aus dem Weg. Georges und ich schlafen wie Bruder und Schwester in Betten, die durch zwanzig Zentimeter Holz voneinander getrennt sind. Die Erdbeerpflanzen sind von einem Schimmelpilz befallen und allesamt eingegangen. Victor scheint der Einzige zu sein, der sich wohlfühlt. Er ist gleichmäßig gebräunt, sein Körper ist viel sehniger geworden, und er tanzt immer ausdauernder. Seit ein paar Wochen benutzt er das Grammofon nicht mehr: Es gehe um das Wunder der Bewegung, ohne sich von Musik abhängig zu machen, hat er erklärt. »Mein Körper ist mein Instrument.«

Gestern Abend kniff Louis Clémence in den Po, als sie aufstand, sie schob lachend seine Hand weg, er legte den Arm um sie und lotste sie ins Haus. Victor folgte ihnen und dahinter Georges und ich – die Kinder zuletzt.

»Findest du Clémence schön?«, fragte er, als er sich auszog.

»Sehr schön«, sagte ich. Das ist so, sie ist sehr schön – viel schöner als ich. Er nickte. In seinem Blick sah ich eine Frage, aber vielleicht war es nur die Spiegelung meines eigenen Verlangens.

Georges schlief praktisch sofort ein. Ich berührte ihn am Arm, die weichen Härchen waren wie sein Haupthaar von der Sonne gebleicht, nur sein Schamhaar war noch dunkel. Er reagierte nicht, schien mich gar nicht mehr zu bemerken. Er war irgendwo anders, und am nächsten Morgen würde er nicht mehr wissen, wo.

Ich konzentrierte mich so lange auf meine Atmung, bis ich nicht mehr wusste, wie ich atmen sollte. Ich lauschte auf mein Herz, bis es so laut klopfte, dass ich nichts anderes mehr hörte.

Sie lag auf der Vorderseite des Hauses, in einem anderen Bett, neben einem anderen Mann – ich hoffte, dass sie schöne Träume hatte, oder zumindest wollte ich es hoffen. Es war zu heiß zum Einschlafen, und ich drehte mich von der einen Seite auf die andere. Die Stunden dehnten sich immer weiter aus, drückten mich in die Matratze. Nicht bei jemandem zu schlafen, kann genauso viel bedeuten, wie bei jemandem zu schlafen.

Ihre Strickjacke hing über dem Stuhl neben meinem Bett. Ich drehte mich zu ihr hin und befühlte sie, wie ich es früher bei dem von meiner Mutter für mich genähten Stoffteddy gemacht habe, fuhr mit den Fingerspitzen an den Rändern entlang. Was aus dem Teddy geworden ist, weiß ich nicht.

7. September

Auf dem Dachboden hing alte Wärme, und als ich den Kopf durch die Luke steckte, blieben Spinnweben in meinem Haar hängen. Clémence reichte mir den Eimer. Der Geruch von Seifenwasser, von Staub, von Schweiß, ihr Finger, der auf der Treppe über meine Wade strich. Oben küsste sie mich, ganz leicht – einer der Spinnfäden verband uns, sie beugte sich zur Seite und griff zum Besen. Staub schwebte durch den Raum und fing das Licht, Stäubchen für Stäubchen. Ich wischte die Fensterbank ab, spülte mein Tuch nach jedem Wischen aus. Ein paar Regenspritzer tickten gegen die Scheibe, danach prasselte es schon bald auf dem Dach, immer heftiger, der Raum kühlte ab – unten schlug eine Tür zu, wurden schwere Schritte laut. Ich berührte sie ein paarmal im Vorübergehen, es prickelte in meinen Fingern; sie hielt dann kurz inne.

Abends aßen wir alle zusammen. Louis schenkte uns immer wieder nach, seine Laune war seit Tagen nicht mehr so gut gewesen – vielleicht werden wir allmählich zu Pflanzen, die vor allem vom Wetter beeinflusst sind.

Nach dem Essen schlug Victor vor, Strip-Poker zu spielen. Wir spielten dann aber um Fragen: Wer verlor, musste dem Gewinner ehrlich auf eine Frage antworten.

Victor selbst war der erste Verlierer. Clémence die Gewinnerin. Sie schmunzelte beim Anblick der Karten, sah ihm dann gerade ins Gesicht. »Ist oder war Jac dein Geliebter?« Clémence hat herausgefunden, dass er sich, wenn er in Paris war, immer mit einem jungen Kunstmaler traf.

Victor kippte sein noch halb volles Glas Wein hinunter und stellte sich: »Ist.«

Im zweiten Spiel war Georges der Dumme. Louis gewann. Er zwirbelte lange an seinem Schnurrbart und sah Georges dann durchdringend an. »Was ist dein großer Traum?«

»Kinder.« Georges spie das Wort aus, ohne lange nachzudenken, und plopp!, da lag es. Alle sahen mich an. Ich legte meine Hand auf seine, küsste ihn auf die Wange. Er machte große Augen, wie eine Kuh oder ein Frischverliebter, von rückhaltloser Hoffnung erfüllt. Es fuhr mir wie ein Stich in den Magen.

Louis mischte die Karten und gab. Clémence verlor, Victor gewann. »Ahaha«, sagte er. »Jetzt sind die Rollen vertauscht.«

Sie blieb kühl, nippte von ihrem Wein.

»Wie du mir, so ich dir.« Er machte ein triumphierendes Gesicht und beugte sich zu ihr hinüber. »Hast du es schon mal mit einer Frau gemacht?«

»Ja, natürlich. Frauen sind wundervoll.«

Louis bekam einen Hustenanfall, dass der Speichel herumspritzte. Sein Kopf lief rot an.

Clémence mischte die Karten, bevor er weiterfragen konnte. Jetzt war sie diejenige, die ein triumphierendes Gesicht machte.

Georges verlor noch einmal. Victor gewann und fragte ihn nach seiner Kindheit. Ihm fiel wohl nichts Besseres ein, oder er wollte etwas wiedergutmachen. Die Spannung ließ ein wenig nach.

Dann verlor ich. Clémence war die Gewinnerin. Sie ließ mich lange warten. »Bist du schon einmal richtig verliebt gewesen?«, fragte sie. »So verliebt, dass du an nichts anderes denken kannst, dass dein Körper von einem inneren Feuer verzehrt wird, dass die Tage selbst in Flammen zu stehen scheinen – hast du das je erlebt?«

Und du?, hätte ich am liebsten gefragt. »Natürlich.« Es kam gespreizter heraus als gedacht, schleimig.

Louis runzelte die Stirn, als begreife er nicht recht, was sich hier abspielte. Im Zimmer fühlte es sich plötzlich klamm an. Petrus erwachte aus seinem Nickerchen, wedelte zweimal mit dem Schwanz und machte die Augen wieder zu.

»Ich hab keine Lust mehr.« Louis erhob sich.

»Ach komm, du hast noch kein Mal verloren.« Clémence gab ihm einen Rippenstoß.

Er wiederholte, dass er keine Lust mehr habe, und stand auf. Ich hörte ihn zur Hintertür hinausgehen, Richtung Abort.

»Wollt ihr noch weiterspielen?« Victor hatte die Karten in der Hand, mischte sie halbherzig.

»Ich hab auch nicht mehr so viel Lust.« Georges gähnte. »Ich glaube, ich gehe zu Bett.« Er hat in den letzten Tagen wieder Probleme mit den Zähnen.

»Mesdames?«

Clémence zuckte die Achseln. »Noch ein Spielchen? Sophie, machst du mit?«

»In Ordnung.« Weil sie es war, die fragte, weil ich ihr nichts abschlagen konnte. Ich dachte an die gelben Maisfelder, an die Welt, die allmählich die Farbe wechselte. Die Welt, die immer wieder die Farbe wechselt.

Clémence verlor, ich gewann. »Macht dich das hier glücklich?«

Sie nahm einen großen Schluck Wein, legte kurz ihre Hand auf die meine und drückte sie. »So glücklich, wie ich es nur sein kann.«

Ich verlor, Victor gewann. »Also, Mesdames, ganz unter uns: Was ist da eigentlich zwischen euch?«

Ich erstarrte. Louis kam gerade ins Zimmer. »Ist etwas?«

Wir schüttelten alle drei den Kopf.

Clémence gähnte. »Ich bin furchtbar müde. Ich gehe jetzt ins Bett, meine Lieben.« Sie schob die Karten zusammen und steckte sie in die Schachtel zurück. Ihre Fingernägel tickten auf dem Tisch. Louis setzte sich mit einem Buch über Heilkräuter aufs Sofa. Ich stand auf, wusste gerade nicht, was von mir erwartet wurde, was ich selbst von mir erwartete.

»Tanzen wir heute nicht?« Victor machte eine Tanzbewegung.

Ich strich ihm über den Arm, schenkte ihm ein halbes Lächeln. »Gute Nacht.« Ich küsste Clémence auf die Wange, sanft und andächtig, sie blickte dabei auf einen Punkt in der Ferne. »Gute Nacht, Louis«, rief ich. Er winkte, ohne aufzuschauen.

Die Treppe knarrte, als ich nach oben ging. Georges schlief schon.

14. September

Es regnet und regnet. Auf der größten Pfütze, vorn am Weg zu den Ziegen, hat sich ein Entenpaar häuslich eingerichtet.

Wir haben unterdessen jeder seine eigene Routine entwickelt: Ich arbeite vormittags im Haus oder im Garten, nachmittags schreibe ich, und danach lese ich, während die anderen diskutieren. Clémence geht oft in die Nachbardörfer, um mit den Bauern über den pfleglichen Umgang mit der Natur und den Tieren zu sprechen. Georges verrichtet den größten Teil der landwirtschaftlichen Arbeit. Und manchmal legt er ein Puzzle. Victor arbeitet ebenfalls draußen, flickt unsere Kleidung und hält das Haus sauber. Louis schreibt lange Leserbriefe an Zeitungen und Zeitschriften, kocht so gut wie immer und versucht, im Flurschrank Champignons zu züchten.

Beim Essen führen wir vor allem von Victor und Louis angestoßene lange Diskussionen über unsere Zukunft. Louis möchte, dass wir uns vergrößern; im Haus ist noch ein Zimmer frei, und hinter dem Haus haben wir einen Anbau, den wir jetzt als Lagerraum nutzen, der sich aber auch als Wohnraum eignet. »Jeanne und Marc könnten schon in absehbarer Zeit kommen, mit dem kleinen Gabriel. Bruno und Lola haben auch ernsthaftes Interesse.«

»Es reicht jetzt so gerade eben für uns. Ich weiß nicht, ob wir im nächsten Winter genug zu essen haben werden, wenn wir weitere drei Mäuler stopfen müssen.«

»Das weiß ich auch nicht, aber solche praktischen Einwände dürfen kein Hinderungsgrund sein.«

»Wir sollten erst mal sehen, wie wir selbst durch den Winter kommen. Kinder halte ich sowieso für keine gute Idee.«

»Wir müssen uns vergrößern, sonst bleibt das Ganze ein Tropfen auf den heißen Stein. Die Leute könnten für eine gewisse Zeit kommen, Kenntnisse erwerben und sich dann einen eigenen Flecken suchen – außerdem müssen Jeanne und Marc nächstes Jahr aus ihrer Wohnung raus. Wir können nicht zulassen, dass sie in Paris auf der Straße leben.«

»Mann, geht es nicht ein bisschen leiser? Ich versuche nachzudenken.« Sie hörten nicht auf mich. Schon zweimal hatte sich die Schreibmaschine verklemmt. Ich fürchtete, mich zu wiederholen, wusste nicht, wie ich die breite Masse am besten ansprechen sollte. Die Leute wollten doch gar nicht weg aus der Stadt, sie wollten nur immer schneller immer mehr.

Clémence legte die Zeitung auf den Tisch. »Du wirst berühmt.« Sie küsste mich auf die Wange, von ihren Lippen blieb die Wärme zurück. »Seite dreizehn.«

Die Männer verstummten auf einmal, die Zeitung raschelte. »Überzeugendes Plädoyer für ein bescheidenes Leben: Weniger ist mehr.« Das schrieb ein gewisser Hugo Dubois über mein letztes Pamphlet; es fasste die ersten Kapitel meines Buches zusammen, in denen ich die Vorteile eines autarken Lebens erörtere. Er zog die Verbindung mit dem Krieg, wie die Leute trinkend und tanzend ihre Traumata verdrängten und diese Traumata infolgedessen immer weiter unser Leben bestimmen könnten. Mein Artikel zeige eine Alternative auf. Genau das habe ich gemeint, und er hat es elegant formuliert.

»Na?« Victor stellte sich hinter mich und begann vorzulesen. Louis kam dazu, klopfte mir auf die Schulter. Ich wurde rot.

»Gut gemacht, Madame«, sagte er. »Nur schade, dass er uns nicht erwähnt. Wir machen das hier ja gemeinsam.«

»Das stand auch in meinem Artikel.«

»Das wissen wir doch.« Clémence ergriff meine Hand. »Louis bedauert nur, dass er nicht als der große Häuptling erwähnt wird. Aber das macht nichts, das kann seinem Ego nur guttun.«

Louis lachte, kam zu ihr und küsste sie heftig. Ein Klumpen in meinem Magen, nein, ein Steinsplitter.

Ich las den Artikel noch einmal.

»Ist doch gut, oder?«, sagte Clémence, plötzlich verlegen. »Mir scheint, es ist genau das, was du meinst.«

»Er sagt es besser, als ich es gesagt habe.«

»Nein, du hast das sehr gut gesagt.«

»Turteltäubchen«, sagte Victor. »Gurrgurrgurr.«

An dem Abend kam die Diskussion wieder auf neue Mitbewohner. Louis lief vom Tisch weg, kam zurück, lief wieder weg und blieb weg. Wir konnten also nicht abstimmen. Das Gespräch mäanderte weiter – über den nahenden Winter, die alte Geiß Dési, die krank ist, ob man allen Menschen vorschreiben dürfe, vegetarisch zu leben, wenn sie gar nicht die Möglichkeit dazu hätten, die Stellung von Frauen in der Politik, Victors Mutter, die bettlägerig ist und vielleicht zu uns kommen könnte – ohne Louis ist es immer leichter, die Gedanken können sich schneller entwickeln.

Am nächsten Tag gerieten sich Victor und Georges über Dési in die Haare. Victor wollte sie schlachten lassen, weil sie solche Schmerzen hat, dass sie kaum noch grasen kann. Georges wollte, dass sie eines natürlichen Todes starb, und fand, dass die Schmerzen nicht so schlimm waren. Clémence fuhr mit dem Rad ins Dorf, um den Tierarzt zu holen, einen Mann mit Buckel und großer Ledertasche, der uns ein Schmerzmittel gab und die ganze Zeit den Kopf schüttelte.

Nachdem er gegangen war, verzog ich mich mit meinen Papieren nach oben. Clémence folgte mir, legte mir die Hand auf die Schulter. Ich öffnete, ohne etwas zu sagen, die Zimmertür und legte die Papiere auf den Schreibtisch. Sie schloss die Tür hinter sich. Ich wollte sie küssen – wir sind in den letzten Tagen so selten zu zweit gewesen, wegen des Regens sind alle ständig drinnen. Sie drehte jedoch das Gesicht weg, sodass mein Kuss zwischen Mund und Wange landete.

Sie setzte sich aufs Bett und klopfte auf den Platz daneben. Ihre Hände sind kleiner als meine, eleganter, obwohl sie bestimmt genauso stark sind. Ich blieb stehen. »Es tut mir leid.« Sie saß da, ohne aufzuschauen. »Ich habe gestern wieder mit Louis geredet. Er hat durchaus Verständnis dafür, aber es kann so nicht weitergehen. Ich kann nicht so weitermachen.«

»Verständnis für was?«

»Das mit dir und mir. Wir erzählen einander alles. Das ist unsere Abmachung.«

Mir war, als würde ich fallen, taumeln. »Schon die ganze Zeit?«

»Nicht gleich. Nach einer gewissen Zeit. Ich dachte, du würdest das verstehen.«

»Dann hätten wir doch gar nicht so heimlich tun müssen.«

Sie griff nach meiner Hand, ich zog sie zurück.

»Ich fürchte, für dich bedeutet es mehr.«

Ich trat ans Fenster. Jetzt musste ich sagen: Ich verstehe das, ich verstehe. Farbe blätterte weiß vom Fensterrahmen, ich rieb mit dem Finger darüber und brach die Ränder ab.

Sie lächelte mich kurz an, ganz lieb schaute sie, wirklich ganz lieb, und in meinem Bauch hüpfte etwas, vielleicht war ja gar nichts passiert.

Sie erhob sich und kam zu mir herüber. Ich fasste sie bei den Schultern, aber meine Hände drückten zu sanft, waren nicht stark genug, nie. Sie zog mich an sich – ich küsste kurz ihre Lippen, ganz zart.

»Hee.« Sie befreite sich aus meinen Armen. »Es tut mir leid.«

Fische schreien, wenn sie gefangen und gehäutet werden – sie fühlen das sehr wohl, aber wir hören ihre Schreie nicht.

Ich blickte nicht auf ihren Rücken, nicht zur Tür, die sie hinter sich schloss, ich hörte ihre Schritte und die Klinke, das Klicken. Jetzt hätte ich wieder aufschauen können. Doch ich starrte weiter zu Boden.

15. September

Liebe Clémence,

ich wusste nie, wozu mein Name gut ist, bis ich dich kennenlernte und begriff: Er ist dazu da, dass du mich rufen kannst.

 Meine Worte können nicht bewirken, dass du

mich liebst. Worte können die Wirklichkeit niemals umkehren, sie können sie höchstens in einem anderen Licht zeigen. Ich schreibe dir, um dich wissen zu lassen, was ich empfinde, doch ich stoße immer wieder an die Grenzen der Sprache: Je mehr ich schreibe, desto mehr kann ich nicht schreiben.

Ich meine: Ich liebe dich.

Nie habe ich etwas aus dir machen wollen, was du nicht bist, nie wollte ich dich besitzen. Ich möchte vielmehr, dass du noch mehr Freiheit hast. Ich will mich dir nicht geben, denn du hast mich bereits: Hier, das ist alles. Meine Bedeutung hat sich verändert, unwiderruflich: Sollte es ein Leben nach dir geben, wird es auch dann noch dir gehören. Jedenfalls ist es nicht mehr meines.

Mich selbst zu verlieren, finde ich nicht schlimm, solange ich dich nicht verliere.

Ich finde es auch nicht schlimm, mein Herz zu verlieren, denn im Gegensatz zu dem, was die meisten Menschen glauben, kann man durchaus ohne Herz weiterleben. (Ein Herz haben: die Möglichkeit zum Neuanfang haben.)

Die Vögel hier singen jetzt auf ewig deinen Namen.

Ruf mich, Clémence.

Ich zerknüllte den Brief, das war viel zu pathetisch und bei Weitem nicht so eindringlich, wie es sein sollte. Ich fing von vorn an, und immer wieder von vorn.

Erst gegen Abend ging ich nach unten. Louis saß am Tisch und stopfte Socken.

»Wo sind denn alle?«

»Die Jungs holen Holz. Clé sitzt im Badezuber.«

»Soll ich mit dem Kochen anfangen, oder wolltest du das machen?«

»Komm, setz dich mal eben. Ich habe dich den ganzen Tag nicht gesehen.«

Ich setzte mich an den Tisch, ihm schräg gegenüber, und goss mir ein Glas Wasser ein. In meinem Magen schabten Steine aufeinander. Louis fragte, ob er schon das neue Pamphlet lesen könne. Vielleicht hatte er Mitleid mit mir.

»Es sind noch lose Gedanken.« Ich versuchte zu schlucken.

»Alles gut?«

»Mir ist ein bisschen übel.« Ich trank einen Schluck Wasser, es war sehr kalt, und ich fühlte es die ganze Speiseröhre hinunter.

Victor kam laut lachend herein, eines von den Hühnern habe sich bei ihm auf den Kopf gesetzt, ganz unvermittelt, so was habe er noch nie erlebt.

Clémence blieb an diesem Abend auf ihrem Zimmer. Vielleicht aus Rücksicht mir gegenüber, vielleicht hatte sie etwas Besseres zu tun. Wir aßen schweigend. Petrus jagte einer späten Fliege hinterher, Victor kratzte sich ständig am Bein. Er hat einen Ausschlag, nichts hilft dagegen. Durch das Gekratze fing es bei den anderen auch an zu jucken. Wir gingen früh nach oben.

Ich schmiegte mich an Georges, den Arm über seiner Brust. Auf der Decke. »Würdest du nicht lieber zurückwollen?« Ich streichelte seinen Arm.

»Es ist schön hier. Wir haben es gut. Wie du es geschrieben hast: zurück zum Ursprung.«

»Ich denke, wir haben hier alles gelernt, was wir lernen konnten, und jetzt ist es an der Zeit, das zurückzugeben, weiterzugeben. Vielleicht können wir Vorträge halten, dem Restaurant neues Leben einhauchen.«

»Ich fange gerade an, ein bisschen reinzukommen.«

Draußen brach ein Sturm los. Zweige peitschten gegen unser Fenster, das zu- und wieder aufschlug. Ich erhob mich, um es zu schließen. Gänsehaut. Vor Kurzem hatte ich mich noch nach Abkühlung gesehnt.

Georges klopfte neben sich. Aber ich legte mich in mein eigenes Bett und zog die Decke hoch. Unsere Kinder warteten hier in diesem Bett. Auf mich.

»Bist du böse?«

»Ach wo.« Ich musste noch lernen, leise zu weinen.

Der Morgen brachte nicht viel mehr als eine Veränderung des Lichts – von dunklerem zu hellerem Grau. Meine Bewegungen waren verlangsamt, hatten die Schwere von Zement im Mischer. Ich sagte Georges, dass ich mich nicht gut fühlte. Clémence wollte mit Victor ins Dorf gehen; ich wartete oben, bis sie weg waren.

Georges brachte mir Tee, den ich kalt werden ließ. Ich las, damit mein Geist abschweifen konnte, doch Absatz für Absatz kehrte ich zu unserem Hof zurück. Die Ziegen meckerten hinten auf der Weide. Das Gras war gelb und schließlich braun geworden und unterschied sich kaum noch vom welken Laub.

Ich setzte mich an den Tisch am Fenster, blickte auf den Pfad vor dem Hof hinaus, den Pfad zum Rest der Welt. Die Hügellandschaft verlor sich im Nieselregen. Feiner Regen, nasse Felder. Dieser Schmerz war ein alter Schmerz, viel älter als ich, einer, der seit Jahrhunderten Menschen traf, die den Falschen liebten. Es war ein Schmerz, der mich irgendwann wieder verlassen würde, von dem ich aber noch nicht lassen konnte, weil er mich mit ihr verband. Liebe weckt immer auch Widerstände. Ich wollte sie nicht verlieren, sehnte mich aber zugleich nach Unabhängigkeit: das Glück, dass es keine Rolle mehr spielt, ob du mich liebst, weil ich dich nicht mehr liebe.

Ein zaghaftes Klopfen an der Tür – mein Herz hüpfte, trotz allem –, Victor steckte den Kopf herein. »Brauchst du noch etwas?« Er setzte sich aufs Bett. »Alles gut? Sie …« Er zögerte.

»Sie was?«

»Bist du dir sicher, dass du nichts brauchst? Komm doch mal wieder tanzen. Das kann befreiend wirken.«

»Sag doch, was du sagen wolltest.«

Er küsste mich auf die Wange, sagte etwas Ähnliches wie »Tut mir leid, Liebes« und verließ schnell das Zimmer. Kurz darauf schlug die Haustür zu. Er ging den Pfad hinauf zum Briefkasten, blieb oben an der Straße wartend stehen. Sie folgte, langsamer, als halte sie irgendetwas zurück, als veranlasste sie irgendetwas, hier beim Haus zu bleiben; es war keine Unschlüssigkeit über den

Weg, der führte nur in eine Richtung, verzweigte sich nicht, führte nirgendwo anders hin als ins Dorf. Sie war klein, so von oben betrachtet. Nicht zerbrechlich, sondern einfach klein, ihr war nichts anzusehen.

Victor reichte ihr seinen Arm. Sie liefen zusammen weiter, sie leicht gebeugt, der Anhöhe entgegen, dem Horizont.

Louis brach ebenfalls auf. Er hatte eine Axt bei sich – wir hatten genügend Brennholz, er musste verärgert sein. Vorige Woche las ich, dass Bäume auch fühlen und sich mittels ihrer Wurzeln miteinander verständigen können. Victor lachte darüber, aber Georges hat den Artikel aufbewahrt, weil er mehr darüber wissen will, wie er sagte.

Unten war es still, das Haus eine leere Hülle. Georges war bei Dési, der es nicht gut ging. Er wollte auch noch Kastanien sammeln. Ich brühte frischen Brennnesseltee auf, schnitt mir eine Scheibe Brot ab, die ich im Stehen in der Küche aß und mit Tee hinunterspülte. Die Übelkeit verschwand nicht. Das Holz der Anrichte war glatt, kühl, als wäre es feucht. Zu bleiben ist vielleicht immer ein Wunsch.

Ein Kratzen an der Tür – Petrus. Sein kleiner Körper wand sich unter meinen kalten Händen. Ich nahm sein Köpfchen in beide Hände, seine sanften braunen Augen schauten erwartungsfroh zu mir auf. »Ich will nicht nach draußen, kleiner Freund.« Ich kraulte ihn. Borstige weiße Härchen blieben an meinen Händen zurück. Ich rieb sie ihm wieder auf den Kopf und wischte meine Hände am Boden ab. Petrus drehte und wendete seinen kleinen Leib weiter von der einen auf die andere Seite und wedelte unverwandt mit dem Schwanz. So mit sich selbst eins zu sein! Vor dem Haus hatten sie sich längst aus dem Bild entfernt, waren längst woanders, da liefen keine Linien mehr von mir zu ihr, hatten es vielleicht auch nie getan, waren nur dem Anschein nach eine Weile so gelaufen.

Ich stellte den Wasserkessel aufs Feuer, sah meine Gestalt in der Scheibe der Hintertür kurz wie die einer anderen. Einer fremden Frau, dunkel und schmal, eines ungeladenen Gasts.

28. November

Dési ist vorige Woche gestorben. Der Regen ist in Schnee übergegangen.

Louis hat in der letzten Zeit so gut wie jeden Tag im Schlafzimmer gearbeitet, wo auch ein Kamin ist, Victor im Büro daneben. Er macht manchmal im Haus ein paar Tanzübungen, scheint die Bewegungsreihen jedoch aufgegeben zu haben. Vielleicht hat er drinnen auch nicht genug Platz dafür. Unser Zimmer ist zu kalt und zu feucht, um sich länger dort aufhalten zu können; über dem Fenster hat sich ein großer Schimmelfleck gebildet. Georges und ich halten uns möglichst wenig darin auf und arbeiten im Wohnzimmer. Das Kaminfeuer brennt den ganzen Tag. Clémence huscht wie ein Schemen durchs Haus, geht oft stundenlang draußen spazieren, kommt dann mit geröteten Wangen und einem eigenartigen Glitzern in den Augen zurück. Es hat den Anschein, als achte sie darauf, nie mit mir allein zu sein, aber ich weiß es nicht genau. Ich möchte weg, möchte bleiben, möchte weg. Louis sieht mich manchmal an, als wollte er etwas sagen, als wüsste er etwas, was ich nicht weiß, doch wenn er so guckt, schlage ich die Augen nieder, und der Moment verstreicht. Es ist zu kalt, um noch nackt herumzulaufen. Außerdem habe ich einen fürchterlichen Schnupfen und Kopfschmerzen von der verstopften Nase.

21. Dezember

Wintersonnenwende, eine kleine Mulde vor dem Jahresende, in die du dich hineinschmiegen, dich einrollen und das Dunkel über dich hinweggleiten lassen kannst wie den Schatten von jemandem, der vor dir gestanden hat und nun wegläuft.

Die Dunkelheit ist in den vergangenen Wochen tiefer und tiefer geworden, als stiegen wir immer weiter irgendwo hinab oder als senkte sich etwas Schweres auf uns nieder. Das klaustrophobische Gefühl vom Sommer scheint wieder da zu sein, vielleicht weil es zu kalt ist, um sich längere Zeit draußen aufzuhalten. Louis und Victor streiten sich dauernd über praktische Dinge. Die Ziegen stellen sich schon seit Wochen in ihrem Stall unter.

25. Dezember

Gestern, am Heiligabend, sind wir alle zusammen in die Kirche gegangen. »Petrus und ich hüten das Haus«, sagte Georges, als Louis mahnte, dass wir gehen müssten.

»Du kommst mit«, entgegnete Clémence mit sanftem Nachdruck. »Wir gehen alle.« Georges seufzte und zog seinen Wintermantel an. Im Ärmel ist ein Loch, sein grauer Pullover schaute wollen hindurch.

Es waren vierzig Minuten zu Fuß durch die dürre schwarze Landschaft. Schneematsch nässte den von nackten Baumgerippen gesäumten Feldweg – als wir aufbrachen, war es kurz trocken gewesen, aber die Wolken verdichteten sich über unseren Köpfen zu neuerlichem Schneefall. Der würde in einer oder höchstens zwei Stunden kommen; es wurde immer dunkler. Die Kälte verlangsamte unsere Mimik, zog meine Gesichtshaut straff. Fünf Menschen in einer Prozession, durch ihre Fußstapfen getrennt, wortlos. Zwei der großen Fichten am Weg waren gefällt, Schneebruch.

Die Kirche war voll und warm. Wir reihten uns hinter einer Familie mit drei Kindern ein, schmuddeligen kleinen Jungen, die Frau war rot und dick und lächelte mich entschuldigend an – vielleicht wegen ihrer Kinder, vielleicht wegen ihres Lebens. Wir behielten unsere Mäntel als Puffer über dem Arm.

Der Gottesdienst war laut. Die Predigt lullte mich fast in Schlaf, ein Singsang in einer Sprache, die mir fremd vorkam, so formell, so anders als die Worte, die wir untereinander verwendeten. Ich sang wie von selbst mit, ein Traum, der Fremdes und gut Bekanntes vermischte. Hin und wieder lächelte ich Georges oder Victor an. Wir waren hier zusammen. Wir hatten es geschafft, hatten dieses lange alte Jahr, das Unkraut und die Blasen an den Händen überlebt. Louis stand neben der dicken Frau, sie lächelte auch ihn an. Monsieur Dufour, der mit dem Holz, stand schräg vor uns; Madame Lacan vom Krämerladen daneben. Es wurde immer wärmer in der Kirche; auch Louis zog seinen Mantel aus. Clémence stand neben mir, vielleicht schon die ganze Zeit, aber jetzt nahm sie meine Hand und drückte sie, die Wärme stieg mir durch den Arm in die Brust, und alles bröckelte ab, und ich wollte nichts lieber, als hier zu stehen, hier neben ihr, wollte nichts lieber, als dass es so bliebe.

Nach dem Gottesdienst wandten sich alle langsam um. Clémence hielt immer noch meine Hand – Louis sah es nicht oder tat zumindest so. Georges ging hinter ihm, dann Victor, wir kamen als Letzte aus der Kirche. Wegen des Gedränges gingen wir so dicht nebeneinander, dass niemand sah, wie sie meine Hand hielt, dass niemand sah, wie sie die Hand wieder losließ. Durch die Leiber vor uns wurde die Kälte abgehalten, bis wir fast draußen waren.

Die Welt war bereits schwarz, mit kleinen grauen Flecken durchsetzt. Ich atmete Kälte ein, Wärme aus. Auf der Dorfstraße gingen die leichten in schwerere Flocken über. Ich befühlte meine Stirn, wusste nicht, ob die plötzlichen Kopfschmerzen von innen oder von außen kamen.

Sie ging immer noch neben mir, doch wir behielten die Hände in den Taschen.

Wir bogen in die Hauptstraße ein. Der Wind frischte auf, der Schnee fiel jetzt in dicken Flocken. Sie nahm wieder meine Hand: einfach, damit wir uns nicht verloren. Ich konnte die anderen nicht sehen. »Geht es?«, rief sie, an mich oder die anderen gewandt. »Zum Glück ist es nicht so weit«, antwortete ich. »Weit genug«, rief sie. Die anderen waren uns ein Stück voraus, ich konnte ihre dunklen Umrisse kaum ausmachen. Meine Finger waren kalt, ich fühlte ihre kaum. Wir schnauften wie Rückepferde, die Baumstämme hinter sich herzogen.

Die Kälte war schneidend, die Flocken, die Luft. Vor dem Pfad zu unserem Haus verlangsamten wir unsere Schritte. Sie neigte sich zu mir, ließ meine Hand los, meine kalten Finger streckten sich nach und nach. Ihr Atem war warm an meiner Wange. »Verzeih mir«, sagte sie. »Verzeih, verzeih, verzeih.« Ihre kalte Nase, ihre kalten Lippen, dahinter Wärme, etwas, das nicht gefroren war. Der Schnee auf meinen Wangen schmolz und wurde wieder eisig.

Drinnen prickelten meine Hände so sehr, dass es wehtat. Victor schenkte uns etwas Hochprozentiges ein. Ich trank ein ganzes Glas, gähnte und entschuldigte mich.

Im Schlafzimmer zog ich mein nasses Kleid aus und mein Nachthemd an, mit zwei Pullovern darüber. Ich fuhr mir mit den Fingern durchs Haar und entwirrte die gefrorenen Strähnen. Die Bettwäsche war klamm und viel zu kalt. Ich stieg wieder aus dem Bett, zog noch ein Paar Socken an und nahm mir eine zusätzliche Decke. Müdigkeit legte sich auf meine Lider, ich blies die Kerzen aus und zog den Deckenberg über mich.

Sie klopfte nicht, stand auf einmal im Zimmer wie ein Geist oder ein Traum. Ich kehrte aus dem Vorraum des Schlafs zurück. »Was ist?«

»Du fehlst mir.« Sie fasste meine Hand. Eine Berührung ist auch ein Gedicht.

»Behalte sie.«

»Was?«

»Die Hand.«

»*Eine* Hand ist nicht genug.«

»Die andere brauche ich aber.«

»Ich meine, ich will dich.«

Ich schüttelte den Kopf. »Im neuen Jahr ziehen wir aus.« Als ich das sagte, wusste ich, so würde es sein – oder hoffte es.

Sie nickte in die Ferne – die Ferne, in die wir alle spähen, in der jeder von uns etwas anderes sieht. Entfernung kann zugleich messbar und unermesslich sein.

Ich drehte mich auf die Seite, von ihr weg. Sie zog die Bettdecke über mich und wickelte mich fest darin ein, ohne meinen Körper zu berühren. Ich war diejenige, die gehegt, gepflegt und verlassen wurde. Das Verlassen war ein Akt der Fürsorge.

22. Januar

Der Januar ist von einem gebrochenen Weiß, voll Schnee. Tagsüber taut es, und Schneematsch bleibt zurück, Felder voll Matsch, Matsch unter unseren Schuhen; nachts werden frische Lagen Weiß ausgebreitet. Es ist ein stiller Monat, jeder von uns ist mit seiner eigenen Arbeit befasst. Louis ist ganz besessen von Judasohr-Pilzen, aus denen er Suppe macht. »Gut für den Hals.« Clémence ist gleich nach Neujahr für zwei, drei Wochen zu ihrer Mutter gefahren, die eine Lungenentzündung hat. Mich hat das erleichtert und bedrückt, ich habe die Tage bis zu ihrer Rückkehr gezählt, musste mich Stunde für Stunde zwingen, nicht daran zu denken. Georges verstand meine Niedergeschlagenheit nicht, fragte aber nicht nach. Das Nichtverstehen ist schlimmer als die Sache selbst, und mir ist klar, dass wir nicht mehr lange zusammenbleiben werden.

Als ich heute Nachmittag von meiner Arbeit aufschaute, stand Clémence mitten im Zimmer, in ihrem roten Mantel, die Haare vom nassen Schnee in Strähnen über dem Gesicht. Ein kleines Lächeln, das Zimmer hellte sich auf. Petrus tanzte.

»Champagner.« Louis erhob sich lachend.

»Wie geht es deiner Mutter?« Georges fingerte an einer Kruste neben seiner Lippe.

Sie zuckte mit den Schultern. »Etwas besser. Ich habe ihr vorgeschlagen, mit herzukommen. ›Nur über meine Leiche‹, meinte sie.«

»Wolltest du nicht bei ihr bleiben?«

»Mein Bruder und seine Frau sind jetzt dort. Wir haben für dieses Jahr genug gestritten.«

Sie zog ihren Mantel aus. Zum ersten Mal sah ich sie, als sei sie eine beliebige Person, ganz kurz: eine müde Frau mit Augenringen, mit dunklem Haar, graubraunen Augen, roten Wangen von der Wärme nach der Kälte.

29. Januar

Der Bahnsteig war wie ausgestorben, und ich fürchtete kurz, dass der Zug durchfahren würde, ohne von mir Notiz zu nehmen. Doch er hielt, ich löste eine Fahrkarte beim Schaffner, einem selbstgefälligen Mann mit viel zu roten Wangen und Triefnase. Ich war noch nicht im Abteil, als der Zug schon wieder anfuhr. Das Land wirkte unbekannt, so im Winter, grau vom Regen, Matsch und toten Laub – ich hatte es nur einmal zuvor gesehen, auf dem Hinweg, da hatte es im vollen Licht gelegen. Die Löcher und Schneisen, die der Krieg in die Landschaft geschlagen hat, waren nicht erkennbar, überwuchert von Unkraut und Gesträuch. Erst kurz vor der Stadt erkannte ich wieder, wo ich war. Ich atmete auf. Die Welt war noch da. Ich war noch da. Ich stieg an der Gare du Nord aus dem Zug, und niemand grüßte mich.

Ich war von der Gesellschaft für Friedensförderung zu einem Vortrag eingeladen worden. Seit Jahren war ich nicht länger als einen Tag von Georges getrennt.

Die Tür zu dem kleinen Appartement, in dem Georges

und ich die ersten Monate zusammengewohnt hatten, klemmte. Den Schlüssel hatte ich bei Yvette geholt. »Wie schön«, sagte sie. »Schön, dich wiederzusehen. Bleib, solange du möchtest.« Ich erzählte ihr von den Feldern, den Hügeln, den Ziegen, davon, dass ich wieder Klavier spielte. Ihre Fingernägel waren lang und rund gefeilt. Als sie vor zwölf Jahren Witwe wurde, eröffnete sie einen Schönheitssalon. Sie hat sich auf Maniküre spezialisiert, badet die Hände in Zitronensaft und Essig. Dass sie mich nicht zu fragen braucht, ob ich auch mal kommen möchte, weiß sie inzwischen.

»Friert ihr dort nicht im Winter, oder gewöhnt der Körper sich daran?« Ihr Sohn Leo, der nach uns in dem Appartement gewohnt hatte, sei für ein paar Monate in Wien, erzählte sie. »Es ist alles noch genau so, wie ihr es zurückgelassen habt«, sagte sie. »Ach, mein Täubchen, wie ich mich freue, dich wiederzusehen. Komm doch heute Abend zum Essen. Dann mache ich das Tomatengericht, das du so gern magst.«

Der kleine Flur war in der Tat noch so wie immer. Auf dem Eichenholz-Beistelltisch an der Tür lagen Handschuhe, von Leo, nahm ich an, und ein Korkenzieher. Den trug ich in die Küche mit den preußischblauen Schränkchen und machte mir eine Flasche Wein auf. Ich trat mit meinem Glas ans Fenster. Nieselregen färbte die Straßen dunkel, das Restaurant an der Ecke hatte schon geöffnet. Vor der Tür stand ein Tisch mit zwei roten Stühlen, die langsam nass wurden.

Auch im Wohnzimmer hatte sich nichts verändert. Das Plakat von Le Chat Noir war vielleicht an den Rändern etwas mehr vergilbt. Ich machte den Ofen an. Auf dem Sofa zog ich meine Schuhe aus, den Mantel behielt ich noch an. Es dauerte immer eine Weile, bevor es hier warm wurde. Ich legte die Füße auf den grünen Lehnsessel, auf dem Georges immer so gerne saß. Meine Tränen waren warm, meine Wangen blieben kalt.

Nach dem Essen machte ich einen kleinen Rundgang durchs Viertel. Auf den Regen war Stille gefolgt. Die Häuser um mich her waren älter als ich, genauso wie die Gassen mit dem Kopfsteinpflaster – hier war ich so oft gegangen, kannte jede Ecke. Vor dem Kino standen Leute an, eine bunte Schlange voller Erwartung. Nicht nur ich hatte hier meine Fußspuren hinterlassen, sondern viele, viele andere – so viele Geschichten, die nicht gut oder vielleicht doch gut ausgegangen waren. Ich legte kurz die Hand auf die Steine des roten Hauses mit dem Vordach.

Sie zu vermissen macht Clémence größer, besser, bedeutender. Der Abstand zwischen uns trägt nicht dazu bei, dass ich sie klarer sehe – er addiert sich vielmehr noch zu der Leere, und ich habe manchmal das Gefühl, dass ich nicht vergessen darf zu atmen. Von früheren Lieben weiß ich, dass weggehen das Einzige ist, was hilft. Aber ich kann nicht weg. Sie zieht mich an. Das muss sie auch fühlen. Sie ist zu abhängig von Louis, müsste ihn verlassen, ich sollte mit ihr darüber reden, ihr das klarmachen. Vielleicht können wir zusammen irgendwo neu anfangen.

Eine krumme alte Frau nickte mir zu. Ich lächelte. »Bonjour.« Zwei junge Männer im Abendanzug überquerten die Straße, warfen mir einen Seitenblick zu. Ich sah mich mit ihren Augen: eine magere Frau von eher ungepflegtem Äußeren, anders als die Mädchen hier, keine, die es zu erobern gilt.

Das Café Le Petit Canard hat immer geöffnet. Hier waren wir früher regelmäßig, Georges und ich, es ist eigentlich ein Ort, wo jeder willkommen ist – Anarchisten, verirrte Reisende, Männer, die Männer küssen oder sich wie Frauen kleiden.

»Sophie!« Bob stand mit der Zigarre im Mund und einem Glas in der Hand – Rum wahrscheinlich – an der Tür. »Du bist wieder da.«

»Bobby.« Ich küsste ihn zweimal und folgte ihm nach drinnen.

»Wie geht es im Urwald? Wenn ich gekonnt hätte, wäre ich mal gekommen, aber mit meinem Bein …« Er zog entschuldigend die Schultern hoch. Sein volles Haar wurde langsam grau, er war noch dicker geworden. Er trug ein Matrosenhemd und hatte die Spitzen seines dicken grauen Schnurrbarts mit Seife nach oben gezwirbelt.

»Weiß ich doch.« Ich strich ihm über die Stoppeln auf der Wange. Er hasst das Leben auf dem Land, er hasst sogar Gemüse. »Kleines Walross.«

»Ich hol dir ein Glas Wein.« Er bedeutete mir, stehen zu bleiben, und war weg, bevor ich Nein sagen konnte.

»Vorige Woche habe ich zwei Nächte im Knast verbracht«, sagte er, als er zurück war. »Kennst du übrigens Guillaume?« Er zog einen hageren Mann mit großem grauem Barett auf dem Kopf zur Tür, der mir die Hand reichte. »Ich war mit Yo und dem langen Bernhard auf Kneipenbummel. Wir hatten nichts verbrochen, bogen aus einer Gasse, und da standen sie. Bernhard rannte weg, aber Yo und ich waren viel zu verdutzt, um irgendwas zu machen, und da haben sie uns einfach festgenommen. Ist das zu fassen? Sie sagten, ein erzürnter Bewohner des Viertels hätte uns angezeigt und behauptet, dass Yo dabei sei, Kleider von der Wäscheleine zu stehlen. Was sagst du dazu?« Während er weiterredete – einer der Polizisten habe ein Glasauge gehabt, sein Chef habe die Kaution beglichen, um ihn freizubekommen, aber Yo habe bis samstags gesessen, bis sich erwies, dass sie wirklich nichts ausgefressen hatten, es gebe dort gar keine Gärten mit Wäscheleinen –, schaute ich mich um. Viele bekannte Gesichter, aber nicht das Gesicht, nach dem ich suchte, der Blick richtet sich manchmal nach dem Denken. »Reine Schikane«, sagte Bob. »Sie versuchen schon die ganze Zeit, uns anzuschwärzen. Uns eins auszuwischen.« Er kippte sein Getränk runter. »Und du – du siehst traurig aus. Bist du verliebt?«

Ich nickte.

»Glückwunsch, meine Liebe«, sagte er. »Wie heißt er? Es ist doch wohl nicht dieser schreckliche Louis, oder?«

»Sie. Clémence.«

Seine Miene verdüsterte sich. »Ach, Mädchen. Früher kam sie schon mal in den Gestiefelten Kater, mit ihrem Mann, diesem Kugelschreibererfinder. Pauline hat sich auch mal in sie verguckt, die mit den roten Locken, weißt du? Ein Drama war das.« Er streichelte kurz meine Wange.

Ich trank einen großen Schluck Wein. Vielleicht machte

Clémence das also öfter. Wer verliebt ist, sieht, wer die andere Person ist – sieht das voll und ganz –, die Verliebtheit gewährt Zugang zu einer neuen Welt, der der geliebten Person. Du siehst in dieser Welt auch, wer jemand sein könnte, was sein könnte, die Möglichkeit, zu wachsen. Oder die Illusion dessen.

Bob lachte über mein betretenes Gesicht. »Du solltest dankbar sein. Wir bekommen im Leben nicht so viele Gelegenheiten, zu verstehen, was wirklich wichtig ist.«

Neue Gäste kamen herein, andere wollten hinaus – ein Mädchen mit sehr blonden Haaren und Mandelaugen sah mich lange an. »Noch eins?« Bob hielt sein Glas hoch, ich schüttelte den Kopf und sagte, ich müsse ins Bett. Er gab mir einen Handkuss und verdrückte sich, Leib zwischen Leibern.

Auf der Straße knöpfte ich meinen Mantel fest zu. Es war windig geworden, die Luft roch nach Schnee.

31. Januar

Dora hielt meine Hand mit beiden Händen. »Du hast uns die Augen geöffnet oder, na ja, gründlicher geöffnet. Es geht auch anders. Mein Mann wollte dich noch etwas fragen.« Ihr Mann trat zu uns und begann von seinen eigenen Erfahrungen mit vegetarischem Essen und einer autarken Lebensweise zu erzählen. Meine Gedanken schweiften ab. Die Leute um uns herum gingen, riefen »Danke!«, grüßten mich zum Abschied mit erhobener Hand. Ein gut situiertes Publikum, für das ich eine

Attraktion war, beinahe so beängstigend, dass man sich gruseln konnte. »Meinst du nicht auch?« Ich sah Doras Mann wieder an. Die Schwerkraft hat seine Augenlider mit den Jahren herabgezogen, was seinem Gesicht eine prähistorische Ausstrahlung verleiht.

Dora nahm ein Kuvert aus ihrer Tasche. »Eine kleine Geste. Zur Erstattung der Kosten für Reise und Unterkunft. Ein Ausdruck unserer Dankbarkeit. Und mit Anfragen kannst du rechnen.« Ich hatte den Zuhörern gesagt, dass jeder von Herzen eingeladen sei, dass sie einfach schreiben sollten, wenn sie vorbeikommen wollten. »Wir kommen jedenfalls gern im Spätsommer.«

Ich nickte. Ich konnte sie mir nicht vorstellen, wie sie nackt das Land bestellen, aber was wusste ich schon – vielleicht liefen sie zu Hause auch am liebsten ohne Kleider herum. Ich stellte mir ihre Körper vor, was immer ein Tor zur Empathie ist.

Draußen schneite es. Bei uns auf dem Hof würde es jetzt kalt sein. Es war bald Essenszeit, Louis stand wahrscheinlich am Herd und kochte, Georges deckte den Tisch. Victor strickte bestimmt, damit hat er vor ein paar Wochen angefangen und einen Feuereifer entwickelt. Meine Gedanken kehrten immer wieder zu ihr zurück. Vielleicht las sie gerade, am Tisch, oder machte einen langen Spaziergang mit Petrus. In der Schule hieß es früher immer, dass einem das rechte Ohr juckt, wenn jemand an einen denkt – vielleicht kratzte Clémence sich jetzt am Ohr.

Ich mied die Straße, in der das Petit Canard lag – nach Gedränge, noch mehr Menschen, die mein Gefühl, allein zu sein, verstärkten, war mir jetzt zuallerletzt. Meine

Schuhe drückten, was mich während des Vortrags nicht gestört hatte (ob sie gehofft hatten, dass ich den Vortrag nackt halten würde?), doch jetzt hätte ich sie am liebsten ausgezogen. Ich ging plattfüßig, abrollen tat weh. Flöckchen wurden zu dickeren Flocken. Aus einem Haus drang Klaviermusik, ein unbekanntes Stück. Eine Frauenstimme sang dazu. Ich blieb kurz stehen. Es war so gut wie windstill, der Schnee rieselte sanft auf mein Gesicht herab, schmolz. Auf einmal vermisste ich Georges, nein, ich vermisste den Menschen, der er einmal für mich gewesen war, oder ich für ihn. Ich musste unbedingt zurück, um ihm das zu sagen.

1. Februar

»Komm schnell rein, Mädchen, du erfrierst ja.« Petra roch nach Pfefferminz und kitzelte meine Wange mit ihrer Wolljacke und den Haaren neben ihrem Mund. »Zieh den Mantel aus. Möchtest du Tee?«

Sie lief in die kleine Küche, stellte einen Kessel auf den Herd. Sie kam mir kleiner vor als bei unserer vorigen Begegnung.

»Ich muss in einer Stunde am Bahnhof sein, ich wollte mich nur kurz verabschieden.«

Mona, ihre dicke weiße Katze, strich mir um die Beine. Ich hockte mich hin, um sie zu streicheln.

»Du bist mager geworden«, sagte Petra. »Isst du dort auch genug?« Ihre tiefe, weiche Stimme beruhigte mich. Petra hatte mich bei sich aufgenommen, als ich frisch nach Paris kam und niemanden kannte, nicht mal genug Geld besaß, mir Brot zu kaufen. Sie ist eine alte Freundin meines Lehrers in Polen, über sie habe ich Bobby und die anderen kennengelernt. In den ersten Monaten brauchte ich ihr keine Miete zu zahlen, so konnte ich mir eine Anstellung suchen und etwas von dem Geld sparen, das ich als Köchin in dem vegetarischen Restaurant verdiente, bis es ausreichte, um mir eine eigene Wohnung zu nehmen. »Hier.« Ich reichte ihr das Kuvert, das ich am Vortag bekommen hatte – sie gab kaum etwas aus, würde davon einen Monat leben können.

»Ach, Kind, behalt das doch.«

»Ich bestehe darauf.«

Sie legte das Kuvert in eine Schublade, in der sie auch ihre Unterwäsche aufbewahrt – bunt geflickte Fetzen. »Du bist viel zu gut zu einer alten Frau.«

Ich setzte mich auf das durchgesessene grüne Sofa, die Hände um den Becher Tee.

»Was ist denn los mit dir?«

Ich erzählte ihr von Clémence und von Georges. Sie ergriff meinen Unterarm. »Ach, das sollte mich gar nicht so sehr beschäftigen. Es gibt wichtigere Dinge.«

»Was wichtig erscheint, ist es auch. Sei nicht immer so streng. Und richte Georges meine lieben Grüße aus. Ihn habe ich auch schon viel zu lange nicht mehr gesehen.«

Ich wollte ein Holzscheit aufs Feuer legen, doch sie hielt mich zurück. »Das brennt schon noch ein Weilchen.«

An der Tür hustete sie. Sie dürfte an die achtzig sein.

»Hättest du nicht Lust, mitzukommen?«

»Ich? Und was ist dann mit Mona? Und den anderen?« Sie füttert auch die streunenden Katzen, macht zweimal täglich ihre Runde. »Komm mich noch mal besuchen, wenn du magst. Ich habe nicht mehr so viel Umgang.«

Ich küsste sie auf die zerknitterte Wange und versprach, ihr zu schreiben.

Der Zug zog einen Strich durch die Landschaft, eine Linie, welche die Teile meines Lebens erneut verband. Das Leben dehnt sich, je älter man wird, immer weiter in verschiedene Richtungen aus, die Erinnerungen bilden keinen Haufen, sondern ergänzen einander, sie füllen den Raum nicht, sondern weiten ihn aus – das Leben wird reicher (alles, was geschieht, kommuniziert miteinander – jedes Gefühl verweist auf frühere Gefühle, auch die Geschichten bilden einen Zusammenhang).

Als ich ankam, war es schon so dunkel, dass ich kaum den Weg vor meinen Füßen erkennen konnte. In der Ferne rief ein Fuchs, kläglich und anhaltend.

2. Februar

»Du bist schon wieder da?« Louis wandte sich mir zur Begrüßung ganz kurz zu und rührte dann weiter in dem Topf mit dem Brei.

»Ich bin gestern Abend angekommen. Und wie sieht es hier aus?«

»Geht alles seinen Gang.« Er rührte wie wild, als hinge etwas davon ab.

Die Haustür, Pfötchengetrappel – Petrus sprang an mir hoch, ich kraulte ihn unter dem Kinn.

»Hallo.« Victor zerdrückte mich fast.

Ich erhob mich und küsste ihn auf die Wange.

»Wie war's in der Großstadt? Verläufst du dich noch?«

Ich erzählte ihnen von meinen Zuhörern, machte sie zu schlimmeren Bourgeois, als sie waren.

»Sehr gut«, sagte Louis. »Sollen sie schwitzen.«

Eine Hand auf meinem Rücken, ein flüchtiger Kuss auf die Wange. »Ich hab schrecklichen Hunger.« Clémence' Augen strahlten. Sie trug über Kimono und Hose einen dicken Pullover. »Schön, dass du wieder da bist.«

»Sophie erzählte gerade von Dora und ihren Freunden.«

Die Hand löste sich von mir, die Wärme verflog.

Georges deckte den Frühstückstisch. Er hatte schon geschlafen, als ich nach Hause kam, ich hatte ihm nur einen Kuss auf die Wange gegeben, und er hatte irgendetwas gemurmelt. Ich setzte mich schon mal an den Tisch und erzählte ihm von Bob. Er mied meinen Blick.

Nach dem Essen blieben wir allein im Zimmer zurück. »So«, sagte er.

»So.« Ich klopfte einladend aufs Sofa. »Unser Appartement ist noch genauso wie immer, Yvette hat nur ein neues Bild im Flur aufgehängt und eine neue Decke über das Sofa gelegt. Wir haben zusammen gegessen, sie war unheimlich herzlich und lieb.« Er zog sich einen Stuhl heran, Petrus sprang neben mich aufs Sofa. »Es war auch bedrückend, weil sich manches verändert hat.«

»Was meinst du?«

»Ich bin nicht mehr die, die ich war, als wir uns kennenlernten oder als wir hierherkamen.« Ich streichelte Petrus, immer wieder mit der gleichen Bewegung. »Ich habe dich in Paris nicht vermisst. Ich war eher traurig, weil ich dich nicht mehr vermisst habe.«

Er ballte die Hände zu Fäusten. »Logisch, dass du dich so fühlst. Ich habe mich auch verändert. Aber wir könnten einander wieder näherkommen. Wir könnten mehr zusammen machen.«

»Ich bin nicht mehr in dich verliebt.«

»Das macht doch nichts! Liebe verändert sich mit den Jahren immer.«

Ich schüttelte den Kopf. »Ich möchte das nicht mehr.«

»Ich schon. Ich habe doch auch eine Stimme in dieser Beziehung, oder?«

Victor streckte den Kopf um die Ecke. »Oh, pardon.« Er verschwand wieder.

»Mein Herz gehört nicht mehr dir.«

Er setzte sich neben mich. »Ich werde dein Herz zurückgewinnen. Das verspreche ich dir.«

Ich musste es ihm sagen. »Ich habe mich in jemand anders verliebt.«

Er schlug mit der Faust heftig auf die Armlehne seines Stuhls – Petrus sprang vom Sofa. »In wen?«

»Es ist nicht gegenseitig.«

»Ich billige das nicht.« Er erhob sich, schlug die Tür mit solcher Wucht hinter sich zu, dass sich Putz von der Wand löste. Petrus setzte sich wieder neben mich, und so streichelte ich ihn weiter.

»Alles in Ordnung?« Victor schaute wieder zur Tür herein.

»Hast du mitgehört?«

Er schüttelte den Kopf. »Nein, na ja, ein bisschen. Also gut, ich habe alles gehört.«

Ich seufzte.

Er setzte sich zu mir. »Ich fürchte, du hast recht. Nicht damit, dass sie nicht in dich verliebt ist. Das weiß ich nicht. Aber sie wird sich nicht von Louis trennen.«

Eine Fliege brummte an der Fensterscheibe, suchte einen Ausgang. Ich stand auf und holte ein Glas und ein Blatt Papier. Im Winter lassen sie sich so immer leicht fangen.

Victor erhob sich, um mich zu umarmen. Es war gut gemeint, aber ich fühlte mich dadurch nur umso leerer. »Weißt du, wo sie ist?«

»Gerade eben war sie bei den Ziegen. Viel Erfolg.« Er kniff die Augen zusammen, als wollte er meinen Wert abschätzen. Ich richtete mich gerade auf, hoffend, dass mir das Kraft geben würde.

Die Ziegen freuten sich, mich zu sehen. Marie kam gleich auf mich zu, mit glänzenden Augen. Ich gab ihr eine Handvoll Heu. Dominique folgte ihr, ließ sich ohne Weiteres von mir die Stirn kraulen. Auch Bobby und Dobby kamen mich kurz begrüßen und rannten dann wieder hintereinander her zum entferntesten Punkt ihrer Weide.

Ich fand Clémence am Beginn des Flusses. Er nimmt dort nicht wirklich seinen Anfang, die Quelle liegt irgendwo viel weiter oben, wo wir noch nie waren – ich bin noch nie über diesen Punkt hinausgekommen, wo der vom Hügel herabkommende Wasserlauf breiter wird.

»Hallo, mein Mädchen.« Ihre Fingerspitzen tippten kurz gegen mein Handgelenk.

»Ich möchte mit dir reden.« Ich umfasste ihre Hand, die kälter war als meine. Sie zog die Hand nicht zurück, gab sie mir aber auch nicht, sondern ließ sie nur dort ruhen.

»Begleite mich doch ins Dorf. Ich muss bei Madame Poulenc einen Mantel abholen.«

Der Pfad am Fluss entlang war so matschig, dass ich Mühe hatte, mich auf den Beinen zu halten. Die Pfützen waren nur zum Teil gefroren, ich musste aufpassen, wo ich hintrat, um mir keine nassen Füße zu holen. Clémence war schneller als ich, leichtfüßiger. Ich musste mich anstrengen, um mit ihr Schritt zu halten – es schien, als gehe sie absichtlich zu schnell.

»Ich habe versucht, dir zu schreiben. Weil in meinem Leben etwas geschehen ist seit dir, seit uns. Weil sich wirklich etwas verändert hat. Und ich möchte, dass du das weißt.« Ich keuchte.

»Lieb, dass du das sagst.«

»Es ist die Wahrheit.«

Sie blieb stehen, nahm meine Hand. »Du bist für mich auch etwas ganz Besonderes. Kostbares. Du bist zu einem Teil alt, zu einem Teil jung, und nichts dazwischen. Die meisten Menschen rutschen zur Mitte hin, vergessen, was der Mühe wert ist. Du entdeckst das immer wieder aufs Neue. Das können nicht viele, die Welt immer wieder neu sehen.«

Aber. Ich dachte es, sagte es nicht. Im Gebüsch raschelte es, ein Fasan flog auf.

»Aber ich habe dir schon gesagt, dass ich mit Louis zusammen bin. Ich bin an ihn gebunden, und ich will es auch sein. Ich verstehe, dass du das nicht begreifen kannst.«

Sie ging mir voran über die Brücke. Wolken zogen sich zusammen, rissen wieder auf, ein rätselhafter Tanz, der auch ganz unabhängig von uns stattfand.

»Es liegt nicht an dir. Das ist ein Klischee, und es tut mir leid, dass es so ist, auch das ist ein Klischee. Ich möchte, dass du das weißt. Das ist mir wichtig.«

Das, nicht ich. »Was soll ich jetzt tun?« Was ich eigentlich sagen wollte, war: Warum nicht? Warum nicht, obwohl du mich doch berührt hast?

»Du kannst natürlich hierbleiben, sehr gerne.« Hufgetrappel in der Ferne, immer näher, ein Karren mit Reisig. »Ich würde dich auch jetzt am liebsten küssen.«

»Das sagst du nur so.« Das Kopfsteinpflaster des Dorfplatzes war mit einer dünnen Eisschicht überzogen. Ich fasste ihren Arm, sie hatte mehr Standfestigkeit als ich.

So schlitterten wir weiter, während nasser Schnee zu fallen begann – wer konnte, blieb drinnen, lediglich hinter der Kirche sahen wir jemanden Holz hacken.

Bei der Schneiderin merkte ich, dass meine Hände steif geworden waren, ich konnte die Finger kaum bewegen.

4. Februar

Heute hat sie überhaupt nicht mit mir gesprochen. Die Stille war wie Glas – ich konnte sie sehen, aber nicht berühren.

Die Nachbarn drei Höfe weiter kamen mit einem Sack Kartoffeln vorbei. Das Dach ihrer Scheune ist undicht, und alles würde verfaulen. Louis umgarnte sie nach Strich und Faden, gab ihnen Wein und fermentierte Bohnen, spielte sich als der Paterfamilias auf. Wir haben noch genug Kartoffeln für die kommenden Monate. Ich bin nach oben gegangen, als er Clémence an sich zog, habe völlig aufgewühlt auf dem Bett gesessen. Als später Georges kam, habe ich mir die Decke über den Kopf gezogen, als schliefe ich schon. Die Nacht kam und ging, mein düsteres Starren wurde hin und wieder von Traumfetzen abgelöst.

5. Februar

Eine fahle Sonne hat die ärgste Kälte des Tages weggeschmolzen. Das Jahr ist bisher dunkel gewesen, mit viel Regen. Dieses Licht jetzt tut gut, es zeigt Konturen eines Raums an, der hoffnungsvoll sein könnte.

Georges hat einen Brief von seiner Schwester erhalten, die im Süden des Landes Lehrerin ist. Es sei nicht gut um ihren Vater bestellt, er huste Blut und sei zu schwach, das Bett zu verlassen. Georges blieb eine Weile mit dem

Brief in der Hand sitzen. »Komm, Junge«, forderte Victor ihn auf. »Pack deine Tasche. Ich begleite dich zum Bahnhof.«

»Ich weiß nicht, ob ich fahren will«, sagte Georges. Ich sah Panik in seinem Blick und etwas Hartes, etwas, was ich nicht von ihm kannte. Sein Vater hat ihn immer lächerlich gemacht, ist der Grund dafür, dass Georges seine Eltern nie mehr besucht hat.

»Wenn du nicht fährst, wird es dir leidtun.«

Clémence ging zu ihm. »Du kennst ja die Geschichte mit meiner Familie. Und trotzdem bin ich froh, dass ich dort war.« Ihre Mutter hat sich wieder ein wenig erholt. »Ich würde sofort wieder fahren.«

Ich legte kurz meine Hand auf seine. »Komm, wir packen deine Sachen.«

Es war, als erwache er. »Wir? Das mache ich schon allein. Ich muss gleich weg.« Er rannte, zwei Stufen auf einmal nehmend, die Treppe hinauf.

»Armer Junge«, sagte Victor.

Wir murmelten etwas Zustimmendes. Clémence schenkte mir ein kurzes Lächeln, ohne mich richtig anzusehen, so wie früher, kam mir vor. Es hätte auch einem der anderen gelten können.

Ich blieb am Tisch sitzen und schaute auf meine winterbleichen Hände, Finger wie die Stöckchen aus dem Märchen.

Victor schenkte mir Tee ein, zwinkerte mir kurz zu. Wenig später kam Georges mit seinem kleinen grünen Koffer die Treppe herunter. Er gab Victor die Hand und sagte, dass er ihn wirklich nicht zu begleiten brauchte.

Clémence bekam einen Kuss auf die Wange. Sie drückte kurz seinen Unterarm. Ich blieb sitzen wie ein Wassersack, Georges winkte. »Bis bald.«

Ich hob die Hand, aber zu spät, er hatte sich schon abgewandt.

9. Februar

Sein Vater sei bereits tot gewesen, als er eintraf, die Krankheit habe Löcher in seine Lunge gefressen und ihn alle Haare verlieren lassen. Er habe in seinen letzten Tagen höllische Schmerzen gehabt und nur noch gestöhnt, nicht einmal der selbst gebrannte Whisky habe ihm noch Linderung verschafft. Das schrieb uns Georges, und schon einen Tag nachdem der Brief hier eintraf, war er wieder zurück. Die Beerdigung sei schweigend vor sich gegangen, hat er erzählt. Es habe ihm gutgetan, seine Mutter zu sehen; seine Schwester sei alt geworden, eine sonderliche alte Frau, die nach Kampfer rieche und aussehe wie jemand von anno dazumal. »Ein verdorrtes Blatt, das zwar noch die Form eines Blattes besitzt, aber über kurz oder lang das letzte bisschen Saft und Farbe verlieren und zu Staub zerfallen wird.«

»Ach, Junge.« Louis zog ihn an sich, zwingend; Georges schluchzte. War ich blind gewesen? Auf einmal sah ich sie zusammen. Ich hatte keine Ahnung. Wenn Georges es von mir nicht wusste, warum sollte ich es von ihm wissen?

 Georges entzog sich hölzern Louis' Umarmung – nein,

das sah zu unbehaglich aus, diese Körper kannten einander nicht. Ich umarmte ihn ebenfalls, verspürte das gleiche fahlgraue Unbehagen.

»Und wie war es hier?« Er fragte das ganz allgemein, ohne neugierig auf die Antwort zu sein. Louis erzählte, dass er die Bäume im Vorgarten vom Efeu befreit habe, obwohl Efeu natürlich immer wiederkomme. Die Worte regneten wie Tropfen herab, ich ließ sie über mich ergehen und erhob mich, um ein paar Holzscheite aufs Feuer zu werfen. Georges ging, um ein Bad zu nehmen. Die anderen hüllten sich in Schweigen. Sie strahlten Zufriedenheit aus – eine Zufriedenheit, die mir fremd ist und mich ausschließt.

Clémence kam erst spät nach Hause. Sie war im Dorf gewesen, hatte bei Madame Lefèvre ein Gläschen getrunken, wie sie sagte. Niemand fragte weiter nach – sie ist die Einzige von uns, die soziale Kontakte aufbaut, das Gespräch sucht. Ich roch den Alkohol, als ich an ihr vorbeiging, er hatte sich mit ihrem eigenen Geruch vermischt.

10. Februar

Georges hatte mit Victor zusammen die Flasche Cognac geleert, die er mitgebracht hatte, nachdem wir schon zum Essen Wein getrunken hatten. Er entledigte sich ostentativ seiner Kleider und setzte sich bei mir auf die Bettkante. »Bist du betrunken?«, fragte ich.

»Ganz und gar nicht«, behauptete er. »Los, rutsch ein Stück. Dann komme ich mal wieder zu dir.«

Ich rührte mich nicht. »Lieber nicht.«

Er schlug die Decke zurück und drückte sich mit seinem nackten Leib an mich – klamm, verschwitzt, nach Alkohol riechend, eine raumfordernde Gegenwart, die mich an den Rand des Bettes drängte. Dann schlief er praktisch auf der Stelle ein. Ich rollte mich noch etwas weiter zur Seite, er hatte alle Decken an sich gezogen. Mein Bein lag im Kalten. Aus Angst, ihn zu wecken, wagte ich nicht, aufzustehen. Also legte ich mich auf die Seite, zog von der Decke noch möglichst viel über mich und, als er tief eingeschlafen war, noch etwas mehr und wartete auf den Morgen.

Gegen sechs Uhr ging ich nach unten. Die Hühner hörten mich schon kommen, ich gab ihnen zu fressen und stellte danach den Wasserkessel aufs Feuer. Petrus kam in die Küche, er schlief bei Clémence und Louis im Zimmer, sie hatten bestimmt die Tür aufgemacht. »Hallo, kleiner Freund.« Im Wohnzimmer fachte ich den Ofen an.

Louis kam schon kurz danach. »Gut geschlafen?«

Ich nickte, wich seinem Blick aus. Wir wechselten ein paar Worte, über die grauen Wolken in der Ferne, über Georges' Trauer. Ich dachte an sie, in seinem Bett, daran, wie sie ihn berührte, stellte mir die Reaktionen seines Körpers vor.

»Alles in Ordnung?«

»Ich fühle mich nicht so gut.«

Victor kam in die Küche. »Hab ich einen Brummschädel.« Er goss sich ein Glas Wasser ein. Ich hörte auch Clémence und ging schnell nach draußen, in Holzpantinen, nur einen Pullover über dem Nachthemd. Ich lief bis zu den Ziegen, die noch in ihrem Stall standen, sie kamen nicht, als ich sie rief.

15. Februar

Die Neuen sollten am späten Nachmittag kommen. Wir haben den Anbau ausgeräumt, und Victor und Clémence haben ihn wohnlich gemacht – sogar Vorhänge haben sie genäht. Louis stellte einen Topf mit Krokussen auf den Tisch.

Er kennt Jeanne und Marc schon länger. Er hat dieses Paar ausgewählt, weil er viel Potenzial in ihm sieht. Vor einigen Monaten hat er in Paris mit verschiedenen Interessenten Gespräche geführt, Clémence war auch dabei und sagte, die beiden seien wirklich sehr nett. Es ist noch zu kalt, um nackt herumzulaufen, und so dachten wir zum ersten Mal seit Langem darüber nach, was wir anziehen sollten. Und wir wuschen uns alle. Auch ich war aufgekratzt. Vielleicht brachte das ja frischen Wind herein, zumal mit einem kleinen Kind. Sie wollen bis nach dem Sommer bleiben, vielleicht auch länger.

Gegen elf Uhr waren wir mit den Vorbereitungen fertig. Der Eintopf für abends köchelte schon vor sich hin, das Haus war geputzt. Wir saßen um den Tisch, eines der seltenen Male in dieser Zeit, da wir gemeinsam im Wohnzimmer saßen. »Spielen wir eine Partie Karten?« Victor erhob sich, um die Karten zu holen. »Nein, ich möchte lieber lesen.« – »Ich muss noch etwas schreiben.« – »Ich lege mich kurz aufs Ohr.« Petrus sprang mit hoffnungsfrohem

Gesicht vom Sofa und baute sich wedelnd vor Victor auf, doch er war einem Irrtum erlegen.

Jeanne hat lange rote Locken und ein Gesicht von altmodischer Schönheit, mit weißer Haut und grünen Augen wie das Ölporträt einer Comtesse in der Ahnengalerie. Sie lacht viel, nicht aus Verlegenheit, sondern aus Freundlichkeit. Marc schaut immer wieder zu ihr, als wolle er kontrollieren, ob sie noch da ist, noch real ist. Er sieht mit seinem braunen Haar und den tiefbraunen Augen ebenfalls gut aus, doch seine Schönheit ist verhaltener, weniger aristokratisch. Ihr Kind, Gabriel – er schlief, als sie ankamen –, war blond. Marc hatte als Kind auch blonde Haare, erzählte er.

Wir halfen ihnen beim Hineintragen ihrer Sachen – eine Matratze, ein Sessel, eine Wiege, alles auf den Karren getürmt. »Sehr hübsch«, sagten sie immer wieder, über den Hof, ihr Zimmer. Wir sahen im Vergleich zu ihnen alt und verbraucht aus, farblose, klapprige Gestalten. Abends blieben wir länger unten sitzen, redeten darüber, warum wir hier sind und was wir tun, als wäre es etwas ganz Neues – es war, als wären wir selbst noch einmal neu angekommen, als stimmte das, was wir hier tun.

20. Februar

Aus dem Schlafzimmerfenster sah ich sie gestern zusammen weggehen, Clémence und Jeanne, Arm in Arm auf dem Pfad in ihren dicken Wintermänteln, bereits absolut vertraut. Petrus lief mit ihnen mit, vielleicht gingen sie ins Dorf oder machten einen Spaziergang zum Aussichtspunkt. Es war ein schöner Tag dafür, trocken und fast windstill, und man konnte schon entfernt den Frühling riechen. Zweifellos würden sie sich küssen, zweifellos würde Clémence ihr in die grünen Augen schauen und sie … Ich versuchte, an andere Dinge zu denken, das in meinem Körper wütende Fieber umzulenken. Ich schwitzte. Ich musste ihnen folgen – vielleicht konnte ich ihnen etwas zu essen bringen, oder etwas, das sie vergessen hatten, ja, sie hatten zweifellos vergessen, den zu reparierenden Gürtel von Georges mitzunehmen, wenn ich schnell war, würde ich sie noch einholen, bevor sie bis zum Weg gekommen waren.

Ich suchte nach dem Gürtel, ein dicker schwarzer ist es, wir konnten ihn nicht selbst nähen, dafür braucht man eine professionelle Nähmaschine. »Wo gehst du hin?« Victor sah mich verwundert an.

»Sie haben den Gürtel vergessen. Ich werde ihn ihnen schnell bringen.«

»Sie gehen einfach nur spazieren«, sagte er, aber ich hörte nicht auf ihn, ich musste es sehen. Ich rannte den gepflasterten Weg vor unserem Haus hinunter, den Pfad zur Anhöhe hinauf, meine Schuhe versanken im Matsch, und ich rutschte zweimal aus.

Petrus hörte mich als Erster kommen.

Clémence sah mich fragend an, vielleicht auch ein bisschen verärgert.

»Wenn ihr ins Dorf geht, könnt ihr vielleicht diesen Gürtel mitnehmen.« Ich bemühte mich, nicht zu japsen.

»Wir gehen nicht ins Dorf, ich zeige Jeanne die Umgebung.«

Jeanne lächelte, als wenn nichts wäre.

Ich blieb stehen. Sie lud mich nicht ein, sie zu begleiten, wartete, dass ich verschwinden würde.

Es begann leicht zu regnen. Die kahlen Äste über uns hielten die Tropfen kaum ab.

»Wir gehen weiter«, sagte Clémence. Nichts, keine Einladung, Augen wie ein Schild.

Ich brachte plötzlich keinen Ton mehr heraus und nickte nur, zwang mich zu einem Lächeln in Richtung Jeanne und blieb stehen, bis sie nicht mehr zu sehen waren. Petrus war sehr lange unschlüssig, mit wem er mitwollte, entschied sich dann für die beiden. Sie sah sich nicht ein einziges Mal um.

24. Februar

Es hat ununterbrochen geregnet. Die Ziegen stehen nur noch unter dem Schutzdach, bei diesem Wetter ist Ziege zu sein gewiss kein Vergnügen. Louis hatte die Idee, gemeinsam ein Buch zu schreiben, und deshalb sind wir diese Woche jeden Abend zu einem anderthalbstündigen Gespräch verpflichtet. Seiner Meinung nach ist das zugleich eine Möglichkeit, die Neuen, wie er Jeanne und Marc immer noch nennt, in den Handel und Wandel unserer Gemeinschaft einzubeziehen und das gemeinsame Denken zu lernen. Das ist eine kleine Spitze gegen mich; ich bin ja diejenige, die am meisten schreibt, und ich schreibe immer allein. Manche der Artikel unterzeichnen wir gemeinsam, aber es bleiben immer noch meine Worte, meine Vorstellung davon, wie es sich verhält.

Am dritten Abend bekamen wir Streit. Louis fand, wir sollten im Laufe des Sommers noch einen Hof hinzukaufen, wo Victor, Georges und ich mit einigen neuen Leuten wohnen würden, die wir einweisen könnten. Er würde mit Clémence und ein paar Neuen im alten Haus bleiben; Jeanne und Marc könnten auch was Eigenes gründen. Victor war strikt dagegen. »Ich will hier wohnen bleiben«, sagte er. »Zieht ihr doch weg. Ich bin vernarrt in die Ziegen und die Hühner, und ich denke nicht daran, woandershin zu gehen. Ich bin schon oft genug umgezogen.« Er warf sich eine Haarsträhne aus dem Gesicht.

»Das ist mein Hof«, sagte Louis.

»Ach, geht das jetzt los? Ich dachte immer, Kapital sei die Wurzel allen Unrechts auf dieser Welt und dein Geld nur ein Anfang für das, woraus unsere Arbeit ein gemeinschaftliches Eigentum machen würde.«

Ich steuerte auch meinen Teil bei. »Wenn du das sagst, Louis, steht das Ganze hier wirklich auf tönernen Füßen.«

»Aber ihr seid schon der Meinung, dass ein weiterer Ort hinzukommen sollte?«, fragte Marc. Sein Augenlid zuckte kurz.

»Das ist an sich keine schlechte Idee«, sagte ich. »Wenn es Bedarf gibt. Je mehr Menschen so leben, desto besser – das kann Kreise ziehen wie ein Ölfleck.«

Georges lachte, ein kleines hohes Lachen wie ein Wiehern. »Wie ein Ölfleck. Na, dann geh du doch! Allein. Oder mit deiner neuen Liebe.«

»Also wirklich, Leute«, sagte Victor, »das ist doch eine Scheindemokratie. Wenn Louis das letzte Wort haben soll, weil er diesen Hof gekauft hat, brauchen wir eigentlich gar nicht mehr weiterzureden. Dann habe ich jedenfalls nichts mehr dazu zu sagen.« Er verschränkte demonstrativ die Arme vor der Brust.

Petrus kam ins Zimmer, sah uns in dieser angespannten Haltung dasitzen und machte abrupt kehrt.

»Louis?«, fragte ich.

»Natürlich entscheiden wir gemeinsam. Ich muss nur hierbleiben, weil die Sache auf meinen Namen läuft. Aber ich würde euch niemals vor die Tür setzen.« Seine Stimme war etwas zu laut, die Worte wirkten etwas zu nachdrücklich.

Georges hatte die Augen geschlossen. Vielleicht wurde ihm gerade alles zu viel. Jeanne und Marc saßen ganz still da. Clémence schenkte sich das Glas noch einmal voll. »Lasst uns versuchen, konstruktiv über diese Sache zu reden. Wer ist bereit, woanders neu anzufangen?« Keiner sagte etwas. Sie blickte mit einem kleinen Lächeln in die Runde. Ich hielt ihren Blick für einen Moment fest: ein alter Wald, Amseln, Brombeeren. »Wer möchte unbedingt hierbleiben?« Wieder antwortete niemand. »Dann gibt es doch gar kein Problem, oder?«

»Das Problem sitzt dort«, erwiderte Victor, auf Louis zeigend. »Vielleicht ist meine Zeit hier ohnehin vorbei. Hugo hat mich eingeladen, nach Spanien zu kommen.«

»Geh nicht weg«, sagte Clémence. Es klang aufrichtig.

»Vielleicht sollten wir alle erst mal darüber nachdenken«, sagte ich. Wenn der Wind von Osten weht, kann man den Zug vorbeifahren hören. Ich glaubte ihn jetzt zu hören, aber vielleicht war es auch der Traktor eines Nachbarn.

Ich ging hinaus, um den Hühnerstall abzuschließen. Georges kam hinter mir her. »Hast du mir nichts zu sagen?«

»Was sollte ich dir zu sagen haben?«

»Louis hat mir alles erzählt. Von dir und Clémence.« Er lutschte an seinem Zeigefinger.

Mich machte das einfach nur müde. »Es tut mir leid.«

»Es tut dir leid. Mir tut es auch leid.« Er packte mich am Arm. Ich versuchte mich loszureißen, aber sein Griff wurde nur noch fester. Er presste seinen Mund auf meinen Mund, steckte mir die Zunge zwischen die Lippen. Ich biss die Zähne aufeinander und versuchte ihn von mir zu schieben. Er leckte mir über die Wange.

»Gefällt dir das?« Er drückte mich gegen das Mäuerchen, hielt mir die Hand auf den Mund und zwängte die andere Hand unter meinen Pullover.

Ich biss ihm in den Finger.

Er wich einen Schritt zurück, sah sich seinen Finger an. Meine Zähne hatten weiße Abdrücke hinterlassen. »Dreckige, dreckige …«

Seine Stimme rief Victor auf den Plan. »Komm du mal eben mit.« Er führte Georges ab.

Weil ich nicht ins Haus wollte, lief ich über die Wiese zum Fluss. Es war stockfinster, und ich musste langsam gehen, weil es überall Löcher gab. Ich glaubte in der Ferne einen Hasen zu sehen, aber als ich näher kam, zeigte sich, dass es nur ein Lehmklumpen war. Ich machte auf halbem Weg kehrt.

Im Haus waren die Lichter bereits gelöscht. Georges war nicht im Schlafzimmer, vielleicht war er noch bei Victor. Ich verriegelte die Schlafzimmertür und legte den Schlüssel auf das Tischchen neben meinem Bett.

25. Februar

In der Nacht bekam Gabriel Fieber. Als ich um halb sieben nach unten kam, hing er wie ein schlaffer Lappen in Jeannes Armen. Marc war mit Clémence ins Dorf gegangen, um den Arzt zu holen. Louis nahm Jeanne den Jungen ab, der prompt anfing zu weinen. Louis sang ihm ein Wiegenlied von Lämmern und Milch und lief dabei mit ihm im Zimmer auf und ab. Ich machte Tee für Jeanne, die in der Zimmerecke stehen blieb und Louis zuschaute. »Setz dich doch«, sagte ich.

Sie schüttelte den Kopf. »Es sieht nicht gut aus.« Panik kann lähmen, erschlagen, ihr Gesicht wirkte wie aus Porzellan.

»Der Doktor kommt bestimmt gleich.«

Das Kind hatte aufgehört zu weinen. Louis sah mich kurz an.

»Komm, mein Kleiner.« Er setzte sich aufs Sofa, Gabriel in den Armen wie das Jesuskind.

So saßen sie da, bis der Arzt kam, der nicht feststellen konnte, was dem Jungen fehlte.

Gabriels Fieber hielt drei Tage an. Für uns waren die

Tage seiner Krankheit eine Atempause. Wir brauchten uns nur um den kleinen Jungen zu kümmern, nur von ihm zu reden. Georges schlief jetzt auf einer Matratze auf dem Dachboden, es sei dort warm genug, sagte er. Jeanne und Marc hatten mit Clémence und Louis das Zimmer getauscht, weil es im Anbau zog. Wir waren ein gutes Team, wir sorgten dafür, dass es ihnen an nichts fehlte.

Jeanne konnte nicht schlafen, und wir leisteten ihr reihum Gesellschaft. Victor verstand sich gut auf die dunkelsten Stunden, ich nahm die frühen Morgenstunden auf mich. Nach der zweiten Nacht blieb er bei mir sitzen. »Musst du nicht ins Bett?«, fragte ich. Jeanne ging in die Küche, um Tee zu machen.

Victor zuckte mit den Schultern. »Ich kann noch den ganzen Tag schlafen.«

»Was ist mit deinen Plänen, nach Spanien zu gehen?«

»Das habe ich immer noch vor. Vielleicht mache ich es nach dem Sommer, wenn es hier wieder kälter wird.«

»Den Vögeln hinterher.«

»Und du?«

Ich sah ihn an, ließ mehr durchblicken, als ich wollte.

»Du solltest fortgehen«, sagte er sanft. »Dann geht es weiter. Fang irgendwo anders neu an, kehr in die Stadt zurück, tu was.«

Ich schüttelte den Kopf. »So einfach ist es nicht.«

»Was ist einfach?« Jeanne kam wieder herein.

»Nicht einfach«, sagte Victor. »Ein Neubeginn.«

Sie nickte abwesend, sah nach Gabriel. Victor erhob sich. »Ich leg mich mal aufs Ohr.«

Es war ganz still im Zimmer, als er weg war. Ich dachte

an die Zeit in Paris, so weit entfernt und doch so nah. Wir denken oft, die Zeit erstrecke sich wie eine Straße oder eine Ebene, während doch alles, was geschieht und geschehen ist, seinen eigenen Ort hat und immer in Reichweite bleibt.

Das Kind drehte sich um, gab einen kleinen Laut von sich. Jeanne schrak auf, beruhigte sich aber wieder, als sie in sein Gesicht blickte. Sie zog seine Decke hoch. »Sch, sch.« Sie sah mich an. »Alles gut?«

Ich nickte. Meine Gedanken streiften Victors Fragen, unsicher und in ihrem eigenen Tempo. Wir denken oft, wir hätten die Regie über unser Leben, doch wenn es darauf ankommt, ist es das Leben, das uns regiert.

Ich nahm meinen Füller und einen Stapel Papier. Mit Worten konnte ich eine neue Welt erschaffen, eine, in der es sehr wohl gelingen würde. Gabriel brabbelte etwas, Jeanne nahm seine Füßchen in ihre Hände. Draußen rief Louis Clémence zu, sie solle sich beeilen. Ich hoffte, dass sie käme, ich hoffte, dass sie nicht käme.

2. März

Als Gabriel über dem Berg war, sind die Neuen zu Jeannes Familie gefahren, die in einem kleinen Ort fünfzig Kilometer südlich von unserem Hof wohnt. Clémence und Louis haben wieder ihr altes Zimmer im Haus bezogen. Die vorübergehende Leichtigkeit ist dahin, und gestern am späten Abend stand Georges plötzlich wieder an meinem Bett. Ich hatte gerade das Licht ausgemacht und erschrak, als die Tür aufging. »So«, sagte er, »wollen wir jetzt mal das Kriegsbeil begraben?« Er setzte sich auf die Bettkante. »Etwas Schönes soll man nicht wegwerfen. Weißt du noch, wie wir herkamen? Voll guten Mutes, voller Ideen. Vielleicht sollten wir tatsächlich auf einem anderen Hof neu anfangen. Dann kann Vic mit den anderen hierbleiben.«

Ich richtete mich auf. »Ich habe schon halb geschlafen. Lass uns das morgen weiter besprechen.«

Er legte die Hand auf die Decke über meinem Bein. »Soll ich zu dir ins Bett kommen?«

»Lieber nicht.«

Er stand auf, zog sich aus und legte sich ohne ein weiteres Wort in sein eigenes Bett. Ich hörte ihn schwer atmen und schlief erst ein, als es schon hell wurde.

7. März

Von allem Flüchtigen, das uns durch die Finger rinnt – Wasser, Liebe, Schuld –, fällt Zeit am meisten ins Gewicht. Weil die Zeit alles andere trägt. Nichts kann ohne sie bestehen.

Ich verbringe die Tage mit Hoffnung, etwas Kleinem, Warmem, das wärmer und größer wird, wenn sie hereinkommt, wenn sie mich ansieht, wenn wir gleichzeitig etwas sagen, sehen – Hoffnung scheint etwas Schönes zu sein, etwas, das am Beginn von allerlei großen Dingen steht, doch sie ist heimtückisch. Ohne Hoffnung wäre ich längst von hier fort.

Es war so leicht zwischen uns, so leicht. Aber jeder weiß, dass was leicht ist, nicht trägt.

Louis geriet mit dem Nachbarn in Streit über die Grundstücksgrenze und setzte ihm mit der Axt nach. Die Polizei wurde eingeschaltet, zwei schmächtige Uniformierte auf schwarzen Schindmähren. Sie waren auf der Seite des Nachbarn und belegten Louis mit einem Bußgeld von hundert Franc.

»Dummkopf. Vollidiot.« Clémence schüttelte den Kopf, als sie es am späten Abend erfuhr. Sie hatte an der Volksschule zwei Dörfer weiter über die Pflanzen und Tiere der Umgebung unterrichtet. »So kommen wir doch nie über die Runden! Als hätten wir Geld zu verschenken.« Das Dach muss ausgebessert werden, der Dachstuhl ist morsch, wir müssten eigentlich neue landwirtschaftliche Geräte kaufen, ja vielleicht sogar ein paar Maschinen – wogegen Louis natürlich etwas einzuwenden hat, weil er findet, dass Maschinen autoritär sind. Victor hat ein paar Hundert Franc auf der Bank, ich habe noch geringe Ersparnisse, Clémence hat etwas Geld von ihrer Familie bekommen, denn das, was sie von Solomon geerbt hat, ist aufgebraucht – Louis sagt, er sei inzwischen völlig blank, Georges war das schon immer.

»Er ist der Idiot, nicht ich«, entgegnete Louis. In seinen Mundwinkeln sammelten sich Speichelbläschen.

»Mach, was du willst«, sagte Clémence. »Das Bußgeld zahlst du jedenfalls aus deiner eigenen Tasche.« Sie lief in ihr Schlafzimmer, und danach sahen wir sie mit ihrem Bettzeug vor dem Fenster entlang zum Anbau laufen.

Louis schimpfte an Victor gewandt noch eine Weile weiter und ging dann zu Bett.

Um zwei Uhr nachts fing Petrus laut an zu bellen. Er schlug öfter mal an, doch jetzt hörte er gar nicht mehr auf. Ich stieg aus dem Bett, um nach dem Rechten zu sehen. Victor öffnete gerade die Haustür.

»Bagage!« Nachbar Jacques stand mit blutunterlaufenen Augen vor dem Haus. Er wankte. Sein Sohn neben ihm fasste den Vater beim Arm. Seine Körperhaltung drückte Hilflosigkeit aus, wie bei einer jungen Gans. »Ihr könnt euch auf was gefasst machen. Ich habe Pru…, Pru…, Prudens Bescheid gesagt, und der kommt morgen, und dann macht euch auf was gefasst.« Jacques reckte den Arm. »Dreckspack.« Er spuckte aus, direkt vor unsere Türschwelle, und bekam einen Hustenanfall, bei dem ihm das Gebiss herausflog. Es landete im Gras, der Junge tastete mit den Händen danach.

»Was ist hier los?« Louis kam in den Flur gestürmt. Victor fing ihn ab und schob ihn zurück.

»Ich komme morgen bei euch vorbei«, sagte ich zu Jacques und seinem Sohn, der das Gebiss zwischen Daumen und Zeigefinger hielt. Ich schloss die Haustür hinter mir, hörte Louis noch im Flur schreien. »Lasst uns dann weiterreden.« Der Junge nickte, schien erleichtert, dass es nicht zu einer Schlägerei gekommen war. Ich griff nach Jacques' Arm. Fügsam lief er mit mir mit, tapsigen und noch tapsigeren Schritts. Am Ende des Pfads gab ich Jacques einen kleinen Schubs in die richtige Richtung und machte selbst kehrt. Der Junge nickte mir zu. In der Ferne muhte eine Kuh, Antwort erhielt sie nicht.

Drinnen war es dunkel. »Alles in Butter?« Victor steckte den Kopf aus der Zimmertür.

»Sie dürften jetzt wieder zu Hause sein.«

Er reichte mir die Hand, und ich schüttelte sie. »Gute Nacht.«

8. März

»Victor?«

»Was ist, Täubchen?« Der Schlaf lag noch in seiner Stimme.

»Wärst du bereit, oben zu schlafen?«

Die anderen saßen schon beim Frühstück. »Georges, würdest du das Zimmer mit Victor tauschen?«, fragte ich.

Er schüttelte den Kopf.

Louis goss Kaffee in den Becher, der schon für mich dastand. Victor schnitt mir eine Scheibe Brot ab. Clémence öffnete den Mund, um etwas zu sagen, schloss ihn aber wieder.

»Warum nimmst du nicht den Anbau?«, fragte Victor. »Oder ich? Hat jemand etwas dagegen einzuwenden? Ich glaube nicht, dass unsere kleine Familie so bald wiederkommt.«

»Möchtest du das?«, fragte Clémence. Ihre Stimme war sanft, säuselnd.

Ich nickte. Das Tischtuch hatte rote Flecken, die von der gestrigen Tomatensuppe zeugten.

»Ist jemand dagegen?«, fragte Victor.

»Ich«, sagte Georges.

»Du hast diesbezüglich kein Stimmrecht«, sagte Victor. Und damit hatte sich's.

Nach dem Abendessen zog ich mit meinen Siebensachen um. »Petrus«, rief ich, als ich die Treppe hinunterging, »kommst du mit?« Er kam angerannt, Erde im Fell – wahrscheinlich hatte er mal wieder Möhren im Gemüsegarten ausgebuddelt. »Guten Abend, meine Hühnchen«, rief ich diesen im Vorübergehen zu.

Die Tür vom Anbau klemmte. Ich stellte meine Taschen ab und öffnete das Fenster, roch die Fichte, die ein paar Meter weiter stand. So konnte der Raum mal ein Weilchen gut durchlüften. Ich legte meine Kleidung in den Schrank, mein Schreibzeug auf den Tisch. Petrus setzte sich auf die Matte. Sein Schwänzchen peitschte im Halbkreis hin und her. Das Bett war noch bezogen. Mir schien, das Kissen roch nach Clémence.

»Sophie?« Ich legte das Kissen hastig wieder hin.

Clémence stand mit einer Decke in der Türöffnung. »Ich habe ziemlich gefroren, als ich hier geschlafen habe.«

»Danke.« Ich nahm die Decke entgegen.

Sie fasste meine Hand, drückte einen Kuss darauf und ging, ohne sich noch einmal umzuschauen. Petrus trabte hinter ihr her.

Ich setzte mich aufs Bett, legte die Hand auf das Kissen und presste es zusammen. Die Zugluft strich mir am Gesicht entlang. Ich hörte niemanden in die Küche laufen, um sich ein Glas Wasser einzugießen, ich hörte niemanden reden, nicht einmal das Klavier hörte ich. Da gab es nur das gespenstische Rufen der Eulen, oder vielleicht war es auch bloß eine einzelne Eule.

13. Mai

Im Nachhinein kann man immer leicht verstehen, wie es zu etwas gekommen ist. Die einzelnen Bestandteile gleichen Puzzlestückchen, dazu bestimmt, sich nahtlos ineinanderzufügen. Das Ergebnis war zwangsläufig, anders hätte es nicht kommen können. Aber es hätte natürlich immer anders kommen können. Ich hätte fortgehen können. Clémence hätte mit mir gehen können. Wir hätten Louis gemeinsam sein Benehmen vor Augen führen können, ihn dazu bewegen können, in sich zu gehen, ihn vor dem Größenwahn behüten können, der sich seiner bemächtigt hatte. Vielleicht ist es eigenartig, ja sogar unangebracht, in Bezug auf ihn von »behüten« zu sprechen. Das passt wohl eher für uns selbst, insbesondere für den, der ihn herausforderte.

Der Abend begann ganz normal. Wir aßen zusammen, Georges kam später, weil er drei Bauernhöfe weiter beim Umsetzen eines Heuschobers geholfen hatte. Die Arbeiten würden sich die ganze Woche hinziehen, und er bekam etwas Geld dafür – er konnte sich ja nicht mal mehr eine Bahnfahrkarte nach Paris leisten, und daher hatte er mit beiden Händen zugegriffen, als ihm die Arbeit angeboten wurde. Er war besser aufgelegt als zuvor, und in mir keimte die Hoffnung, dass er sich allmählich mit der Situation abfand. Clémence verhielt sich ebenfalls normaler. Sie begrüßte mich mit offener Miene, und manchmal entspannen sich kleine Gespräche zwischen uns, bei denen sie mich mit schief gelegtem Kopf eindringlich ansehen konnte. Ich sehnte mich nach diesen kurzen Unterhaltungen und hasste sie zugleich – anschließend brannte etwas in meiner Brust. Victor war mal lautstark, mal geistesabwesend. Es war, als beschäftigte ihn irgendetwas, das er nicht mit uns teilen konnte.

Wir aßen Kartoffeln und Schnittbohnen mit einer Soße aus Zwiebeln und Bohnen. Es gab zu wenig Soße, und die war schon verdünnt, wir teilten zwar gerecht, aber dadurch war das Essen für alle ein bisschen zu trocken.

»Haben wir noch Senf?« Victor erhob sich, um in die Küche zu gehen. »Plié.« Er gab kurz in den Knien nach.

»Ich glaube schon«, sagte Clémence.

Georges kam herein, begrüßte uns und lief dann hinter Victor her in die Küche, um sich die Hände zu waschen.

»Ich bleibe immer hungrig«, sagte Victor, als er ins Zimmer zurückkam. »So macht das wirklich keinen Spaß. Ich werde dabei so griesgrämig.« Er knallte den Senftopf auf den Tisch. Durch die Erschütterung schwappte Louis' Wein über.

»Verdammt«, schimpfte der, »du hast auch immer was zu meckern. Ohne mich wärst du niemals aus deinem wallonischen Hinterwäldlertum rausgekommen, hättest es nicht fertiggebracht, was aus deinem Leben zu machen.«

»Oh, daher weht der Wind! Wir werden bestraft, weil wir nicht dankbar genug sind? Du warst einfach nur ein Lehrer, Louis, einer von vielen. Und ja, ich habe dir viel zu verdanken, und ja, ich bin dankbar für dieses Experiment, aber weißt du, ohne uns hättest du hier auch nichts erreicht. Rein gar nichts.« Er nahm den Senf und klatschte sich eine große Portion davon auf den Teller.

»Dann hau doch ab«, sagte Louis. »Wenn es dir so schwerfällt, dich mir gegenüber normal zu verhalten. Die Welt steht dir offen. Du wolltest doch nach Spanien, oder?«

»Was willst du jetzt? Dass ich im Streit von hier weggehe? Lässt sich machen!«

»Das ist meiner Meinung nach genau das, was du willst.« Louis erhob sich, ging zur Tür und wieder zurück. Der Fußboden vibrierte.

»Mäßigt euch, Jungs«, mahnte Clémence. »Ich habe auch Hunger, und ich denke, dass wir in der Tat mehr anbauen und mehr davon selbst essen sollten, der Verkauf bringt ohnehin so gut wie nichts ein. Das tut uns nicht gut.«

Ich pflichtete ihr bei. Georges aß still vor sich hin.

»Georges, hast du auch noch eine Meinung?«, fragte Victor.

»Ich habe vorhin schon etwas gegessen, aber ich finde auch, dass wir mehr zu essen haben müssen. Es ist nicht gesund, mit leerem Magen so hart zu arbeiten.« Er rülpste.

»Du hast schon gegessen und isst hier noch mal? Wir haben die Portion für dich aufgehoben, weil wir dachten, du würdest Hunger haben. Clé hat dir sogar eine Extraportion Soße gegeben.«

»Ich habe auch Hunger«, sagte Georges und haute ganz gegen seine Natur mit der Faust auf den Tisch.

Louis nahm ihm den Teller weg und begann davon zu essen. Victor stand auf und zog ihm den Teller unter der Nase weg, um ihn wieder vor Georges hinzustellen, der angeekelt das Gesicht verzog.

Nun stand auch Louis auf und hob den Teller hoch. Victor versuchte ihn ihm aus den Händen zu reißen. Beide zerrten daran, Louis war stärker, und so ergoss sich, als Victor losließ, das ganze Essen vom Teller über Clémence und die Füße von Georges, der »Welche Verschwendung« murmelte.

Da schlug Louis Victor den Teller mit voller Wucht auf den Kopf. Victor fiel mit der Stirn auf die Tischkante und blieb regungslos liegen.

Wir waren alle sofort bei ihm. »Tut mir leid«, sagte Louis zu Victor und dann zu uns. Er trat einen Schritt zurück.

»Victor«, sagte ich, »hörst du mich?« Ich legte die Hand an seine Wange. Er reagierte nicht.

»Atmet er?«, fragte Georges.

Clémence nahm einen kleinen Spiegel aus der Schublade und hielt ihn Victor vor den Mund.

»Komm schon, Victor«, sagte ich. »Komm schon.« Ich rieb ihm über die Hand, als könnte ich ihn so am Leben erhalten.

Das Spiegelglas beschlug. »Er atmet. Kommt, wir legen ihn aufs Sofa.«

Louis und ich packten ihn bei den Armen, Clémence bei den Beinen, Georges räumte die Kissen vom Sofa.

»Ich hole einen Arzt.« Clémence wandte sich zum Gehen.

»Hältst du das für ratsam?« Louis verstellte ihr den Durchgang.

»Er braucht Hilfe. Sophie und Georges: Behaltet ihr ihn im Auge? Ich bin so schnell wie möglich wieder da.«

Ich redete leise auf Victor ein, der immer noch bewusstlos war. Georges ging im Zimmer auf und ab. Louis nahm sein Weinglas vom Tisch, goss es wieder voll und leerte es in einem Zug.

»Ich hoffe, ich kann auf eure Diskretion zählen«, sagte er. »Es war ein Unfall. Er ist gestürzt und hat sich böse den Kopf gestoßen. Er hatte getrunken, wie wir alle.«

»Lasst uns erst einmal dafür sorgen, dass es ihm wieder besser geht«, sagte ich. Georges sagte gar nichts, den ganzen Abend nicht, auch nicht, als Clémence mit dem Arzt zurückkehrte, der aussah, als habe er tüchtig gezecht – seine kleine Nickelbrille hing ihm schief auf der Nase –, nicht, als der Arzt mit dem Bescheid ging, dass Victor wahrscheinlich binnen weniger Stunden das Bewusstsein wiedererlangen werde und er nichts weiter tun könne, nicht, als wir vereinbarten, wer reihum bei Victor wachen würde, nicht, als Clémence in Tränen ausbrach, nicht, als Louis sich ins Schlafzimmer verzog und die Tür mit einem Knall hinter sich zuschlug.

Petrus lief hechelnd durchs Zimmer, bis Clémence etwas zu laut zu ihm sagte, dass er sich hinlegen solle. Sie saß am Tisch, Georges setzte sich ihr gegenüber. Ich saß noch neben Victor, der hin und wieder tief einatmete, aber ansonsten keinen Mucks von sich gab. Petrus' Schwänzchen bewegte sich auf der Matte hin und her, die Uhr schlug zweimal.

»Geh schlafen«, sagte Clémence zu Georges. Er trat zu Victor, legte ihm kurz die Hand auf die Schulter, sah mich kurz an. Dann ging er nach oben.

 »Victor ist stark«, sagte Clémence. »Bald wacht er wieder auf und lacht uns alle aus, weil wir uns solche Sorgen gemacht haben.«

Ich rieb seine Hand nicht mehr, sondern hielt sie einfach nur in der meinen.

»Dann geht er nach Spanien, wo er neue Liebhaber mit gebräunten Oberkörpern finden wird, mit denen er dann neue Tanzreihen entwirft, und uns wird er Ansichtskarten mit Rezepten schicken.«

»Und mit dem neuesten Klatsch.«

Sie lachte unter Tränen. »Wenn er uns besuchen kommt, wird alles wieder gut sein.«

Irgendwann in dieser Nacht schrak ich aus dem Schlaf hoch, weil Petrus bellte. Ein kurzes Bellen. Clémence saß noch am Tisch, sie schien auch hochgeschreckt zu sein. Victors Hand war kalt.

»Clémence?«

Sie hockte sich vor uns hin und legte die Hand auf Victors Brust. Ich sah, dass sie weinte, weil diese sich hob, aber sie gab dabei keinen Laut von sich.

Postskriptum der Redaktion

Mit diesen Worten endet das Tagebuch. Sophie Kaizowski ging wieder nach Paris, wo ihr Manuskript über Ideal und Wirklichkeit der Kommune ein paar Monate später publiziert wurde. Das Buch erhielt lobende Kritiken und verkaufte sich besser als erwartet. Sophie Kaizowski gab eine Reihe sehr gut besuchter Lesungen. Anfang 1926 verschwand sie. Später wurde bekannt, dass sie nach Russland gezogen war, wo sie anderthalb Jahre in einer sozialistischen Kommune nahe Sankt Petersburg arbeitete. Danach kehrte sie nach Paris zurück, wo sie am 7. September 1939 starb. Über die Ursache ihres Todes ist so wenig bekannt wie über ihre letzten Lebensjahre. Obwohl es Hinweise gibt, dass sie an einem Gedichtband arbeitete, wurden keine nachgelassenen Schriften gefunden. Wahrscheinlich hat sie alles vernichtet, bevor sie starb.

Zweiter Teil

1

»Mit wem redest du?« Jona kommt ins Zimmer und küsst mich auf den Mund.

»Mit niemandem.« Ich schlage mein Buch zu.

»Aber ich hab doch was gehört.« Sie nimmt das Buch und dreht es um. »Hast du dieses Tagebuch immer noch nicht zu Ende gelesen?«

Ich ziehe es ihr aus den Händen. Ihre Fingernägel sind so schwarz wie ihre kurzen Haare.

»Ist ja gut.« Sie legt ihre Cordjacke ab.

Ich klopfe neben mir auf das Polster des alten Holzbetts, das wir als Sofa benutzen. »Komm her. Erinnerst du dich, dass Eline mal in das Haus von ihrem Onkel in Friesland ziehen wollte?«

Sie lacht. »Ja, und wir sollten alle mitkommen. Selbst Gemüse anbauen, Bier brauen, das volle Programm.«

»Ich finde, wir sollten das machen. Du wolltest doch wieder raus aus der Stadt, oder?« Jona hat nach dem Studium eine Zeit lang als Freiwillige auf einem Biobauernhof in Schweden gearbeitet und spricht noch oft davon. Jetzt arbeitet sie bei der Flüchtlingshilfe. Ich erzähle ihr von *Der grüne Weg*, wie sie das damals aufgezogen haben.

Sie lacht. »Ich bin hier bestens aufgehoben. Und dich würde Eline verrückt machen.«

»Überleg's dir mal.«

»In Ordnung, Spatz.« Sie steht auf und streckt sich. »Ich spring kurz unter die Dusche, wollen wir dann um sechs gehen?«

Der Holzboden knarrt unter ihren Füßen, die Tür weht mit einem Knall hinter ihr zu.

»Das lief gar nicht schlecht«, sage ich zu dem Foto von Sophie auf der Rückseite des Buchs.

2

Thomas holt die erste Pizza aus dem Holzbackofen, stupst Winter mit dem Fuß in die Flanke. »Vorsicht, aus dem Weg.« Der Hund hebt den Kopf, bleibt aber liegen, wo er liegt. Thomas muss zu Eline über ihn hinwegsteigen. Ihr Garten ist klein, aber üppig, mit Stockrosen an der Wand des Schuppens, einer Forsythie am Zaun und im hinteren Teil einem schmalen Gemüsegarten mit einem Mini-Gewächshaus für die Tomaten. Die Stadt klingt nach Sommer, bevor es Sommer ist: Gelächter im Innenhof, Grillpartys auf Balkonen, die Bewegung frischen Grüns im Wind.

»Dann ziehen sie in einen kleinen Ort auf dem Land, wo sie alles selbst anbauen. Die Dorfbewohner erklären sie für verrückt, aber wenn du ihr Tagebuch liest, leuchtet dir das alles ein. Na, jedenfalls ist mir da ein Gedanke gekommen: Eline, du hast doch vor einiger Zeit mal gesagt, dass du dir gut vorstellen könntest, aus der Stadt wegzuziehen und was Neues anzufangen. Steht das Haus von deinem Onkel noch leer?«

»Wow«, sagt Eline. »Fantastische Idee.« Sie hält ihren Teller hoch. Die Pizza gleitet darauf, rutscht ein Stück weiter und wieder zurück. »Danke, Liebling.« Sie fasst Thomas' Hand und drückt einen Kuss darauf. Ihre Silberarmreifen klimpern gegeneinander, als sie die Hand wieder zurückzieht.

»Vielleicht könnten wir dann auch einen Flüchtling aufnehmen.« Jona nimmt einen großen Schluck von ihrem Weißwein. »Sobald es läuft. Oder mehrere. Vielleicht könnten wir auch ein Ausbildungsprojekt starten.« Eline und Thomas sind ihre Freunde; sie kennt Eline schon seit der Grundschule und hat sogar eine Zeit lang bei ihr gewohnt, als ihre Eltern sie mit sechzehn vor die Tür setzten.

»Wir könnten hinten im Garten eine Komposttoilette mit Rindenmulch bauen. Dafür bräuchten wir dann kein Wasser zu verschwenden. Und wir könnten alle möglichen Obstbäume pflanzen – ein Apfelbaum und ein paar Pflaumenbäume stehen dort schon, ich weiß nicht genau, was sonst noch. Und wir könnten Hühner halten – ich kenne eine Stiftung, über die man Legehennen beziehen kann, um ihnen ein zweites Leben zu schenken«, sagt Eline. »Ich könnte Workshops geben. Vielleicht können wir eine Trost-Dependance aufmachen.«

Während ihres Psychologiestudiums hat Eline als Therapeutin in einem spirituellen Zentrum gearbeitet und festgestellt, dass Yoga, Meditation und Tai Chi zwar zu Entspannung verhalfen, aber ihre Grenzen hatten – viele Menschen wünschten sich mehr Beistand, größere Aufmerksamkeit für ihren Schmerz. Mehr Trost.

Elines Trostzentrum hat in den zweieinhalb Jahren seines Bestehens unglaublich viel Zulauf gefunden. Sie bietet dort maßgeschneiderten Trost an – einschließlich Musikprogrammen (Klassik, Pop und spirituelle Musik), Kuschelsessions, Dualseelen-Simulationen, Degustationen, Interaktionen mit der Natur, Schlaftrainings und Tantra-Übungen. Nach der Anmeldung führt man zunächst ein individuelles Gespräch anhand einer ausführlichen Fragenliste und dann ein Gespräch mit dem gesamten Team, woraufhin ein persönliches Programm zusammengestellt wird. Preiswert ist das Ganze nicht, aber es wirkt, glaubt man den Erfahrungsberichten von Teilnehmern auf ihrer Website.

»Verträgt Winter sich mit Hühnern?« Winter schaut auf, als ich seinen Namen ausspreche.

»Komm mal her, kleiner Stromer.« Jona klopft neben sich auf die verwitterte Holzbank. Der Hund zögert, kommt dann zu mir und legt mir den Kopf auf den Oberschenkel. Jona lacht und wendet sich zu Thomas um. »Was hältst du davon? Du musst natürlich mit, um zu kochen.«

»Ein interessanter Plan, finde ich.« Thomas ist Koch in einem autarken Restaurant auf einer der neuen Inseln im Norden Amsterdams, das er mit ein paar Freunden zusammen aufgezogen hat. Aus dem Urin von Gästen wird Bier gemacht, und die Kissen auf den Stühlen draußen sind mit Haar gefüllt, das der nächstgelegene Friseur für sie aufbewahrt. Wir verkehren auch so schon intimer mit unseren Mitmenschen, als wir denken – wir atmen ihre

 Luft ein, berühren ihre Spuren auf dem Halteknopf im

Bus, trinken Wasser, das schon durch andere Körper gegangen ist –, und wir gehen über einen Boden aus toten Pflanzen, toten Tieren, manche essen auch das Fleisch anderer Lebewesen oder deren unbefruchtete Eier, aber in Thomas' Restaurant wird diese Nähe herausgestellt, ja fast schon auf die Spitze getrieben. Thomas sagt immer, für jemanden zu kochen sei das Intimste, was es gebe. »Vielleicht sollten wir es erst mal für ein paar Monate ausprobieren.«

»Mein Onkel fände das bestimmt prima. Der Hof steht schon so lange leer.«

Thomas schneidet die letzte Pizza in Stücke. »Diese ist mit Kokos und Kürbis. Greift zu.«

Jona nimmt sich das größte Stück von der vor ihr liegenden Pizza. Der vegane Käse bröselt ins Gras. Winter stürzt sich darauf. »Also ich weiß nicht.« Sie pustet auf die heiße Pizza. »Scheint mir nur sehr schwer mit meiner Arbeit zu vereinbaren.« Sie gibt Winter ein Stückchen vom Rand, das er mit einem Happs verschlingt.

»Besser nicht«, sagt Eline. »Davon fängt er an zu sabbern.«

»Wir wissen erst, ob es funktioniert, wenn wir es mal gemacht haben«, sagt Thomas.

»Ihr tut gerade so, als wäre alles schon beschlossen.« Jona sieht Eline an. »Ich muss mir das echt noch überlegen.«

»Kein Stress, Schätzchen. Ich muss ja auch noch meinen Onkel fragen. Es ist aber sehr schön dort. Richtig abgelegen. Mit ganz vielen Bäumen und Pflanzen.«

Um uns herum rüstet sich die Stadt für die Nacht:

Ältere Leute führen ihre Hunde Gassi, Vorhänge schließen die Fenster, hinter denen schon Kinder schlafen – Augen zu, und schon bist du eingeschlafen, und der Schlaf hält dich, wie Menschen es nicht können: vollkommen und auf eine Art, die deine Träume ermöglicht.

Ich bette den Kopf an Jonas Schulter, sie legt den Arm um mich. »Ich könnte ein Buch darüber schreiben. Oder zumindest einen Blog.«

Eline hebt ihr Glas. »Prost. Auf die Zukunft.«

Während wir anstoßen, klaut sich Winter ein Stück Pizza von ihrem Teller. Er rennt damit in den fernsten Winkel des Gartens, wo er es mit ein paar Bissen verspeist.

3

Google Maps geht nur bis Wier. Thomas löst Eline am Steuer ab, damit sie Berry anrufen kann. »Wir sind an einer Art Kreuzung. Mit einem Baum. Sam, was für ein Baum ist das?«

»Eine Kastanie, würde ich sagen.«

»Eine große Kastanie. Und links sehe ich eine verfallene Scheune, rechts eine Reihe Häuser, Dreißigerjahre.«

»Thomas, nach links.« Thomas' Haar riecht nach Babyshampoo, das Licht wandert über die kleinen schwarzen Löckchen.

Wir fahren im Schritttempo, die Wiesen ringsum geben wenig preis. Gras ist Gras. Die Sonne lässt den Tau verdampfen.

»Ja, eine Gabelung. Wieder links?«

Thomas biegt nach links ab. »Jetzt finden wir wieder weiter.« Sie bedankt sich und beendet das Gespräch.

An der Kirche geradeaus bis zu einem Feldweg, auf dem Feldweg weiter – schon das Wort »Feldweg« schafft Platz.

Wir fahren an der Hausnummer 37 und 35 vorüber, auf der anderen Straßenseite ist nichts, und dann enden auch die Häuser rechts.

»Hast du die 33 gesehen?«

»Sei nicht so hektisch.«

»Ich bin nicht hektisch.«

Untersuchungen zufolge gibt es seit der Einführung der Navigationssysteme weniger Ehescheidungen, doch auch die Technik hat ihre Grenzen.

Jona tippt eine Mitteilung auf ihrem Handy – ich stupse sie, weil sie nach draußen schauen soll, es ist zu schön hier.

»Tataa!« Auf der linken Seite vom Weg steht ein dunkelgrüner Plastikbriefkasten mit verwitterten gelben Ziffern: 31. Das Auto hoppelt, Heuschrecken zirpen, hier gibt es mehr Land als Menschen.

Auf den Fotos sah das Bauernhaus kitschig aus – rotweiße Fensterläden, dunkle Holzbalken an der Decke des Wohnzimmers, in der Küche ein mächtiger bordeauxroter Herd – aber das alles ist einfach von früher, geronnene Vorstellungen von Beständigkeit aus einer Zeit, da sie notwendig war.

Kies knirscht unter unseren Schuhen. Während Eline den Schlüssel sucht, schaue ich zum Himmel auf – bräunliche kleine Vögel fliegen hintereinander her, Finken? Ich höre einen Kuckuck.

Wir stellen unser Gepäck ins Wohnzimmer und machen einen Rundgang durch das Haus. Thomas verschwindet als Erster im Garten, in dessen hinterem Teil es viele Obstbäume gibt und an den sich ein Stück Weideland anschließt, auf dem früher Esel standen – Eline erzählt, dass sie Dorus und Josef hießen. Als Winter nach draußen rennt, schießt ein Eichhörnchen den Baum hinauf. Er bleibt davor stehen, als müsste er nachdenken. Erst war das Tier hier, jetzt ist es dort. Tier hier, jetzt dort.

Den Rest des Tages verbringen wir mit Auskehren und Aufwischen. Thomas und Eline nehmen das erste Zimmer oben links, wir das daneben – Kleidung, Bettzeug, Bücher, Bilderrahmen, das Foto von Stella kommt in die Mitte, genau wie zu Hause. Stella ist meine Schwester. War, muss ich sagen, sie ist schon fast zehn Jahre tot.

Die Sträucher im Vorgarten hängen voller Brombeeren. »Ich mache Marmelade«, sagt Jona und geht mit einem kleinen Eimer nach draußen. Eline kommt mit einem goldbestickten indischen Geldtäschchen. »Wollen wir eine Haushaltskasse für die Einkäufe anlegen? Dann fahren Thommie und ich gleich mal für die Basics Richtung Dorf.« Sie hält einen Fünfzigeuroschein hoch.

Ich gebe ihr auch einen Schein und lege mich dann hinter dem Haus ins Gras. Winter folgt mir, ich befestige seine Leine am Türklopfer neben dem Hinterausgang. Winter läuft so weit, bis die Leine straff ist, und beschreibt dann an der ausgestreckten Leine einen Halbkreis. Es geht nicht darum, wie lang die Leine ist, es geht um die Freiheit. Jona setzt sich mit den Brombeeren zu mir, bettet ihren Kopf auf meinen Bauch. Ihr Atem geht ganz regelmäßig. Ich möchte sie nicht stören und versuche, möglichst still zu liegen und nur oberflächlich zu atmen. Diesen Moment muss ich bewahren, denke ich, das ist der Anfang. Winter lässt sich in den Schatten neben der Hintertür plumpsen.

Libellen machen mit ihren rotierenden Flügeln Geräusche wie kleine Helikopter, Fliegen in diversen Größen summen umher (je größer, desto tiefer), eine Hummel brummt, Spinnen und Käfer rascheln durchs Gras, und so bringen sie im Verbund mit dem Wind den ganzen Garten zum Singen. Was sie auch schon taten, als ich nicht hinhörte.

Jona schreckt aus dem Schlaf hoch, ich erschrecke über ihr Erschrecken, Winter erschrickt über uns beide und springt auf. Sie küsst mich aufs Schlüsselbein und erhebt sich. »Magst du einen Tee?«

Winter folgt ihr nach drinnen. Ich bleibe noch kurz sitzen, mit hochgezogenen Knien, die Arme um die Beine gelegt, an meinen Waden hängen grüne Hälmchen. Es ist schwül, die ersten dunklen Wolken brauen sich schon in der Ferne zusammen, sie enthalten etwas Unbekanntes. Sophie ist gleich splitternackt herumgelaufen. Ich muss nachher rasch ein paar Dinge aufschreiben, dieser erste Tag wird sich später sicher als bedeutsam erweisen.

4

Zwischen die beiden länglichen Steinköpfe im offenen Kamin lege ich zusammengeknülltes Zeitungspapier und dünne Hölzchen. Darauf stapele ich die größeren Scheite, dazwischen wieder dünne Hölzchen. Ich zünde das Zeitungspapier an, schaue zu, wie die Hölzchen Feuer fangen, wie sich die Flammen um die größeren Scheite winden. Ich schiebe noch etwas Papier dazwischen, speise das Feuer, bis es allein zurechtkommt – kurz darauf lege ich noch ein großes Scheit dazu, quer auf eines der anderen, die Flammen lecken über die Rinde, gelb-orangefarbene, kleine Wesen, flink und flüchtig. Die Mitte, das Herz der Hitze, wird immer wilder, gleißender. Ein Herz, das so brennt, hält nicht lange durch.

Thomas hat einen Süßkartoffeleintopf gemacht. »Rezept von meiner Tante.« Er hat ab dem siebten Lebensjahr bei ihr gelebt, sie haben jeden Abend zusammen gekocht. In einer der Küchenschubladen finde ich ein spitzenbesetztes Tischtuch und große, geblümte Servietten. Jona spült das Besteck ab, das fettig in der Lade lag.

»Wie habt ihr euch eigentlich kennengelernt?«, frage ich Thomas und Eline, als wir am Tisch sitzen.

»Bei Anthropologie, gleich im ersten Jahr. Er hatte in jeder Arbeitsgruppe das größte Wort, war unheimlich irritierend – so einer, der nicht nur die Texte gelesen hatte, sondern auch noch alles Mögliche darum herum. In der

 letzten Woche wurden wir einer gemeinsamen Gruppe

zugeteilt und mussten einen Film analysieren. Da sagte er sehr gute Sachen.«

»Nein, du hast sehr gute Sachen gesagt. Ich hab das nur etwas mehr strukturiert.«

»Wir stellten fest, dass wir vieles gemeinsam hatten – den gleichen Musikgeschmack, die gleichen Idealvorstellungen. Na ja, der Rest ist Geschichte.«

»Ich hatte wirklich das Gefühl, dass sie so etwas wie meine andere Hälfte ist.« Er legt die Hand an ihren Hals, sie drückt einen Kuss darauf.

»Und ihr?« Eline sieht erst mich an, dann Jona. »Habt ihr auch so eine romantische Geschichte?«

»Romantische Liebe ist eine Erfindung aus neuerer Zeit«, sagt Jona. »Und zudem ganz schön heteronormativ. Die Frau ist das persönliche Eigentum eines Mannes, ihres Mannes, und das wird mit dem Ring besiegelt. Mit dem Märchen, dass irgendwo da draußen jemand rumläuft, der für dich bestimmt ist. Das Konzept der Monogamie kam erst auf, als Menschen anfingen, Ackerbau zu betreiben und sich Land aneigneten. In der Folge wurden auch Frauen zum Besitztum gemacht.« Sie nippt an ihrem Wein. »Das ist engstirnig. Man trifft doch auf verschiedene Menschen, die für einen bestimmt sind, oder teilweise für einen bestimmt – und das wechselt im Laufe des Lebens.«

»Aber manche Menschen haben durchaus eine derartige Beziehung«, entgegnet Thomas. »Und Verliebtheit fühlt sich schon so an – als hättest du den dir fehlenden Teil gefunden. Man kann auch miteinander wachsen.«

»Natürlich. Nur ist das nicht die einzige Möglichkeit,

und außerdem kann Verliebtheit vieles bedeuten. Ich habe bei keiner meiner Lieben je das Gleiche empfunden. Manche Beziehungen sind mehr auf Sex ausgerichtet, andere laufen eher über die spirituelle Schiene – wobei auch Sex spirituell sein kann. Man sollte all diese verschiedenen Verbindungen zu ihrem Recht kommen lassen, das muss sich nicht gegenseitig ausschließen. Du kannst die eine lieben, ohne dass darunter die Liebe zur anderen leiden muss.«

Eline und Thomas sehen mich fragend an. Ich schiebe mir ein Stück Brot in den Mund und höre mich selbst kauen.

»Eine Beziehung kann dadurch wachsen. Dadurch, dass du für andere offen bist. Wenn dir das wichtig ist, oder der anderen. Findest du nicht?« Jona sieht mich jetzt ebenfalls an.

Ich nicke und schlucke den letzten Bissen mit etwas Wein runter.

»Mir scheint, dir macht das weniger Freude«, sagt Eline.

»Ich habe kein sonderliches Bedürfnis, mit einer anderen zu gehen.« Ich bin, seit ich Jona kenne, mit keiner anderen zusammen gewesen, doch das brauchen sie nicht zu wissen. »Aber ich weiß, zu ihr gehört das. Und ich akzeptiere es. Nicht, weil ich finde, dass es so zu sein hat, sondern weil es, denke ich, eine Frage von Liebe ist.«

»Bist du denn nie eifersüchtig? Ich wäre schwer eifersüchtig«, sagt Thomas. »Nicht, dass ich es dir nicht gönnen würde.« Er legt seine Hand auf die Elines, die ihn anlächelt.

»Manchmal. Darüber reden wir dann, und ich bemühe mich, nicht eifersüchtig zu sein.« Ich nehme noch einen großen Schluck von meinem Wein.

»Tapfer«, sagt Eline, und zu Jona: »Da hast du aber Glück.« Jona lacht. »Wir haben Glück miteinander, nicht, Liebling?«

»Auf die Liebe«, sagt Thomas, und wir stoßen an. Winter schaut zu uns auf. Hunde wissen genau, wie sie zu jemandem gehören.

5

Das Licht schleicht sich in den Tag, der Morgen riecht wie Frühling. Winter rennt mir voran nach draußen. Er pieselt gegen den Pflaumenbaum hinten im Garten. Die Pflaumen sind lila bis violett und mit einem blassen Glanz überzogen, einer milchigen Schicht, die sie etwas matter, aber dennoch fast fluoreszierend leuchten lässt. Eine neue Farbe ist das – nicht, weil es sie vorher nicht gegeben hätte, sondern weil sie so »in« ist, vielleicht schon seit Jahrhunderten. Drei Bäume hängen voll. Wir könnten Marmelade davon machen und vielleicht einen Kuchen. Winter folgt mir, schnüffelt an einer am Boden liegenden Pflaume. Sie ist saurer, als ich dachte.

Pflaumen, Brombeeren, Birnen, Trauben, Feigen, Walnüsse. In der Ferne die Straße, ein Rasenmäher, eine muhende Kuh, ein bellender Hund – Winter spitzt die Ohren. »Nachher machen wir einen schönen Spaziergang.«

Er wedelt mit dem Schwanz, schaut zu mir auf. Thomas weiß bestimmt, wie alt er ist und warum ihm ein halbes Ohr fehlt. Hunde bekommen mit den Jahren bestimmt auch Falten im Gesicht, aber die sehen wir nicht, weil Fell darüber wächst.

Als ich ins Haus komme, sitzt Thomas am großen Tisch in der Küche. Er isst einen Becher Kokosjoghurt. »Morning.«

»Guten Morgen. Möchtest du eine Pflaume für in den Joghurt? Dann pflücke ich ein paar.«

Er rümpft mit übertriebener Mimik die Nase.

»Willst du auch Kaffee?« Wir kennen uns noch nicht lange genug, um einander ignorieren zu können.

Ich warte stehend auf den Kaffee und lese dabei Online-Nachrichten auf meinem Smartphone, lese sie noch einmal, weil sie mich nicht in dem Maße interessieren, dass ich sie mir merken kann. Jona war noch nicht wach, vielleicht hat sie schlecht geschlafen. Manchmal liegt sie die ganze Nacht wach, und das kreide ich mir an, als versagte ich darin, sie zu beschützen, weil ich ihr nicht zu Schlaf verhelfen kann. Ich weiß nicht, ob sich eine gute Beziehung dadurch auszeichnet, dass man besser schläft, wenn die andere da ist. Vielleicht gehört das einfach zu den Dingen, die wir für andere nicht tun können.

»Ich habe einen Tagesplan aufgestellt«, sagt Thomas, der inzwischen ins Wohnzimmer gegangen ist. Er hält ein Schema mit verschiedenfarbigen Rechtecken hoch. »Das hier bezieht sich auf drinnen, und das hier auf den Garten.« Ich gehe zu ihm. »Du kannst es dir später in aller Ruhe anschauen und dir dann aussuchen, was du am liebsten machen willst. Vielleicht gibt es auch Aufgaben, die keiner gern übernimmt, aber darüber werden wir uns schon einig.«

Die Flächen tragen Beschriftungen wie »Vorhänge«, »Außendusche«, »Isolierung Dach« und »Steinofen«. »Für mich ist es eigentlich einerlei. Du weißt, ich bin handwerklich nicht so geschickt.«

»Das wird schon. Eline ist auch viel geschickter, als sie selbst dachte.«

»Komm, kleiner Strolch.« Winter wedelt mit dem Schwanz, während ich die Leine an seinem Halsband befestige. Wir laufen den Gartenweg hinunter zum Feldweg, biegen dort nach rechts ab und nicht nach links zur Straße. Winter zieht an der Leine, sein Rückenfell ist leicht gesträubt. Ich lasse mich einfach mitziehen, er scheint zu wissen, wo er hinwill. Hinter dem letzten Bauernhof biegen wir in einen schmalen Pfad ein. Hohes Gras kitzelt an meinen Beinen. Winter schießt von der einen Seite zur anderen, hier gibt es was zu schnuppern und dort auch. Bäume tauchen auf, verdichten sich zu einem Wald. »Ich habe dich an der Leine«, sage ich zu Winter, der mich vergessen zu haben scheint und in all dem aufgeht, was es zu riechen gibt – blühender Löwenzahn, Kaninchenfährten, Moos, noch mehr Moos, Birken und Buchen, eine große Eiche, Strauch, Strauch, Strauch. Es gibt so viele Welten, die ich nicht wahrnehmen kann, direkt vor meiner Nase.

Der Waldweg steigt an, meine Sinne sind ebenfalls geschärft – die Geräusche um uns herum sind gleichmäßig, einförmig, ab und zu ein Vogel, unsere Schritte, unser Keuchen, unser Herzschlag –, aber ich weiß nicht, wie es weitergeht, wohin uns der Weg führt, wer hier sonst noch unterwegs ist. Plötzlich flitzt links etwas an mir vorbei. Ich drehe den Kopf und sehe eine Eule, die wohl von einem tieferen Ast aufgeflogen ist, denn er bewegt sich noch leicht. Ich dachte, Eulen wären Nachttiere. Ihr Flug ist träge und behäbig und zugleich schnell, mit kraftvollen Flügelschlägen – ein in die Luft geworfener weißgrau-hellbrauner Ball, der Fahrt aufnehmen muss und zu einem Vogel wird. Winter schaut hoch, konzentriert sich dann aber wieder auf die Gerüche weiter unten: Hasen, Hufabdrücke. Kurz darauf sieht er einen Fasan, der ihn auf den Hinterläufen tänzeln lässt. Das Land schließt uns noch aus, doch mit jedem Schritt machen wir es uns mehr zu eigen.

Als wir zurückkommen, sind alle bei der Arbeit. Eline bringt in der Küche Gardinenstangen an, Thomas ist noch auf dem Dachboden beschäftigt, Jona räumt den Schuppen aus. »Hallo, Liebling.« Ich küsse sie auf den Arm. »Alles gut?«

Sie wischt sich den Schweiß von der Stirn. »Es ist jetzt schon so warm. Vielleicht könnten wir später in einem dieser kleinen Teiche baden gehen.«

»Gute Idee. Soll ich dir helfen?«

»Ich bin hier fast fertig. Guck doch mal kurz auf den Plan.« Sie lacht.

»Ich fange mal an mit dem Blog.«

Drinnen klappe ich meinen Laptop auf. dieneueerde.wordpress.com ist schon vergeben – auf der Seite stehen unter der Abbildung eines kleinen Planeten biografische Angaben zu jemandem, der mit Energie heilt. dnerde.wordpress.com ist noch zu haben.

Der erste Tag

Das Haus steht abgelegen, am Rande eines durch Landflucht verlassenen Dorfes. Die Umgebung hier ist lieblicher als die Weidelandschaft, die ich kenne, mit ihren strengen Geraden, es gibt Hügel, der Waldrand ist nie weit weg. Unser Bauernhof wurde um 1920 erbaut, aber in den Achtzigerjahren renoviert. Bevor wir hier von Selbstversorgung sprechen können, muss noch das eine und andere getan werden. Als Erstes werden wir das Haus isolieren, dann soll eine Wärmepumpe installiert werden. Und nächste Woche kommt jemand, der uns ein Angebot für eine Solaranlage macht.

Ich lösche, was ich geschrieben habe.

Der neue Weg

Wir fangen von vorne an.

Jeden Tag kann man in der Zeitung lesen, woran die Welt krankt – Klimakatastrophen, aussterbende Tierarten, Waffenhandel, Kinderhandel, Geld, das uns über alles geht. Doch wie man sie gesund erhalten könnte, verrät keiner. Wir suchen nach einer anderen Form des Zusammenlebens miteinander und mit diesem Planeten. Dabei beginnen wir nicht mit großen Entwürfen, die wir dann durchspielen, sondern wir fangen klein an, richten uns so ein, dass wir autark werden können, nehmen unsere Beziehungen zueinander kritisch unter die Lupe und streben nach Freiheit in der Verbundenheit. Wir bauen das Neue im Alten auf, mit Respekt für alles, was hier rings um uns lebt. Hier: ein Bauernhof in einem sogenannten öden Winkel des Landes, fern von der Stadt, mit einem Obstbaumgarten und Platz für Hühner. An dieser Stelle werde ich in Wort und Bild von unseren Untersuchungen berichten.

Das muss ich noch vervollständigen, aber es ist ein guter Beginn.

Unter der Überschrift »Wer« kannst du lesen, wer wir sind. Thomas weiß alles über nachhaltiges Leben und Essen. Eline knüpft Verbindungen und hilft anderen, Verbindungen zu knüpfen; damit spendet sie Trost und Hoffnung.

Ich vertausche die Reihenfolge von Thomas und Eline, es ist immer besser, mit einer Frau anzufangen.

Jona setzt sich für Menschen ohne Zuhause ein und weiß, was Liebe ist. Sam befasst sich mit Politik und schreibt diese Blogs.

»Kommst du mit?« Jona wedelt mit den Fahrradschlüsseln vor meiner Nase herum.

Wir pumpen die alten Räder auf, die im Schuppen standen, und steuern den nächsten Teich an. Wenn der Weg breit genug ist, fahren wir nebeneinander. Die Wärme unterdrückt meine Unruhe. Sommerblumen, kleine weiße Wolken, eine Öffnung in einer Hecke.

Im Dorfsupermarkt kaufen wir für ein Picknick ein. Drei Erdnüsse knabbernde Jungen verfolgen uns durch die Regalreihen. Sie dürften zwölf, dreizehn Jahre alt sein und haben das Schmuddelige von Möwenjungen. Sie reden über uns, zu leise, als dass wir verstehen könnten, was sie sagen – das heißt, ich gebe mir alle Mühe, sie nicht zu verstehen. Trauben, Brötchen, Hummus, Apfelsaft. Als wir unsere Einkäufe aufs Förderband legen, bauen sich die Jungen hinter uns auf. »Ist das ein Junge?«, fragt der größte, ein Blondschopf mit Überbiss. »Was meinst du?« Der Junge neben ihm zuckt mit den Schultern, der kleine dahinter lacht wiehernd.

Jona dreht sich um, stemmt die Hände in die Seiten und zieht die Brauen hoch: Ob knabenhaftes Mädchen oder mädchenhafter Junge, für sie ist das nichts, wofür man sich schämen müsste, und sie trotzt dieser Situation mit dem Stolz, den sie sich selbst beigebracht hat, weil es sonst keiner tat.

Der kleinste der Jungen hört auf zu lachen. Der größte starrt Jona gerade ins Gesicht, hält den Blick auf sie gerichtet, bis sie mit ihren Einkäufen an der Reihe sind und wir schon aus der Tür.

6

Ein Zuhause ist ein Haus plus Zeit. Wir putzen und streichen, Eline und Thomas machen den Garten begehbar. Ich kaufe im Gartencenter Hornveilchen, violett mit gelbem Herz. Berry kommt zu Besuch, wir essen Zitronenkuchen und trinken Orangenlimonade dazu, und Berry, in seiner beigen Hose, ist ganz entzückt, sagt, er hoffe, dass das Haus noch lange nicht verkauft wird. Die Tage tragen Kränze aus Gänseblümchen.

Jona stattet den Nachbarn einen Antrittsbesuch ab. Auf dem kleinen Hof links von uns wohnen zwei alte Leute, die ihre Landwirtschaft aufgegeben haben. Durch ihre Teilnahme bei der Sendung *Tot sind sie mehr wert*, in der Bauern, die aus finanziellen Gründen ihren Betrieb veräußern, dazu überredet werden, ihr Vieh am Leben zu lassen, hatten sie lokale Berühmtheit erlangt. Am Ende hatten die beiden ihre Kühe aber doch schlachten lassen.

Auf dem Hof rechts, vor dem Wald, wohnt ein alleinstehender Mann, bei dem die Vorhänge auf der Vorderseite immer zugezogen sind. Es riecht bei ihm stark nach Desinfektionsmitteln und Zigaretten.

Eline erzählt, dass er Simon heißt. »Er stopft Tiere aus. Er soll der beste Präparator in den Niederlanden sein.«

»Er wollte mich gar nicht reinlassen, und ich glaube auch nicht, dass er mal auf einen Kaffee zu uns kommen will.«

 »Er ist ein komischer Kauz. Die Kinder aus der Nachbarschaft haben Angst vor ihm. Aber Berry sagt, er sei gar nicht so übel.«

»Ich mag keine ausgestopften Tiere«, sage ich.

Eline sieht mich besorgt an. »Wegen deiner Schwester?«

»Wieso?«

»Ich mag das auch nicht, aber ich habe weiter keine Probleme damit. Vielleicht stößt dich die Gegenwart des Todes ab, dachte ich.«

»Vielleicht.« So hatte ich es noch nie betrachtet.

»Hab ich dir schon mal von unserem Trostkurs für Trauernde erzählt? Die Leute sind wirklich ganz begeistert davon.«

»Ich brauch so was nicht.«

»Musst du auch nicht, musst du auch nicht.« Sie drückt kurz meine Hand. »Es ist dein Weg.«

Am Wochenende fahren Thomas und Eline nach Amsterdam und nehmen Jona bis Leeuwarden mit. Sie hat sich mit Marleen verabredet, um ins Theater zu gehen. Marleen ist eine Ex von ihr, mit der sie noch innig befreundet ist, was bedeutet, dass sie hin und wieder miteinander ins Bett gehen. »Macht es dir auch nichts aus, allein zu sein?« Sie fasst an der Tür meine Hand. Ich küsse ihre Fingerspitzen, bevor sie wieder loslässt.

»Kommst du?« Eline ist ungeduldig. Jona wirft mir noch eine Kusshand zu, ich winke und gehe dann ins Wohnzimmer. Jemand schließt die Haustür ab, und ich schaue ihnen nach wie ein Teenager, dessen Eltern übers Wochenende wegfahren. Die Stille hier ist ein Rahmen, eine Form, die Geräusche erst möglich macht – in der Stadt gibt es sie in kurzen Momenten, zufällig, in unregelmäßiger Folge, hier ist sie der Ausgangspunkt. Ich kann mich hineinbegeben, mir die Ohren öffnen lassen.

Winter schmiegt sich neben mich aufs Sofa. Ich streichle seine Flanke, und wenn ich die Hand wegnehme, um eine Seite umzublättern, stupst er sanft mit der Nase gegen mein Handgelenk – ich soll weiterstreicheln. Die Härchen auf meinem Handrücken stellen sich auf. Ich werfe ihm einen Seitenblick zu, er schaut schon wieder weg. Als ich die Hand wieder wegnehme, springt er vom Sofa, um sich in seinen Korb in der Zimmerecke zu legen. Er senkt den Kopf und seufzt. Ich seufze ihm nach.

Eine sanfte Revolution

Man denkt bei Revolutionen in der Regel an gewaltsame Umwälzungen, an Blutvergießen, an Guerillas. Wir dagegen streben eine sanfte Revolution an, eine Umwälzung, die darin besteht, dass wir aufbauen, statt einzureißen, dass wir uns um Menschen kümmern, statt sie zu töten. Viele betrachten die Evolution in der Nachfolge von Darwin als survival of the fittest *und gründen darauf ihr Menschenbild. Doch schon Darwin selbst wies darauf hin, dass Zusammenarbeit und Fürsorge genauso wichtig für das Überleben sind. Und es fragt sich, ob das Überleben um jeden Preis und auf Kosten anderer wirklich das sein kann, worum es geht. Bedeutet wachsen – als Mensch, als Art, als Gruppe – nicht vielmehr auch hinauswachsen über das Gegebene? Damit meine ich nicht, man soll vergessen, dass man einer unter vielen ist, sondern man soll begreifen, dass man eine Wahl hat. Die Wahl, es anders zu machen als andere und anders, als es bis dato gemacht wurde. Zum Beispiel, indem man die Liebe über alles stellt, wofür Iris Murdoch eintrat. Erst wenn man tugendhaft sei, schrieb sie, und nicht mehr selbstsüchtig, könne man die Dinge sehen, wie sie sind.*

Um elf Uhr erhalte ich eine SMS. »Warte nicht auf mich, Liebling. Wir gehen noch was trinken, ich nehme den letzten Bus.«

All diese unsichtbaren Linien – deine Stimme, die durch den Äther in einem anderen Telefon ankommt, Worte, die vom einen geschrieben auf dem Display des anderen erscheinen, unmittelbar, woraufhin der andere antwortet. Eine Antwort: dass eine Eule im Wald eine andere ruft und diese dann zurückruft.

Ein rundes gelbes Gesicht schickt einen Kuss mit Herzchen in den Äther. Sie sagt, ich bräuchte nicht eifersüchtig zu sein – ich weiß, dass ich nicht eifersüchtig zu sein brauche, so lautet ja unsere Abmachung –, und trotzdem streift etwas Dunkles über meine Magengrube. Ich schicke ein Katzengesicht mit Herzaugen zurück und wünsche ihr viel Spaß.

Das Badezimmer wirkt größer als tagsüber, ich ziehe mich im Dunkeln aus. Durch die Fensterrahmen dringt kalte Luft herein. Ich mache die Dusche an, stoße mir den Ellenbogen, taste nun doch nach dem Lichtschalter. Gänsehaut, der Geruch meines eigenen Körpers, Sommerschweiß. Das Wasser wird langsam warm. Schamhaare kringeln sich auf den Fliesen zu Fragezeichen, bis sie als Striche weggespült werden.

Ich erwache von ihrem Kuss, ganz leicht, ganz sanft – sie riecht nach Wein. Sie zieht mein Nachthemd hoch, fährt mit den Fingern über meine Rippen. »Du bist mager.« Ihre Hand liegt auf meiner Schulter, sie drückt mich hintenüber, hält mich dort, während ihre andere Hand meine Haut wie eine Blindenschrift liest, über Unebenheiten nachdenkt, zögert, wieder zurückkehrt. Gänsehaut. Sie lacht, lässt kurz los – die Luft zwischen uns erhält Gewicht, gehört für einen Moment allein uns, wie die Luft in deiner Lunge für einen Moment ganz dir gehört.

7

»Samstag kommt die erste Gruppe.«

Die Sitzfläche vom Stuhl hat die Wärme meiner Oberschenkel angenommen. Winter liegt ausgestreckt auf den Steinfliesen. Ich bin mürrisch, fühle mich eingesperrt im Haus, wo es so früh am Tag schon sehr warm ist. Ich gieße mir noch einmal Kaffee in den Becher.

»In der Scheune, oder?« Jona spricht mit vollem Mund.

»Na ja, ich würde sie schon gern hier begrüßen. Es sind nur sieben Leute. Ihr könnt ganz normal zu Hause sein, aber vielleicht mögt ihr kurz nach oben gehen, in euren

Zimmern warten. Oder einen schönen Waldspaziergang machen. Ich möchte sie gern hier empfangen, damit sie etwas essen und trinken und aufs Klo gehen können, die meisten haben ja eine lange Fahrt hinter sich, und danach gehen wir alle zusammen raus.«

Ich räuspere mich und denke an Sophie. »An sich ist das natürlich kein Problem«, sage ich. »Aber ich fände es nicht so toll, wenn jede Woche Leute hier sind. Ich weiß nicht, wie die anderen darüber denken.« Jona nickt beipflichtend. Thomas liest auf seinem Smartphone einen Artikel über die gesundheitlichen Vorteile der Ernährung mit Algen und brummelt etwas. »Vielleicht sollten wir uns auch Gedanken darüber machen, wie wir solche Entscheidungen gemeinsam treffen können.«

»Es ist ja nicht jede Woche. Nur ab und zu. Ich muss doch auch Geld verdienen. Vielleicht können wir das auch zusammen machen. Dass wir in regelmäßigen Abständen einmal ein Wochenende veranstalten und die Einkünfte daraus dann in den Hof stecken.«

»Das muss ich mir noch überlegen.«

»Natürlich.« Sie legt ihre Hand auf meine. »Das sind Dinge, die wir nach reiflicher Überlegung gemeinsam beschließen müssen.«

Freiheit für Anfänger

Um frei zu sein, musst du selbst bestimmen können, nach welchen Gesetzen du lebst. In den Niederlanden ist das nicht so leicht: Wir sind zu viele, als dass wir jedem direkte Mitsprachemöglichkei-

ten einräumen könnten, und unsere Demokratie ist vielschichtig. Natürlich besteht bei uns das Recht auf freie Meinungsäußerung, haben wir Versammlungs- und Pressefreiheit, aber wir werden zum Teil auch von der Bürokratie regiert, und die Bürokratie stranguliert das Denken, wie John Stuart Mill schreibt.

Der neue Weg ist ein Freiheitsexperiment, ja vielleicht sogar ein Spiel. Was aber nicht heißt, dass das Ganze unverbindlich ist: Wir meinen es völlig ernst. Wir wollen nicht nur untersuchen, wie man in einer kleinen Gruppe zusammenleben kann, sondern auch, wie das als Modell für die größeren Netzwerke dienen kann, zu denen wir gehören – lokal und international, digital und analog, sozial und politisch. Dabei legen wir Wert darauf, dass Unterschiede nicht eingeebnet werden sollten, sondern vielmehr die Grundlage für ein Zusammenleben in Freiheit sind.

8

Das erste Auto ist anderthalb Stunden zu früh da.

»Huhu!« Eine zirka sechzigjährige Frau in kobaltblauem Gewand öffnet die Tür. »Machteld. Wir kommen zu *Trost durch die Natur*. Das Navi hat uns in die völlig falsche Richtung geschickt. Aber wir sind zum Glück rechtzeitig losgefahren, und Cora hatte eine Karte von der Region dabei. Wir haben in der Nähe von Appelscha in einem vegetarischen Bed and Breakfast übernachtet. Ein wundervoller Auftakt für ein wundervolles Wochenende. Bist du Eline?« Sie schiebt ihre Sonnenbrille auf den Kopf wie ein Helmvisier.

Cora und Machteld machen sich nun an eine Inspektion des Hauses, wobei sie Figuren hochheben, in Schränke gucken und sich zum Schluss am Esstisch auf einen Stuhl plumpsen lassen. »Ein Tässchen Kaffee wär jetzt nicht schlecht«, sagt Cora, die das gleiche Brillenmodell trägt wie ihre Freundin, aber wesentlich schmaler und kleiner ist. Sie trägt eine seetanggrüne Tunika über einer Hose in derselben Farbe. Die Körper beider Frauen könnten wer weiß welche Formen haben.

»Die ersten Gäste sind bereits da«, rufe ich nach oben.

»Ich komme. Machst du ihnen schon mal Kaffee? Das Gebäck steht im linken unteren Schränkchen. Diese waffelartigen Dinger.«

Ich schlurfe in die Küche. Winter hat sich in den Flur gelegt, außer Sichtweite der Frauen. Jona ist nach Amsterdam, weil sie angeblich zu arbeiten hat – ich hätte mitfahren sollen.

Kaffee, Gebäck, Tischchen. Ich klappe die Gartenstühle auf, die Frauen schauen zu. Während sie Platz nehmen, ringeln sich ihre Stimmen um den Baum, die Hecke, die Grashalme, sie lassen nichts unangetastet.

Eine halbe Stunde später ist das Haus voll. Die Gäste haben eine Gruppe gebildet, und ich bin wie Thomas unversehens zur Bedienung geworden.

»Der Herr des Hauses«, sagt eine Frau mit Filzohrhängern, die ihr bis auf die Schultern herabbaumeln.

»Hübscher Mann«, sagt die Frau neben ihr – kurzes T-Shirt, nackter brauner Bauch, faltig, langer Rock mit indischem Muster – zu Eline. Sie streckt die Finger nach Thomas' Gesicht aus, er kann gerade noch rechtzeitig einen Schritt zurückweichen. »Hast du den Steinofen gebaut?«

Thomas erzählt, er habe die Steine im Sommer vergangenen Jahres aus Portugal mitgebracht, es sei noch ein großer Stapel davon übrig. Sie stammten aus einem Haus seines Großonkels, das abgerissen wurde.

»Toll. Mein Mann hat auch mit Öfen zu tun.«

»Baut er welche?«

»Das hat er vor. Er arbeitet in einem Krematorium und entwickelt gerade ein neues Konzept, nämlich fahrbare Krematorien. Eine kleine Dienstleistung mit Blick auf die Menschen, für die es in dieser Zeit schon schwer genug ist. Sie sind zunächst einmal für Haustiere gedacht, aber wer weiß, was noch alles daraus wird.«

Eine hünenhafte Frau, die mindestens einen Kopf größer ist als ich, folgt mir in die Küche. Ohne zu fragen, öffnet sie den Kühlschrank und kramt darin herum.

Ich gieße mir ein Glas Wasser ein, trinke einen Schluck und nehme ihr dann die Kühlschranktür aus der Hand, um sie energisch zuzuschlagen. Auf das Tablett mit den von Thomas gebackenen Brötchen zeigend, sage ich: »Nimm dir ruhig eins davon.«

»Pff«, erwidert sie mit viel Luft.

Um zehn Uhr geht Eline mit ihnen in die Scheune. Sie hat erklärt, dass sie dort zuerst ein allgemeines Gespräch führen werden, in dem die individuellen Motivationen zur Sprache kommen sollen, um danach konkret am Trost zu arbeiten, sowohl individuell als auch kollektiv. Winter und ich laufen etwas später auf dem Weg zum Wald an der Scheune entlang. Dort weint jemand, und gleich darauf ist ein Schrei zu hören. Wir kümmern uns nicht darum, es ist ein prächtiger Tag, und der Wald wartet.

Eine Stunde später kehren wir auf den Feldweg zurück. Zwei Frauen umklammern mit geschlossenen Augen die große Eiche. Die Frau mit den Filzohrhängern liegt mit dem Gesicht nach unten bäuchlings auf dem Rasen vor dem Haus. Ihr Körper zuckt unregelmäßig. Die hungrige Frau trabt an der Hecke auf und ab und streift dabei mit den Fingerspitzen daran entlang. Die Frau mit dem indischen Rock macht Tanzbewegungen. Ab und zu sagt sie »Uh«, es scheint von weit her zu kommen. Vor der Gartenpforte spricht mich ein schwitzender Mann an. »Könntest du mich mal eben in den Arm nehmen? Bitte? Ich zittere am ganzen Leib, das ist alles so viel, oh, so groß.« Er packt mich, sagt irgendwas über Frauenkörper, die auch Natur seien.

»So, das reicht.« Ich schiebe ihn von mir weg. »Vielleicht mag jemand anders dich mal in den Arm nehmen.«

Sein Geruch begleitet mich ins Haus.

Thomas steht in der Küche und rührt in einem großen Topf Suppe.

»Ich finde das Ganze nicht optimal.«

»Möchtest du schon einen Teller Suppe?«

»Ein ekliger Typ wollte gerade von mir geknuddelt werden.«

Thomas lacht. »Da war er bei dir ja genau an der richtigen Adresse.«

Ich lache auch. »Für mich geht das aber zu weit.«

Er unterbricht mich. »Wir werden das evaluieren, ja? Lass uns morgen darüber beraten. Das ist eine asiatische Kürbissuppe, sehr gesund und wohltuend. Vielleicht könntest du ein paar von unseren Rezepten auf unsere Website stellen. Das hier ist ganz einfach: Eine Zwiebel und ein paar Knoblauchzehen, eine rote Peperoni und etwas geriebenen Ingwer andünsten, den Kürbis in Stücke schneiden und dazugeben, die Schale kann man einfach dranlassen. Dann muss nur noch Wasser und Gemüsebrühe dazu und das Ganze gekocht und püriert werden. Zum Schluss kommt noch etwas Kokosmilch rein.«

»Die gewaltlose Küche.«

Er lacht. Ich verziehe mich mit meiner Suppe nach oben, wo ich das Rezept auf die Site stelle. Danach schaue ich mir auf meinem Smartphone einen Film über ein blindes Hirschkalb an, das auf einer Fleischfarm geboren und von seiner Mutter verstoßen wurde. Die behandelnde Tierärztin adoptierte es, und in deren Haus in einem amerikanischen Vorort hat es nun ein eigenes Zimmer, das es sich mit einem schwarzen Pudel teilt; es badet im Swimmingpool im Garten und frisst Spaghetti. Das Hirschkalb hat den gleichen Gesichtsausdruck wie der Pudel, die Tierärztin und deren Mann. Im Begleitartikel steht, dass nachts auch Katzen in dem Bett schlafen.

Ich bin mit einem Hund befreundet. Er ist Teil unserer Gruppe. Wir zögern im Allgemeinen, das Wort »Freundschaft« auf Tiere anzuwenden – Freundschaft wird schon seit Aristoteles vor allem als etwas betrachtet, das nur zwischen Gleich und Gleich bestehen kann. Dabei wird übersehen, dass historisch bedingt ist, wer als gleich gilt. Bei Aristoteles gehörten Frauen und Sklaven zum Beispiel nicht dazu.

Ökofeministinnen weisen seit den Siebzigerjahren des vorigen Jahrhunderts darauf hin, dass es Parallelen zwischen der Unterdrückung der Frauen und der anderer Lebewesen gibt. Zurückzuführen ist diese Unterdrückung auf ein Weltbild, in dem Vernunft und Gefühl, Kultur und Natur im Gegensatz zueinander stehen. Diese Gegenüberstellungen sind nicht wertfrei, sondern Vernunft wird höher eingestuft als Gefühl und Kultur höher als Natur. Bestimmte Gruppen, wie eben Frauen und Tiere, aber zum Beispiel auch nichtweiße Menschen, werden stärker mit Gefühl und Natur assoziiert und andere (wie etwa weiße Männer) stärker mit Vernunft und Kultur. Diese Bewertung ist keine natürliche Wahrheit, sondern entspringt herrschenden Machtverhältnissen: Die dominante Gruppe neigt immer dazu, die eigene Position zum Standard zu erheben. Das festigt diese Machtverhältnisse, indem es die

Position der dominanten Gruppe als neutral darstellt.

Zu dieser Ideologie gehört, dass der Mensch als atomistisches Wesen aufgefasst wird, welches seine jeweils eigenen Interessen verfolgt – Hobbes verglich Menschen in diesem Kontext mit Pilzen, die jeder für sich aus dem Boden sprießen, ohne irgendeinem anderen verpflichtet zu sein. Dabei wird übersehen, dass wir alle in ein Geflecht von Beziehungen geboren werden, die uns formen und die wir unsererseits mit formen. Ökofeministinnen plädieren dafür, diese verschiedenartigen Beziehungen neu zu gestalten, und greifen dabei auf Erkenntnisse der Fürsorgeethik zurück. In ihr steht nicht die Eigenverpflichtung des Individuums im Mittelpunkt, sondern vielmehr der Bezug zum anderen. Zu den Mitmenschen oder zu einem Hund, der seinerseits für dich sorgen kann.

9

»Wie schön, dass ihr alle da seid«, sagt Eline. »Jona, du hast, wie ich annehme, von Sam das eine und andere über das Wochenende gehört?«

Thomas fragt, ob alle ein Glas gesunden Pflaumensaft möchten.

»Gut. Ich beginne mit einem kleinen Bericht über den Nachmittag, um euch einen Eindruck von der Atmosphäre zu vermitteln. Cornelie hat auch etwas Schönes ins Gästebuch geschrieben.« Das Gästebuch ist aus handgeschöpftem Papier mit Blumen. »Hier steht es. Sie schreibt, sie habe das Gefühl, dass ihre Reise sie endlich nach Hause gebracht hat. Und das hier ist von Thea, die auch schon bei einem Kurs *Trost durch die Musik* war: ›Dies ist ein Schritt zu etwas Ganzem.‹« Sie schaut auf. »Sehr positive Stimmen also. Berry hat übrigens gestern noch geschrieben, wie froh er ist, dass wir die Räumlichkeiten so gut nutzen, und er hofft, dass wir die Scheune noch weiter herrichten.«

»Du hast das fantastisch gemacht«, sagt Thomas.

»Glaubst du wirklich, dass du diesen Leuten hilfst?«, fragt Jona.

Eline nickt voller Überzeugung. »Das ist eine sehr dankbare Arbeit. Die Menschen können zu Hause weitermachen und natürlich darauf aufbauende Kurse belegen. Und darüber wollte ich auch mit euch reden. Wisst ihr, ein Tag ist eigentlich viel zu kurz. Da kratzt man nur ein bisschen an der Oberfläche. An einem Wochenende könnte man viel mehr machen. Da entwickeln sich dann auch gruppendynamische Prozesse.«

»Für mich war das schon eine Invasion«, sage ich. »Ich verstehe ja, dass es für dich wichtig ist, aber ich weiß nicht, ob es auch für uns als Gruppe wichtig ist. Für dieses Haus und unser Ziel.«

»Ich glaube nicht, dass wir uns völlig isolieren sollten«, sagt Thomas.

»Nein, aber wir sollten auch keinen Geschäftsbetrieb aufziehen.«

»Du denkst doch wohl nicht, dass es mir allein um

kommerzielle Erwägungen geht, oder? Das ist eine heilende Arbeit, für uns, die Menschen, die Gesellschaft.«

»Es kann heilend sein«, sagt Thomas. »Es gibt wirklich Menschen, denen das unheimlich viel bringt. Ich glaube, dass wir unseren Reichtum ruhig teilen sollten. Oder sogar teilen müssen.«

»Ehem«, macht Jona. »Das ist ein Hobby von Leuten, die in ihrem Leben den nötigen Spielraum haben, sich um ihr spirituelles Wohl sorgen zu können.« Sie trinkt einen Schluck Pflaumensaft und verzieht das Gesicht. »Das nötige Geld, meine ich, und die nötige Sicherheit. Das sind keine Leute, die wirklich Hilfe brauchen.«

»Es ist nicht an dir, zu beurteilen, wie groß ihre Not ist. Not bedeutet für jeden etwas anderes.«

»Natürlich«, sagt Jona. »Bei manchen geht es ums Überleben und bei anderen darum, ob sie Yoga machen können. Ich meine nur, dass wir auch etwas wirklich Wesentliches ausrichten könnten. Sprich, für Menschen, die in existenzieller Not sind.«

Eline schließt das vor ihr liegende Heft. Diese Wendung trifft sie unvorbereitet.

»Bei meiner Arbeit habe ich zum Beispiel mit Kindern zu tun, die vorübergehend nirgendwo unterkommen können, weil es keine Pflegefamilie für sie gibt. So ein Kind könnten wir doch gut hier aufnehmen. Oder zwei. Das braucht sich ja nicht auszuschließen. Deine Wochenenden könnten trotzdem stattfinden.«

»Aber ein Kind ist auch eine Invasion«, sage ich. »Es würde bedeuten, dass wir hier ein richtiges Zuhause schaffen und wirklich für es da sein müssten. Dann könntest du nicht einfach ein Wochenende wegfahren.«

»Wir sind zu viert«, entgegnet Jona. »Unsere Experimente mit dem Gemüsegarten und mit neuen Vorstellungen von Demokratie oder was weiß ich würden davon nicht beeinträchtigt werden.«

»Schöne Ideen in Hülle und Fülle«, sagt Thomas. »Ich möchte übrigens auch die Jungs vom Restaurant gern mal einladen, damit sie sich alles anschauen und uns vielleicht auch beim Herrichten der Scheune helfen können.«

»Fortsetzung folgt«, sagt Eline und erhebt sich vom Tisch. Winter springt auch auf und ist sich kurz unschlüssig, ob er ihr folgen soll oder nicht.

»Könntest du das Rezept für die Pitabrötchen noch in den Blog stellen?«, bittet Thomas. »Unter der Rubrik gewaltlose Küche?« Er deklamiert:

Pitabrötchen: viel leichter, als du denkst

Zutaten: 400 Gramm Mehl, 200 ml lauwarmes Wasser, ein Teelöffel Salz, ein Würfel Frischhefe oder zwei Teelöffel Trockenhefe, ein Esslöffel Olivenöl.

Zubereitung: Die flüssigen Teile mit der Hefe vermischen, aufs Mehl geben und kurz stehen lassen, damit sich die Hefe auflösen kann. Dann mit den restlichen Zutaten durchkneten und zu einer glatten Kugel formen. Ist der Teig zu nass, noch etwas

Mehl dazugeben. Aus dem Teig acht kleine Kugeln formen und diese zu Talern ausrollen. Beidseitig mit Mehl bestäuben und 30–40 Minuten auf dem Backblech gehen lassen. Dann dürfen sie in den auf die höchste Stufe vorgewärmten Backofen. Wenn sie sich aufblähen, sind sie gar.

10

Inzwischen ist es Routine: Ich bin als Erste unten, drehe mit Winter eine kleine Runde ums Haus und begrüße die Eichhörnchen und die Farne und den Morgen. Winter scharrt zwischen den Obstbäumen herum, sprintet manchmal los, kommt aber immer zur Hintertür zurück. »Möchtest du keinen Freund haben?«, frage ich ihn. Was er auf jeden Fall haben möchte, sind seine veganen Brocken.

Auf der Weide östlich von unserem Garten stehen Milchkühe. Sie haben ausreichend Platz, doch ich sehe nur selten, dass sie mal ein Stück laufen. Meistens stehen sie zur Dorfseite hin am Zaun, und wenn es regnet, suchen sie Schutz unter der Baumreihe im Süden. Sie trinken aus einer alten Badewanne, die immer gefüllt ist, obwohl ich nie jemanden auf der Weide sehe. Ich glaube, sie langweilen sich, aber Kühe sind Tiere, die sich nicht so schnell beklagen.

Winter steht bei ihrer Weide und bellt irgendetwas Entferntes an. Ich renne zu ihm hin – er soll nicht jagen, haben Eline und Thomas mir eingeschärft, und ich habe ihn noch nie so aufgeregt gesehen. »Sitz«, sage ich und fasse ihn beim Halsband. Sein Fell ist im Nacken und auf dem Rücken gesträubt, ein weicher Hahnenkamm. Ich streichle ihn flach. »Hast du was gesehen?« Er starrt unverwandt auf einen Punkt in der Ferne, ich sehe dort nur Gras. »Kommst du mit?«

Thomas sitzt mit einem großen Becher Kamillentee am Küchentisch. Er murmelt eine Begrüßung.

»Hast du auch solchen Muskelkater vom Jäten?« Ich gieße Wasser in die Kaffeemaschine, greife zur letzten Filtertüte, suche nach einer neuen Packung – ich dachte, wir hätten eine gekauft. Thomas reagiert nicht. »Alles in Ordnung?«

Er hält eisern den Blick gesenkt. »Es liegt nicht an der Stille und auch nicht an euch. Wir haben das hier völlig zu unserer Insel gemacht, und es funktioniert, es hat eine Logik. Hier ist alles wieder neu.« Seine Worte marschieren hintereinander her wie kleine Soldaten, gemessen und einstudiert.

Ich lege die Hand auf seine Schulter, fühle die Knochen unter dem Stoff.

»Ich weiß, dass dir und Jona diese Kurse nicht schmecken, und ich gebe euch völlig recht. Aber eines muss man Eline zugutehalten, sie hilft diesen Menschen, zeigt ihnen einen Weg und gibt ihnen ein Gefühl mit – und sich selbst gibt sie etwas zu tun. Das fehlt mir hier. Ich kann zwar anfangen, Bier zu brauen, mit diesem und jenem zu experimentieren, aber allein macht mir das eigentlich keinen Spaß.«

»Vielleicht könntest du es aufteilen. Die eine Woche

hier, die andere in Amsterdam. Es sind ja nur zwei Stunden Fahrt.«

»Was sind nur zwei Stunden Fahrt?«

Eline kommt herein, in einem grünen Sommerkleid mit goldenem Gürtel und Sandalen wie von einer griechischen Göttin.

»Die Stadt.«

Thomas starrt ein Loch in die Tischplatte. Eline zwickt ihn in die Wange, ohne ihn richtig anzusehen, und das ist sein Glück.

Mittags ziehe ich mit Winter los. Wir wählen die lange Route, an Simons Hof entlang. Ich lerne die Bäume immer besser kennen – die alte Eiche an der Abzweigung des Pfads zum Birkenwäldchen, die Birken mit ihren alten Augen, die Buchen und dahinter die Fichten, die so dicht stehen, dass es dort immer dunkel ist. Bäume können über ihre Wurzeln den Stumpf eines gefällten Artgenossen weiter ernähren, sodass Leben in ihm bleibt.

Kommunen gehen zu neunzig Prozent schon im ersten Jahr in die Binsen, ein noch schlechterer Schnitt als bei Start-ups. Aber bei uns lässt es sich gut an: Das Haus ist bewohnbar, der Gemüsegarten ist bereit für das Gemüse, ich schreibe. Selbst wenn Eline und Thomas weggehen sollten, müsste das nicht das Ende bedeuten – wir könnten neue Leute suchen. Bei Sophie lief auch nicht alles wie erwartet, und dennoch kamen neue Erkenntnisse und ein paar schöne Bücher dabei heraus. »Ich hoffe aber, du bleibst«, sage ich zu Winter, der immer wieder ein Stück vorausrennt und dann auf mich wartet. »Komm, wir gehen wieder nach Hause.«

Er rennt vor mir her, biegt am Kiesweg nach rechts statt nach links zum Haus – ich renne hinter ihm her, vielleicht hat er einen Fasan gesehen. »Winter, hierher.« Um die Ecke sehe ich, dass er Thomas entdeckt hat. Der steht hinter der Scheune und zerhackt die Bretter von der Rückwand. »Nein«, sagt er jedes Mal, wenn er das Beil niederfahren lässt, leise und gemessen. »Nein, nein, nein.«

11

Am Tag unserer Einweihungsparty ist die Scheune noch nicht fertig. Sie hat zwar wieder eine Rückwand, doch es fehlt noch ein Fenster, und der Fußboden ist nur zur Hälfte gestrichen. Eline und Thomas haben sich schon zweimal deswegen in die Haare gekriegt.

Meine Eltern treffen ein, als ich noch beim Staubsaugen bin. Sie parken ihren Renault 4 so, dass sie den ganzen Weg blockieren, also schicke ich sie gleich wieder zurück. Meine Mutter bleibt in der Türöffnung stehen. »Liebes.« Sie nimmt mich fest in die Arme, lässt mich etwas zu lange nicht wieder los. »Was für ein herrliches Fleckchen. Und das ist Jona?«

»Nett, Sie kennenzulernen.« Jona schüttelt ihr die Hand.

Meine Mutter findet es auch nett. »Soll ich dir die Blumen geben? Wie lange seid ihr noch mal zusammen? Hier. Peter? Peter, vergiss die Geschenke nicht.«

Mein Vater hüpft noch einmal zum Auto zurück. Seit er in Rente ist, treibt er fanatisch Sport, und kürzlich hat er sich belehren lassen, dass es wichtig sei, immer mal wieder anders zu laufen. Hüpfen sei gesund, verkündete er, als wir uns beim letzten Mal sahen, und mache zudem mehr Spaß, als normal zu gehen.

»Hallo, mein kleines Schusselchen.« Er umarmt mich fest, gibt Jona mit einem Nicken die Hand. Beim Besichtigungsrundgang marschiert er vorneweg. »An sich ist es natürlich noch in einem guten Zustand. Ein bisschen kitschig, was man so für authentisch hält. Aber nicht schlecht. Wenn man in dem Nebenzimmer die Decke rausnehmen würde, hätte man gleich viel mehr Raum. Das haben wir damals auch bei Tom und Mieke gemacht, war ein voller Erfolg.« Ich habe Thomas vorher gesagt, dass mein Vater Architekt ist, aber er ist trotzdem schwer beeindruckt.

»Dafür fehlt uns das Geld. Und ich finde es so auch ganz schön«, sage ich.

Thomas fragt ihn, ob er mal mit auf den Dachboden kommen würde, um sich das Dach anzuschauen.

»Du wohnst hier herrlich«, sagt meine Mutter. Ihre langen roten Haare sind geflochten, und sie trägt einen grünen Hosenanzug mit einer Kette aus Autoreifengummi darüber. »Bevor ich deinen Vater kennenlernte, hab ich auch in einer Kommune gelebt.« Sie erzählt das nicht mir, ich kenne die Geschichte. »Freier Sex, den ganzen Tag kiffen und zwischendrin Musik machen und über Kernwaffen, Kommunismus und die Klitoris diskutieren. Ich kann das nur jedem empfehlen. Man muss sich, wenn man jung ist, die Zeit nehmen, sich selbst richtig kennenzulernen, und das geht am besten, indem man einen *Break* von seinem realen Leben nimmt.« Mein Vater zog, ein paar Wochen nachdem sie sich kennengelernt hatten, bei ihr ein, bei dieser Kommune, erwies sich aber als nicht gruppentauglich. Sie sind dann zusammen in eine Etagenwohnung in Amsterdam gezogen. Als ich klein war, erzählte meine Mutter oft von der Kommune, wo das Leben ihrer Meinung nach besser gewesen war als zu Hause bei uns.

»Kiffen ist nicht so unser Ding«, entgegne ich und erzähle von Sophie und den anderen – von den Idealen und der Freiheit. »Und im Übrigen geht unsere Arbeit normal weiter.«

»Das Prinzip ist dasselbe. Und ich weiß nicht so recht, ob man die Arbeit, an der du schreibst, wirklich Arbeit nennen kann.« Sie lacht dabei, als wäre das scherzhaft gemeint. Dann verdüstert sich ihre Miene. »Wie traurig, dass Stella das hier nicht miterleben kann.«

Irgendwer macht Musik an. »Poor Moon« von Canned Heat. Meine Mutter singt sofort mit.

Unterdessen treffen zwei Freunde von Thomas ein, die Nachbarin mit selbst gemachtem Sauerkraut und Berry im hellblauen Sportwagen.

Ich hole Berry ein Bier, und wir setzen uns auf die kleine Terrasse vor dem Haus. Er fragt, wie es mit meiner Arbeit vorangeht, und ich erzähle ihm von *Der grüne Weg*.

»Ich habe auch eine Zeit lang Philosophie studiert, vielleicht hat Eline dir schon davon erzählt. Tolles Fach.« Berry starrt träumerisch in die Ferne. »Man kann nur nichts damit anfangen. Ich habe im zweiten Jahr aufgehört, da wurde mir das zu viel. Was ist echt, was ist wahr, all das Zeug. Man kann ja alles irgendwie anzweifeln. So kam ich dann zur Wirtschaftswissenschaft. Zum Trost durch die Zahlen.« Er nimmt einen Schluck von seinem Bier. Thomas kommt aus dem Haus und drückt Berry kurz an sich. Berry kneift ihn in die Wange.

Um zehn scheint das Fest schon auf dem Höhepunkt. Meine Mutter tanzt mit geschlossenen Augen im Wohnzimmer, mitunter gesellt sich einer von Thomas' Freunden zu ihr. Mein Vater sitzt mit den Eltern von Eline bei einem Glas Bier am Tisch. Sie schauen auf die Tanzfläche. »Ich habe gelesen, dass in den letzten zwölf Jahren neun der dreizehn ältesten Baobabs der Welt eingegangen sind. Der älteste war zweitausendfünfhundert Jahre alt. Man glaubt, dass das etwas mit dem Klimawandel zu tun hat.« Mein Vater trinkt einen Schluck Bier. »Was ich sagen will: nur gut, dass den Kindern das wichtig ist.« Elines Mutter pflichtet ihm inbrünstig bei. Draußen hat Thomas den Feuerkorb angezündet, einige Leute sitzen im Kreis darum herum. Berry steht beim Goldregen und schwadroniert.

Ich schaue zu den Wolken auf, die sich weiß und langsam über den dunklen Nachthimmel schieben, und gehe nach hinten, zu den Obstbäumen.

»Alles okay?« Jona steht plötzlich hinter mir. Sie nimmt meine Hand und verflicht ihre Finger mit meinen. »Nachher gehen sie zum Bahnhof, und dann zerstreuen sie sich übers Land.«

Rabenkrähen schlafen in Gruppen. Morgens gehen sie alle ihrer eigenen Wege, und abends treffen sie sich dann wieder an einem anderen Schlafplatz. Die Forscher haben noch nicht herausgefunden, wie sie verabreden, wo sie sich treffen werden. Manchmal suchen sie einen Ort auf, an dem sie noch nie waren.

Ein Junge kommt in den Obstgarten gerannt, ruft laut Ja und rennt wieder weg. Es ist fast wie auf einer Party in Amsterdam. »Von mir aus können sie jetzt ruhig gehen.«

»Ich werde sie ein bisschen antreiben, sonst verpassen sie womöglich noch den letzten Zug.« Jona drückt kurz meine Hand und läuft zum Haus zurück.

In der Ferne lacht jemand laut, jemand anders ruft etwas. Kies knirscht unter den Füßen, Gläser klirren, Gedanken drehen sich im Kreis, Worte werden zu Botschaften. Das Gras glitzert, wenn ich ihm näher wäre, könnte ich es flüstern hören.

Mitten in der Nacht fahre ich aus einem Albtraum hoch, der mir sofort entfällt. Jona schläft, sie atmet tief und regelmäßig. Ich steige aus dem Bett, leise, um ihre Träume nicht zu gefährden. Auf dem Sofa schläft ein Mädchen, dessen blonde Haare bis auf den Boden hängen. In der Küche trinke ich ein Glas Wasser. Winter liegt in seinem Korb im Flur, er hebt den Kopf und folgt mir mit dem Blick, wedelt halbherzig mit dem Schwanz. Er hat die Festgäste jeweils freundlich begrüßt und sich der runtergefallenen Bissen angenommen, auch für ihn war es ein langer Abend.

Wieder im Bett, schaue ich auf die Schatten, die sich

über die Zimmerdecke bewegen. Zuerst sind es die Zweige des Baums vor dem Fenster, danach sind es große, schmale Menschen, dann Gespenster, die diese Menschen nachahmen.

Schließlich schlafe ich wieder ein. Als ich erneut aufwache, ist es immer noch dunkel. Jona liegt nicht mehr neben mir. »Jona«, flüstere ich. Sie ist nicht im Zimmer. »Jona«, rufe ich etwas lauter. Keine Antwort. Ich setze mich auf, taste neben mich. Das Bett ist kalt. Ich stehe auf, schaue mich im Zimmer um, sie ist nicht da. Ich renne nach unten, suche in mehreren Zimmern, renne wieder nach oben. Das Herz schlägt mir bis zum Hals, ich könnte es glatt verschlucken. »Jona.« Sie liegt wieder im Bett, sieht mich befremdet an.

»Warst du die ganze Zeit hier?«

»Ich war kurz auf dem Klo. Kein Grund zur Sorge.« Sie drückt mich aufs Kissen, küsst mich auf die Wange, die Schulter. »Schlaf jetzt. Es war ein Traum.«

Ich fasse ihre Hand, die ich am nächsten Morgen immer noch halte, mit völlig verkrampften Fingern.

12

Thomas eröffnet unsere Sitzung mit Erläuterungen zu der Excel-Datei, die er uns am Tag zuvor gemailt hat. »Jedes Thema hat eine eigene Seite, also der Zeitaufwand für die Instandsetzung, der finanzielle Rahmen – Einnahmen und Ausgaben, der Verteilungsschlüssel. Ich bin der Einfachheit halber davon ausgegangen, dass wir alle gleichermaßen hart daran mitarbeiten, das Ganze zum Erfolg zu machen, und die Stunden, die Eline in die Kurse, pardon, die eventuellen Kurse – Jona, hörst du zu?«

Sie schüttelt den Kopf. »Tut mir leid, damit kann ich überhaupt nichts anfangen. Erzähl es doch einfach.«

Er erläutert, dass jeder von uns etwa fünfzehn Stunden die Woche aufwenden muss, dass wir dafür dann aber eine renovierte Scheune bekommen und Einnahmen haben werden. Die Kurse sollen von Freitagnachmittag bis Sonntagabend laufen, und die Besucher werden uns, wenn es gut läuft, kaum stören. Eline nickt eifrig. »Habt ihr noch Fragen?«

»Ich finde, das geht zu weit«, sage ich. »Wenn drei Tage pro Woche Leute hier sind, haben wir das Haus nur noch zur Hälfte für uns.«

»Hm, hm. Und wenn wir nur jede zweite Woche Kurse veranstalten?« Thomas sieht Eline an, während er das sagt.

»Wisst ihr, für mich ist das einfach eine Frage, was sich realisieren lässt. Kann ich das hier machen, kann das Unternehmen weiter wachsen. Abgesehen von der ideellen Komponente. Wir können uns auch für einen Kompromiss entscheiden: Wir probieren es drei Monate lang aus und besprechen das dann anschließend.«

»Wir können es auch mit drei Monate lang alle zwei Wochen probieren.«

»Jona«, sagt Thomas, »was meinst du?«

»Ich finde eigentlich, dass wir es gar nicht machen sollten.« Sie sagt das mit weit aufgerissenen Augen, der

Weisheit eines Neugeborenen. »Wir leben hier. Wenn du ausschließlich die Scheune benutzt und eine andere Auffahrt anlegst, ginge es. Ansonsten würde es immer wieder zu Konflikten führen.«

Wir blicken alle zu Eline, die einen Schluck Holunderblütensaft trinkt und dann lange auf das Glas starrt. »Das erste Wochenende ist eigentlich schon geplant.« Rote Streifen kriechen ihr den Hals hinauf. Sie hat mir mal erzählt, dass sie einen Kurs *Öffentlich sprechen* gemacht hat, um zu lernen, vor Gruppen zu sprechen. Uns kann man kaum als Gruppe bezeichnen. Sie trinkt noch einen Schluck, sieht uns an. »Ich schlage vor, dass wir es einfach machen. Ein Wochenende zum Ausprobieren. Anschließend fällen wir eine Entscheidung.«

Sophie hätte an dieser Stelle bestimmt etwas anzumerken gehabt – wir müssen wirklich genauere Absprachen treffen. »Ich habe auch noch ein paar Fragen an euch. Die erste betrifft unsere Art der Beschlussfassung. Ich finde, wir sollten beschließen, ob die Mehrheit entscheidet oder ob der Beschluss einstimmig sein muss. Was haltet ihr für gerecht?«

Sie sehen mich an. »Das kommt darauf an«, sagt Jona.

»Was denkst du selbst?«, fragt Thomas.

»Wir sind nur zu viert. Um zu verhindern, dass unsere Autonomie Schaden nimmt, scheint es mir wichtig, dass jeder von uns mit allem einverstanden ist.«

»Das hängt von den Fragen ab«, sagt Eline. »Ob es um unsere Grundprinzipien geht oder um irgendwelche konkreten Beschlüsse. Wer hier einziehen kann, ist eine andere Frage, als was es zum Abendessen gibt.«

»Vielleicht sollten wir erst mal einige Grundprinzipien aufstellen?«, frage ich.

»Wir sind uns doch schon einig.« Eline steht auf. »Leute, ich bin kaputt. Morgen ist auch noch ein Tag.« Vielleicht mache ich ein bedeppertes Gesicht. »Ihr könnt ja ein paar Dinge zu Papier bringen und mir das dann mailen. Dann sehe ich es mir rasch an.«

»Ich gehe auch pofen.« Thomas folgt ihr ins Haus, haucht uns noch einen Luftkuss zu.

»Wie findest du, dass das läuft?«

Jona nippt an ihrem Glas. »Ich denke, dass Eline und du es noch ein paar Wochen miteinander aushaltet und sie dann die Fliege machen. Vielleicht solltest du schon mal darüber nachdenken, was du danach tun willst.«

Ich lasse mich auf meinem Stuhl zurückfallen. Wir haben gerade erst angefangen. Ich möchte diese Wärmepumpe installieren lassen, den Gemüsegarten fertigstellen, Hühner adoptieren.

Winter erhebt sich nun auch, Jona öffnet ihm die Tür. Die Sonne zieht Streifen durch einen Tag, der schon fast wieder um ist.

Eine kleine Utopie

Die ideale Welt scheint weit entfernt. Nicht nur liegt so vieles im Argen, dass wir das nie mit einem Mal lösen können, größere Strukturen scheinen unser Leben zu bestimmen – wir können nicht zu viert den Kapitalismus umstürzen. Aber vielleicht sollten wir das auch nicht wollen. Revolutio-

nen stellen oft nur ein neues großes Narrativ dem alten gegenüber und halten damit an der Struktur fest: Es gibt immer eine Gruppe, die es besser weiß, die stärker ist und den anderen diktiert, was die Wahrheit ist. Neue große Narrative können natürlich als Inspiration dienen – man denke an feministische Utopien wie La Cité des Dames, *das Buch von Christine de Pizan, oder* Herland *von Charlotte Perkins Gilman, in denen die gesellschaftlichen Positionen von Frauen und Männern umgekehrt werden. Das waren wichtige Bücher, weil sie Kritik geübt und vorgeführt haben, dass es anders geht und anders gehen muss, aber sie können nicht als Blaupause für eine neue Gesellschaft dienen. Die Gesellschaft muss von Grund auf neu gestaltet werden.*

Unsere Widerstandszelle ist klein und eher auf der Suche. Nach neuen Formen des Teilens, der Liebe, des Wohnens, die nicht auf alten patriarchalischen Mustern basieren, nach einer Lebensform, bei der nicht das Ich im Mittelpunkt steht, sondern das Wir, einer Lebensform, die offen ist und nicht von vornherein festgelegt. Das ist nicht neu – Gegenbewegungen finden sich im Laufe der Geschichte überall. Und doch ist es neu, weil wir es jetzt machen.

13

Eline ist am Samstagmorgen schon vor mir auf.

»Machst du mit?«, fragt sie, als ich nach unten komme.

Ich lache. »Trost durch was?«

»Bei der Trauergruppe. Echt, probier's einmal aus. Jona erzählte, dass du nach unserer Party so von der Rolle warst.«

Jona hat mir nicht gesagt, dass sie mit Eline darüber geredet hat.

»Ich weiß nicht.« Jona und ich machen uns immer über das Trostzentrum lustig, aber vielleicht sollte ich tatsächlich offener dafür sein. Nicht, um einen alten Kummer zu verarbeiten, sondern um Eline ernst zu nehmen.

Sie verspricht, mich auf die Liste zu setzen.

»Für das Nachmittagsprogramm teilen wir uns in zwei Gruppen auf. Die Trauergruppe kann hierbleiben, die Baumgruppe geht nach draußen. Ich selbst begleite die Baumgruppe, Tamara übernimmt die Trauer.« Eline zwinkert mir zu, als sie den Raum verlässt. Wir bleiben zu sechst zurück: Tamara – eine eckige junge Frau in gelbem Rollkragenpulli –, ferner ein älteres blondes Zwillingspaar in Kleidern identischen Schnitts, das eine weiß, das andere schwarz, eine verbraucht aussehende Frau mit klimpernden langen Ketten um den Hals und ein älterer Mann mit dickem Bauch, der mit seinem Troyer und seinem schwarzen Haar etwas von Kapitän Haddock aus *Tim und Struppi* hat.

»Herzlich willkommen«, sagt Tamara. Wir nehmen im Kreis auf den dicken türkisfarbenen Kissen Platz, die Eline vorgestern bei einem Möbelriesen in Franeker gekauft hat. »Fein, dass ihr da seid, und tapfer von euch. Ich möchte gleich mit einer Vorstellungsrunde beginnen. Danach machen wir gemeinsam eine Meditation, und dann geht es an den Trost. Im Uhrzeigersinn, also du darfst anfangen.« Sie zeigt auf die Zwillingsschwester im weißen Kleid.

»Hallo allerseits.« Ihre Stimme klingt wie die eines kleinen Mädchens, und sie zittert genauso wie ihre faltigen Hände. »Mein Name ist José, und das ist Esmée.«

»Esmée darf sich gleich selber vorstellen«, sagt Tamara und zieht mit gekünsteltem Lächeln kurz die Schultern hoch.

»Mein Name ist also José, und ich bin wegen eines unverarbeiteten Traumas hier. Unsere Mutter ist bei unserer Geburt gestorben. Ich war schon heraus, und Esmée fast, als es Komplikationen gab. Unser Vater hat wieder geheiratet, als wir drei waren. Unsere Stiefmutter war ein herzensguter Mensch, aber sie hat es nie geschafft, den Namen unserer Mutter auszusprechen. Unser Vater hat auch nie darüber gesprochen.«

»Wir konnten das nie verarbeiten, denn es existierte nicht«, sagt Esmée. »Ich komme wegen desselben Traumas. Wir haben in unserem Leben beide Schwierigkeiten gehabt, was Beziehungen und Nähe betrifft. Wir haben viel darüber geredet, und dann hat uns jemand den Trostkurs empfohlen.« Sie lächelt ihre Schwester an. »Von daher.«

Der Mann neben mir räuspert sich. »Theo, vierundfünfzig Jahre alt, Informatiker. Meine Frau ist voriges Jahr gestorben. Wir haben noch gemeinsam die Gruppe *Trost durch die Musik* mitgemacht, die vor allem ihr gut gefallen hat.« Er verstummt und fängt an zu schluchzen. Esmée reicht ihm die Box Papiertücher.

»Ich bin Barbara. Ich habe auch bei *Trost durch die Musik* mitgemacht und dann noch bei *Tröste dich selbst* und *Trost durch die Sexualität*. Jetzt habe ich das Bedürfnis, eine Stufe tiefer zu gehen. Es geht bei mir um zwei Fehlgeburten, beide in einem späten Stadium. Ich habe nur tote Kinder, keine lebenden.«

Alle Augen sind jetzt auf mich gerichtet, es macht mich trotz meiner Skepsis nervös. »Mein Name ist Sam. Ich wohne hier auf dem Hof, Eline ist eine Freundin von mir. Sie hat mich eigentlich dazu überredet, hier mitzumachen. Ich mache normalerweise keine solchen Kurse.« Ich räuspere mich. »Meine Schwester hat Selbstmord begangen, als ich dreizehn war. Sie war achtzehn.« Ich weiß nicht, was ich sonst noch darüber sagen soll.

Barbara legt mir die Hand aufs Bein. »Tapfer«, flüstert sie.

Tamara bittet uns alle, eine Matte zu nehmen und uns irgendwo in der Scheune hinzulegen. »Nehmt euch den nötigen Raum. Sorgt dafür, dass ihr wirklich genug Platz habt.«

Der Fußboden riecht nach Sägemehl. Ich lege mich auf den Rücken.

»Schließt die Augen.« Tamara führt uns mit ihren Worten an verschiedenen Körperteilen entlang und immer wieder zur Atmung zurück; ich fühle meine Glieder schwerer werden. Theo stößt ein paar Meter weiter einen tiefen Seufzer aus.

»Bleibt noch ein wenig liegen.« Tamaras Stimme hat etwas Beschwörendes angenommen. »Denkt an die Toten in eurem Leben: Was würdet ihr ihnen gern sagen? Wir denken immer, dass die Toten fort sind, aber stellt euch mal vor, dass sie noch hier in der Nähe geblieben sind und auf eine Mitteilung von euch warten.«

Ich will überhaupt nichts zu Stella sagen. Auch nichts fragen. Sie hat sich dafür entschieden zu gehen. Das muss jeder selbst wissen. Meine Mutter zündet noch immer jeden Tag eine Kerze für sie an. Das muss genügen.

»Ich spreche jeden Tag mit den Kindern«, sagt Barbara. »Ich erzähle ihnen von meinem Tag. So bleibt ihre Energie nah bei mir.«

»Bleibt noch ein wenig liegen«, sagt Tamara. »Denkt an eure Toten: Was würdet ihr ihnen jetzt gern sagen?«

»Es gibt überhaupt kein Selbst«, sagt Barbara. »Es gibt nur Energie, und die vergeht nicht, sondern nimmt höchstens eine andere Form an. Wenn man in Individuen denkt, steht das der Verbindung im Weg.«

Tamara ignoriert diese Bemerkung. »Richtet euch jetzt bitte auf, und setzt euch paarweise einander gegenüber. Esmée und José, sucht euch bitte eine andere Partnerin.«

Theo sitzt schon mir gegenüber, mit diesem grapschenden Blick. »Tut mir leid«, sage ich. »Ich gehe. Vielen Dank, Tamara.«

14

Nach dem Wochenende haben wir wieder ein Evaluierungsgespräch. Thomas hat diesmal keinen Pflaumensaft gemacht, wir trinken Tee.

»Ich denke nicht, dass das eine Wiederholung finden sollte.« Jona lässt sich auf den Stuhl neben mir plumpsen. »Leute, die auf der Suche nach sich selbst sind, nehmen doppelt so viel Platz ein wie andere.«

»Das tut mir leid«, sagt Eline. »Zumal was Theo betrifft. Er hat es schwer, seine Frau ist vorigen Monat nach sehr langem und schwerem Krankenbett gestorben. Da ist es mehr als logisch, dass er ein Bedürfnis nach Wärme hat. Aber er muss natürlich deine Grenzen respektieren.«

»Ich will sie nicht in meinem Haus haben. Wenn sie bei dir in der Scheune bleiben können: prima.«

»Wie du weißt, muss in der Scheune noch improvisiert werden. Schlafen kann man da eigentlich nicht.«

»Du möchtest hier Workshops abhalten, also leg dich dafür ins Zeug.«

»Wir wollten alles gemeinsam herrichten. Ich hab dich bisher nur einen halben Tag bei der Scheune gesehen.«

»Ich sehe dich auch nicht bei meiner Arbeit. Echt, Eline, wenn wir das hier zu viert machen, müssen wir darüber abstimmen.«

»Okay. Lasst uns abstimmen. Darüber, ob wir hier Workshops veranstalten können. Wer ist dagegen?«

Jona und ich heben die Hand.

»Wer ist dafür?«

Sie selbst hebt die Hand.

»Wer enthält sich der Stimme?«

Thomas hebt die Hand. »Ich finde, dass es im Moment nicht so gut funktioniert. Aber in etwas veränderter Form ginge es vielleicht schon, zumal wenn die Scheune fertig ist.«

»Das scheint mir nun ein Paradebeispiel für etwas zu sein, worüber wir uns alle einig sein sollten«, sage ich. »Es betrifft unser tägliches Umfeld.«

»Gut. Das wäre dann klar.« Eline schiebt die vor ihr auf dem Tisch liegenden Papiere ineinander, als wären es Spielkarten. »Dann kann ich nicht mehr hierbleiben.«

»Mach doch nicht gleich ein Problem daraus, Liebling. Wir finden schon eine Lösung.« Thomas legt seine Hand auf ihre.

»Tu nicht so dramatisch, Eline. Wir sind doch noch nicht lange hier. Es ginge durchaus, nur kannst du diese Leute hier nicht machen lassen, was sie wollen.« Jona redet jetzt etwas lauter, als es nötig wäre.

»Dramatisch? Ihr macht ein Drama daraus. Es ist doch ein Geben und Nehmen, wenn man zusammenlebt, und das fällt offenbar schwerer als gedacht. Ich hatte euch für etwas aufgeschlossener gehalten.«

»Das hat nichts mit Aufgeschlossenheit zu tun. Du kannst die Scheune gerne dafür benutzen, und ich habe auch nichts dagegen, wenn sie in der Auffahrt parken. Ich möchte nur keine Fremden in meinem Schlafzimmer.«

»Ich dachte, du hättest gern Fremde in deinem Bett?«

Jona bedenkt sie mit einem eisigen Blick, steht dann auf.

»Setz dich, Jona. Nicht streiten, meine Damen. Wir kriegen das schon hin«, sagt Thomas.

»Und was ist mit dir?«, entgegnet Eline. »Du versprichst alles Mögliche, aber ich sehe nichts davon. Du hast als Einziges einen Steinofen im Garten gebaut, und das hätte ich auch gekonnt.« Ihre Stimme zittert, der Tisch zittert, das ganze Haus zittert. Jona bleibt stehen.

Thomas erhebt sich und ruft Winter, der aufschaut. »Winter muss mal raus.«

»Du kannst einfach überhaupt keine Konflikte aushalten«, ruft Eline ihm nach. »Daran solltest du mal arbeiten.«

»Das ist kein Konflikt, wir haben lediglich das Projekt evaluiert.« Er öffnet die Tür. Winter beginnt mit dem Schwanz zu wedeln. Er hatte tief geschlafen, also ist das erste Wedeln noch verhalten; vom dritten an wird es schnell.

Jona sagt, dass es ihr ernst ist, wir werden schon eine Lösung finden. Eline schüttelt den Kopf. »Berry ist bestimmt einverstanden, wenn ihr hierbleibt. Bis es einen Käufer gibt.«

15

»Schon gemütlich, dass wir jetzt allein sind«, sage ich zu Jona. Ich habe was Besonderes für uns zubereitet, Ofengemüse und selbst gemachte Falafel. Jona reagiert nicht. Eline und Thomas sind am Vormittag abgereist. Wir haben gewinkt, bis sie den Feldweg hinunter waren,

Winter schaute vom Rücksitz aus zu uns zurück. Ich war am frühen Morgen noch lange mit ihm spazieren, durch den Wald zum Teich und dann in einem Bogen durch das Dorf wieder zurück. Er durfte bestimmen, wo es langgehen sollte, und er wollte unbedingt zum Supermarkt, wohl weil er dort beim letzten Mal ein Croissant gefunden hatte.

Ich frage Jona, ob sie noch über das Ausbildungsprojekt für junge Flüchtlinge nachgedacht hat. Sie gibt keine Antwort.

»Ist irgendwas?«

Sie schüttelt den Kopf. »Nein, ja.«

»Nein, ja?«

Kein Lächeln. »Ich muss eigentlich nächste Woche in die Stadt zurück.«

»Ich dachte, du würdest noch ein paar Wochen bleiben. Du hättest das mit deiner Kollegin besprochen.« Ich dachte, ich möchte das, ich treibe sie in die Enge, aber sagen will ich es doch.

»Ich habe das besprochen.«

Ich stecke ein Stückchen Blumenkohl in den Mund. Voriges Mal war der sehr lecker geworden, jetzt ist er noch zu hart.

Nach dem Essen verzieht sie sich mit ihrem Laptop nach oben.

Für den Fremden

Der neue Weg *nimmt eine andere Gestalt an: Zwei Mitbewohner sind ausgestiegen, und die, die jetzt noch hier leben, erwägen eine Erweiterung der Familie. Nicht im traditionellen Sinne, sondern dadurch, dass sie jenen Menschen eine Wohnung bieten, die keine haben.*

Der griechische Begriff Philoxenia, *er bezeichnet Liebe für den Fremden, schließt das ein, was wir unter Gastfreundschaft verstehen. Die* Philoxenia *geht nicht mit konkreten Verpflichtungen einher, sondern ist eine Lebenshaltung. Ovid beschreibt sie folgendermaßen: Zeus und Hermes suchten einst in Menschengestalt Unterkunft in einem kleinen Dorf. Sie wurden von allen abgewiesen, doch ein altes Paar, Philemon und Baucis, gab ihnen einen Platz zum Schlafen und etwas zu essen. Für die Mahlzeit, die das Paar ihnen bereitete, schlachtete es sogar seine einzige Gans. Zeus belohnte diese Gastfreundschaft damit, dass er die Hütte der beiden in einen steinernen Tempel verwandelte. Er ließ auch ihren größten Wunsch in Erfüllung gehen: Sie starben zur selben Zeit und wurden in Bäume verwandelt, die Seite an Seite vor dem Tempel wuchsen, sodass sie für immer zusammenblieben.*

16

Der August geht seinem Ende entgegen, und der Sommer trägt schon etwas Herbst in sich – das Grün ist nicht mehr nur grün, sondern mit Gelb und Braun durchsetzt;

der Geruch hat sich von dem endlos langer Tage (Gras, Wärme, dicke gelbe Blüten, Badewasser) in etwas verwandelt, das melancholischer ist, brüchiger, stärker von Erinnerungen durchwirkt.

Jona fährt am nächsten Abend in die Stadt. »Wann kommst du wieder?«

»Dräng mich nicht so.«

»Ich frage einfach nur, wann du wiederkommst.«

Sie seufzt. »Sonntag, denke ich, und sonst Montag.«

Ich winke auch ihr nach. Sie hat das gute Fahrrad genommen, das grüne. Am Ende des Feldwegs dreht sie sich um und hebt die Hand. Ich bleibe stehen, bis sie nicht mehr zu sehen ist. Dann knipse ich ein paar verblühte Rosen aus dem Strauch und pflücke im Kräutergarten Minze für Tee.

Es ist Regen vorhergesagt. Ich schließe die Fenster, zwinge mich, in alle Zimmer zu schauen, kontrolliere, ob die Türen abgeschlossen sind, mache dann Musik an. Das ist ein Ritual: Hier ist niemand, nur ich bin da, etwaige Gespenster halten sich versteckt – nein, ich halte mich versteckt, ich erkenne an, dass sie hier in jeder Hinsicht das Sagen haben und ich wenig beitragen kann. Winters Korb steht noch in der Zimmerecke, ich schüttle das Kissen auf. Mein Handy piepst. »Wollen wir uns morgen etwas früher treffen? Gegen halb zwölf? XX Mam.«

Am Morgen nachdem Stella verschwunden war frühstückten wir zu dritt. Meine Mutter aß ein paar Scheiben geröstetes Weißbrot mit Butter und Hagebuttenmarmelade, mein Vater eine Scheibe dunkles Brot mit Butter und altem Käse. Ich aß zu der Zeit immer Müsli mit Joghurt und Obst zum Frühstück. Meine Mutter erzählte von einem Kurs, den sie machen wollte, japanische Blumenarrangements, ganz minimalistisch; man nenne das Ikebana, »Blumen zum Leben erwecken«. Wir taten so, als ob alles normal wäre, und das war es auch. Stella kam öfter mal eine Nacht nicht nach Hause.

Vor dem Haus wirft die Sonne inzwischen lange Schatten über das Land. Sie schrumpfen ganz allmählich.

17

Im Zug öffne ich die Post. Ein Werbeprospekt preist eine homöopathische Behandlung gegen Haarausfall mit Rabatt an, und der Gemeindeanzeiger macht mit der Ankündigung des letzten großen Dorfmarkts im August auf (einschließlich Ringreiten per Fahrrad, Pfahlsitzen und einer Lotterie, bei der man eine Busreise nach Rumänien gewinnen kann). Auch ein Brief von der Gemeinde ist dabei, mit einem Grundriss. Das Neubauviertel auf der Waldseite des Dorfes soll erweitert werden, und es soll ein Industriegelände entstehen. Dafür wird ein Teil des Waldes weichen müssen. Ein farbenfroher Flyer vermittelt ein Bild davon, wie das Dorf dann aussehen wird. Ich lade mir eine Karte aufs Handy – demnach wird der größte Teil des Waldes verschwinden. Der Rest soll dann der Naherholung dienen. Ich schicke Jona eine Nachricht. »Sie wollen den Wald roden.«

»Schade.« Ein Smiley mit nach unten gezogenen Mundwinkeln. Diese Smileys sind eine Form von Faulheit.

Gleich darauf kommt die nächste Nachricht. »Halt die Ohren steif – ich denk an dich.«

Es ist heute genau zehn Jahre her.

Der Friedhof liegt hinter dem Bahnhof. Meine Mutter wartet am Eingang auf mich. Sie trägt einen schwarzen Samtanzug, der eng am Körper anliegt. Wir müssen den Buchs stutzen, und sie hat ein Scheuermittel für den Stein mitgebracht. Mein Vater ist beim Tennis, er kommt später.

Ich erzähle, dass Eline und Thomas ausgestiegen sind. »Vielleicht wäre Stella gern zu uns gezogen. Ich glaube, sie hätte vieles von dem, was ich schreibe, auch gut gefunden.«

»Du solltest den Toten keine Worte in den Mund legen. Stella hat sich nie über anarchistische Kommunen ausgelassen.« Meine Mutter reicht mir die Heckenschere. »Ich hol mal eben ein Eimerchen Wasser.«

Ich beschneide die Hecke. Sie verwandelt sich in ein komisches kniehohes Etwas, eine moosgrüne Stolperschwelle. Trotzdem mache ich weiter – vielleicht tut es der Hecke gut, wenn sie gestutzt wird, kann sie danach besser weiterwachsen.

Meine Mutter nimmt einen Scheuerschwamm aus ihrer Schultertasche und taucht ihn in den Eimer. Dann spritzt sie etwas Scheuermittel darauf und fährt damit über den Stein, zuerst vorsichtig, dann immer schneller und fanatischer. Der grüne Belag fließt in gewundenen Rinnsalen herab und bildet kleine Pfützen auf der Marmorplatte darunter. Von den Jahreszahlen wird mir übel, ich konzentriere mich lieber auf den Buchs.

»So, die Hecke ist wieder top.«

Meine Mutter guckt nicht. »Könntest du bitte noch einen Eimer Wasser holen?«

Ich laufe zum Wasserhahn bei der Mauer mit den Urnen. Weiter hinten sind die Kindergräber, Stella durfte gerade eben zu den Erwachsenen. Stella hasste die Natur, Bäume und Pflanzen, sie mochte nur Tulpen. Im ersten Jahr kaufte ich also Tulpen für sie, die ich in eine der grünen Friedhofsvasen aus Plastik stellte. Wenn ich wiederkam, war die Vase immer weg. Vielleicht kommen Leute her, die Tulpen klauen, vielleicht räumen die Friedhofsarbeiter verblühte Sträuße weg und nehmen dann auch gleich die Vasen mit.

Der kleine Vogel oben auf dem Stein ist unterdessen blütenweiß geworden. In meiner Erinnerung war er grau, genau wie der Stein und der Tag und das Jahr, das auf ihn folgte.

»In Mexiko feiert man an Allerseelen die Toten. Mit Musik und Essen. Statt immer nur zu trauern.«

Der ganze Stein wird weiß. Meine Mutter drückt den Schwamm aus. Alles auf der Welt ist aus Erinnerungen gemacht. »Hast du eigentlich vor, dir eine Stelle zu suchen?«

Ich harke das Schnittgut zu einem Häuflein zusammen.

»Du weißt ja, dass wir dir ab September keinen Zuschuss mehr zahlen. Oder wann immer du mit deiner Arbeit ganz fertig bist, es ist nicht schlimm, wenn es etwas länger dauert.«

»Ja, ich weiß.«

Der Stein blitzt wieder, die Hecke sieht bemitleidenswert aus, einsam und schütter. Wir hätten das besser nicht gemacht, aber das sage ich nicht.

»Bonjour.« Mein Vater kommt in seinem Tennisoutfit auf den Friedhof geradelt. »Sieht ja wieder wie neu aus.« Er stellt das Rad auf dem Kiesweg in den Ständer, schließt es ab, bleibt eine Weile vor dem Grab stehen. Auf seinem Gepäckträger klemmt ein Strauß gelber Tulpen.

»Er war total verdreckt«, sagt meine Mutter. »Das sah furchtbar aus.«

Ich gebe meinem Vater einen Kuss und gehe eine grüne Vase für die Tulpen holen.

Er stellt die Blumen hinein. »Ich sterbe vor Hunger.«

»Ich muss eigentlich nach Hause.« Man denkt immer, Kummer könne man teilen und er werde dadurch weniger, aber er summiert sich vielmehr, der Kummer anderer macht es noch schlimmer.

»Eine halbe Stunde wirst du doch wohl noch für uns haben? Dann gehen wir in das neue Lokal am Bahnhof. Da gibt's auch solche Shakes, die magst du bestimmt.«

Hinter ihm auf dem Fahrrad rieche ich seinen Schweiß, er erinnert mich an Sommerferien voller Sand und Pommes. Ich halte mich am Gepäckträger fest, nicht an ihm wie früher.

18

»Gibt es eine andere?«

Wir sitzen im Dorfkrug, draußen Windstärke acht, es regnet Blätter.

»Wieso?« Jona sieht mich aufrichtig verwundert an.

»Weil du immer länger wegbleibst.«

»Du weißt von Sara und Mike vorige Woche. Aber das war einmalig. Hast du eine andere?«

»Nein, natürlich nicht. Wie oft siehst du Sara?« Ich will das nicht fragen, weil ich die Antwort nicht hören will, aber ich muss es fragen, weil mir die Frage schon seit Tagen im Kopf herumgeht und wie ein den Hang hinunterrollender Schneeball größer und größer wird.

»Sie war vorgestern da. Davor habe ich sie zwei Wochen lang nicht gesehen.«

Im Bierdeckel ist ein Knick, ich biege die Ecke nach links und nach rechts. Das erinnert mich an einen losen Zahn. Es juckt, und man will hinfassen und nicht hinfassen.

»Empfindest du das als Bedrohung?«

Man sagt manchmal, die ganze Beziehung stecke schon in ihrem Anfang. Dass Jona auch mit anderen gehen würde, war mir gleich klar, dass ich Schwierigkeiten damit haben würde, auch, aber ich habe mich trotzdem für sie entschieden. (Sich für jemanden entscheiden: dein Herz über den Zaun werfen und hoffen, dass jemand es auffängt und behutsam damit umgeht oder es zurückwirft, wobei er kurz ankündigen sollte, ob es das eine oder das andere wird.)

»Manchmal kommt es mir so vor, als hättest du Angst, dich festzulegen. Als ginge es dir nicht um die freie Liebe, sondern darum, etwas auszuweichen, nein, das ist nicht richtig ausgedrückt. Darum ...« Ich weiß nicht, wie der Satz weitergehen soll, lasse Stille eintreten, einen Raum, in dem sie bestimmen kann, wohin er führt.

»Darum, etwas zu umschiffen. Darum, nicht erwachsen zu werden. Um Unverbindlichkeit. Um Schiss.«

»Darum, es immer wieder vor dir herzuschieben.«

»Darum, keine Wahl treffen zu müssen.«

»Darum, es in der Schwebe zu lassen.«

»Um die Zeit dazwischen.«

Wir lachen beide, laut. Einer der Männer am Tresen schaut irritiert auf und sagt zu seinem bärtigen Freund, wir sollten doch etwas leiser sein.

Sie nimmt meine Hand. »Du hast recht. Das stimmt. Aber es hat auch damit zu tun, wie man das Leben gestaltet, wie sich Dinge gestalten können, damit, dass ich mich vom Leben formen lasse, indem ich so oft wie möglich Ja sage.« Sie zeichnet mit dem Finger die Maserungen im Holz der Tischplatte nach. Die Linie, der sie folgt, läuft vom Tisch über meine Hand weiter wie eine Ader, meine gehäkelte Jacke hinauf, unsichtbar in meinen Nacken und endet offenbar auf meinem Mund.

Draußen wirbeln uns Blätter um den Kopf, der Wind gibt uns etwas, wogegen wir uns stemmen können.

Ich erzähle Jona, dass Bäume Insekten erkennen und auf sie reagieren können, dass sie einander von diesen Insekten und anderen Bedrohungen erzählen. Insekten hinterlassen Duftbotschaften für andere im Boden wie Voicemails.

»Liebling« – Worte, die wir immer hören wollen, sie sind wie Katzenpfoten auf der Brust – »Theodora, die neue Kollegin, hat gefragt, ob wir vorübergehend einen kleinen Bootsflüchtling aufnehmen könnten.« Sie erzählt, es handele sich um ein syrisches Mädchen ohne Eltern, das nicht spricht.

Wir bleiben kurz bei den Kastanien stehen. »Logisch, wenn man so viel mitgemacht hat.«

Jona geht wieder weiter, ich mache ein paar schnelle Schritte, um sie einzuholen. »Dann musst du aber auch hierbleiben.«

»Es ist nur für ein paar Wochen. Sonst bliebe sie allein unter lauter Erwachsenen in einer Kaserne.«

»Wann soll sie kommen?«

Sie küsst mich, zieht ihr Handy hervor. »Am liebsten so schnell wie möglich.«

Den Rest des Tages verbringen wir damit, das Haus vorzubereiten. Das Zimmer von Eline und Thomas wird zum Kinderzimmer erklärt, und Jona versucht, es gemütlich zu machen, ich kümmere mich um den Rest. »Schade, dass Winter nicht mehr hier ist«, sage ich. »Tiere sind gut, damit sich Kinder wohlfühlen. Vielleicht könnten wir uns eine Katze zulegen?«

»Vielleicht.«

Jemand hat mir mal gesagt, für sie sei »vielleicht« das schönste Wort. Ich finde, es ist vor allem ein Wort, das Dinge kompliziert macht. »Wie heißt sie eigentlich?«

»Maryam.«

Die Asche, die ich aus dem Kamin schöpfe, ist klebrig und störrisch, wiegt so gut wie nichts, bleibt an mir haften. Draußen fliegen Vögel unruhig um die Eiche. Zugunruhe.

19

Wir holen das Mädchen vom Bahnhof in Leeuwarden ab. Es kommt mir vor, als wäre es Jahre her, dass ich in einer Stadt war. Ich erzähle Jona, dass Kohlmeisen in der Stadt höher singen als ihre Artgenossen auf dem Land, damit sie den Lärm übertönen können. Amerikanische Klippenschwalben, die in städtischer Umgebung brüten, haben kürzere Flügel als ihre Artgenossen in der freien Natur, weil sie damit wendiger sind, um Autos auszuweichen. »Auch bei Taxifahrern verändert sich übrigens durch das viele Manövrieren in der Stadt das Gehirn. Je länger sie im Beruf sind, desto mehr graue Substanz haben sie im Hippocampus, also dem für Orientierung und Gedächtnis zuständigen Teil des Gehirns. Wenn eine Taxifahrerin und ein Taxifahrer ein Kind bekommen, geben sie das weiter.«

Jona lacht und winkt ihrer Kollegin Sonja zu, einer älteren Frau mit hellblondem Haar und blassblauen Augen, die schon am Meeting Point wartet. An ihrer Hand Maryam. Sie trägt eine fahlgrüne Jacke auf schmuddeligen Jeans und wirkt klein für ihr Alter, wobei ich nicht genau weiß, wie groß Kinder in dem Alter eigentlich sein sollten. Sie scheint auf dem linken Auge zu schielen, hat schmale Lippen und eine Stupsnase. Ihre Körperhaltung drückt Schicksalsergebenheit aus, und sie sieht uns nicht an. Kaninchen in Versuchslabors widersetzen sich den an ihnen durchgeführten Experimenten dadurch, dass sie den Kopf abwenden.

»Hattet ihr eine gute Reise?«

»Bestens. Wir haben Kühe gesehen, nicht, Maryam, erst braune und dann schwarz-weiße. Und eine Weide voller weißer Ziegen.«

Ich knie mich vor das Mädchen hin. »Hallo.« Ich reiche ihm die Hand, sage, wie ich heiße. Maryam sieht mich flüchtig an, dann wandern ihre Augen zu den Möwen, die vor dem Imbiss Pommes fressen.

»Spricht sie eigentlich Niederländisch?« Ich richte mich wieder auf.

Sonja schüttelt den Kopf. »Aber sie spricht auch kein Arabisch. Wir haben in allen möglichen Sprachen mit ihr in Kontakt zu treten versucht, mithilfe diverser Dolmetscher. Sie spricht einfach nicht. Taub ist sie nicht, das haben wir untersuchen lassen.«

Wird schon werden, denken wir, sie braucht Zeit. Sie hat das Recht, still zu sein.

»Tschüs, Liebes«, sagt Sonja und drückt der Kleinen einen Kuss auf den Kopf.

Im Bus hat Maryam keinen Blick für die geraden Baumreihen entlang der Straße, sondern schaut starr geradeaus, als spielte sich die wahre Geschichte in den Karos der Kopfstütze vor ihr ab.

Zu Hause setzt sich Maryam aufs Sofa, den Rucksack neben sich. Sie trinkt die Limonade, die wir ihr geben, macht aber ansonsten nicht den geringsten Versuch, Kontakt mit uns aufzunehmen. Sie lächelt nicht mal. »Vielleicht ist das kulturell bedingt«, sage ich zu Jona, als wir in der Küche stehen.

»Rassistin.«

»Kann doch sein, oder? Unser ewiges Lächeln ist auch nur ein angelerntes Frauenübel.«

Sie lächelt so halb.

»Aber was machen wir jetzt mit ihr?«

»Wir gehen spazieren. Und danach kann sie das Computerspiel machen, das sie dabeihat. Oder wir könnten Memory spielen.«

»Komm, Maryam.« Jona streckt die Hand nach ihr aus. Mit schlappen Armen lässt sich das Mädchen die Jacke anziehen.

Wir laufen zum Waldrand, über uns dunkle Wolken. Es wird bald regnen, und doch fühle ich mich geborgen. Jona beschreibt, was wir sehen. Schau mal, die Wiesen, die Nachbarn, die Schafe. Schau mal, die Eiche und der Wassergraben, und da haben gelbe Blumen gestanden. Schau mal, das ist der Herbst, und schau, so gehen wir immer spazieren. Wir hatten hier früher einen Hund, magst du Hunde? Der Hund heißt Winter. Vielleicht kommt er noch mal zu Besuch. Heute Abend können wir uns einen Zeichentrickfilm angucken, und morgen gehst du zum Eingewöhnen in die Schule. Bist du schon mal in einer Schule gewesen?

 Ich höre zu, lehne mich an die Worte und ihre Stimme.

Vielleicht wollen Menschen deswegen Kinder. Wir spielen, dass wir wissen, was wir tun, und um das zu können, müssen wir daran glauben.

Der Wald ist grau, zwischen den Bäumen schon die Ahnung von Regen. Maryam läuft neben uns her, in unserem Tempo, als ich in eine Pfütze stampfe, um sie zum Lachen zu bringen, guckt sie nur. In ihren Augen sehe ich Ferne, kein Kind, sondern einen Horizont.

Abends essen wir Pfannkuchen und schauen uns *Bambi* an. Die Handlung ist eigentlich scheiße, aber das merken wir erst, als es so weit ist. Maryam lacht zweimal über das Kaninchen Klopfer, zeigt aber ansonsten keine Regung. Sie knabbert an ihrer Nagelhaut, bis es blutet.

»Bringst du sie unter die Dusche?« Jona hat auf ihrem Smartphone nachgesehen, wann achtjährige Kinder ins Bett sollten.

»Wieso ich? Ich weiß nicht, wie das geht.« Und das Ganze beruht schließlich auf deiner Arbeit.

»Ich weiß es auch nicht.« Sie seufzt.

»Okay. Dann machst du das Bett.« Ich winke Maryam, die in ihr Spiel vertieft ist. »Kommst du mit? Du gehst schnell unter die Dusche und kannst danach ins Bett.«

Sie folgt mir ins Badezimmer. Ich greife zu einem Handtuch, kommentiere alles, was ich tue, um ihr Niederländisch beizubringen und weil es sonst so still wäre. »Ich lege dir deinen Pyjama hierher. Das ist ein hübsches Handtuch für dich, mit diesen roten Streifen, und dazu gehört dieser Waschlappen. Magst du Rot? Wir haben auch ein Shampoo, das gut riecht.« Ich will ihr das Babyshampoo hinstellen, das Thomas dagelassen hat. Maryam zeigt auf Jonas Kokosshampoo.

Ich drehe die Dusche auf, fühle, ob das Wasser warm genug ist. »Kommst du jetzt allein zurecht? Ich warte dann auf dem Flur.« Sie hat lange Haare mit einer leichten Welle darin. Ich höre sie planschen. Sie kann das bestimmt.

Als Maryam aus dem Badezimmer kommt, duftet sie nach Kokos. Der Pyjama ist ihr an Armen und Beinen zu kurz. Die Sonne im Teddybärmuster ist ganz verwaschen.

»Blitzsauber«, sage ich. »Soll ich dir noch eine Geschichte vorlesen?«

Ich knipse die mondförmige Nachttischlampe an. Maryam legt sich auf die linke Seite vom Bett, stocksteif auf dem Rücken. Das Bett ist zu groß für sie, das Zimmer zu kahl. Aber es ist ein Anfang.

Ich setze mich auf die Bettkante und erzähle ihr eine Geschichte vom Pudel Basje, die Stella mir immer vorgelesen hat. Als ich geendet habe, sind Maryams Augen weit geöffnet, sie sieht gar nicht schläfrig aus. »Gute Nacht, Liebes.« Ich decke sie fest zu und gehe mit dem Dunkel in meinen Beinen die Treppe hinunter.

Am nächsten Morgen ist das Küchenfenster beschlagen. Der Winter kündigt sich schon an, alles ist weißlich, bis auf den rosa angehauchten Himmel in der Ferne. Ich hoffe auf Schnee. Aber vielleicht wird es hier nie mehr schneien, werden Generationen von Kindern aufwachsen, die nur noch Regen und Sturm oder Sonne gewöhnt sind.

Ich gehe zur Kaffeemaschine, nehme den alten Filter

heraus. Als ich mich umdrehe, steht Maryam in der Tür. »Hast du gut geschlafen?« Ich verbildliche meine Frage, indem ich meine beiden Hände unter den schief gelegten Kopf halte. Sie scheint ganz leicht zu nicken. »Schön. Möchtest du eine Scheibe Brot?«

Dann decke ich den Tisch: »Hier stehen die Teller, hier die Becher, da kommst du dran, wenn du dich auf den Tritt stellst, ich werde die Erdnussbutter hierher stellen, damit du auch da drankommst, morgen machen wir das zusammen.« Sie folgt mir mit den Augen. »Vielleicht schneit es ja diesen Winter wieder. Weißt du, was Schnee ist?« Sie reagiert nicht. »Gefrorener Regen, dicke Flocken, die herabfallen und eine weiße Schicht bilden.« Bestimmt schneit es in Syrien auch – ich schäme mich, dass ich angenommen habe, es wäre nicht so.

Jona bringt Maryam auf dem Rad zur Schule, ich winke ihnen nach. Fast, nein, ganz wie im richtigen Leben.

Das Neue

Viele Philosophen betrachten das Ende als bestimmend für unser Dasein. Heidegger zum Beispiel denkt, dass wir uns durch die Konfrontation mit unserer Endlichkeit als Mensch begreifen können. Genauso Sartre. Vielleicht ist es kein Zufall, dass es eine prominente Philosophin ist, die den Beginn in den Mittelpunkt rückt. Hannah Arendt verbindet Neubeginn mit Freiheit und macht die Hoffnung zum Kern ihrer Philosophie.

Wenn wir mit irgendetwas im öffentlichen

Raum in Erscheinung treten – also etwas Neues tun –, ist das Arendt zufolge gleichsam eine Neugeburt. Sie findet immer wieder statt, wenn wir zeigen, wer wir sind. Wir stecken also nicht in einer Mühle sich wiederholender Ereignisse fest, sondern haben jederzeit die Möglichkeit, daraus auszubrechen, indem wir selbst aktiv werden. Dass Menschen verschieden sind, ist nach Arendt kein Problem für die Demokratie, sondern vielmehr eine Voraussetzung dafür. Wenn unterschiedliche Menschen gemeinsam politisch handeln, kann etwas Neues, etwas Unerwartetes entstehen. Dieses Unerwartete trägt die Hoffnung in sich.

Arendts sogenannte Natalität ist eine zweite Geburt. Die eigentliche Geburt steht heute unter Druck: Kinder zu bekommen, ist schlechter für die Umwelt, als sein Leben lang Auto zu fahren oder Flugreisen zu machen. Deshalb haben wir uns dafür entschieden, keine Kinder zu bekommen. Es gibt ohnehin schon genügend Kinder. Eines davon wohnt jetzt eine Zeit lang bei uns. Das Mädchen hat seine Eltern verloren und kann einen Neubeginn gut gebrauchen. Heute geht die Kleine zum ersten Mal in die Schule, hier in unserem Dorf.

Um halb drei holen wir Maryam zusammen von der Schule ab.

»Kann ich euch kurz sprechen?« Die Lehrerin im karierten Hosenanzug macht ein besorgtes Gesicht. Sie trägt gelbe All Stars und läuft uns leicht hüpfend ins Klassenzimmer voran.

Maryam hat sich von mir an die Hand nehmen lassen. »Kann sie dabeibleiben?«

»Sie versteht sowieso nichts«, sagt Jona.

Ich setze Maryam an den kleinen Tisch in der Puppenecke, wo keine der Puppen aussieht wie sie.

»Ihr wisst, wie Kinder sind«, sagt die Lehrerin. Sie hat ein Körnchen im Augenwinkel. »Ich weiß nicht, wo sie solche Sachen aufschnappen, dreckiger Flüchtling, Schmarotzer, du stinkst nach Rattenpisse. Und Maryams Verhalten ist natürlich nicht hilfreich. Wir erleben das ja öfter, dass sie anfangs sehr still sind, aber Maryam sagt rein gar nichts.«

»Sie spricht unsere Sprache nicht.«

»Jaja, das verstehe ich, und die Sprache werden wir ihr beibringen. Dazu sind wir schließlich da. Wir werden das morgen wieder mit neuem Schwung anpacken.« Sie geht zur Puppenecke. »Das machen wir, hm, Maryam? Wir freuen uns, dass du da bist.« Sie artikuliert übertrieben.

Maryam zeigt keinerlei Regung. Vielleicht hat sie ja alles verstanden.

Wir gehen langsam nach Hause zurück. Im Wohnzimmer zeigen wir Maryam die neue Butterbrotdose, den flauschigen Bettvorleger, den Stoffhund, die Stoffgiraffe, das Vogelbild.

Sie schaut sich die Sachen ernst an, blickt dann fragend zu uns. »Das ist für dein Zimmer«, sage ich. »Schau mal, das ist ein Rotkehlchen. Kommst du mit? Dann richten wir ein.«

Wir wahren die Form der Tage, indem wir den Ofen anzünden, Haferbrei zum Frühstück essen, den Garten in Schuss halten, die Betten machen, Maryam zur Schule bringen und abholen und das alles wiederholen. Wir wahren die Tage, indem wir ihnen eine bestimmte Form geben, ihnen eine Form aufdrücken. Wir formen uns selbst nach den Tagen: Wir stehen früh, noch im Dunkeln, auf, bleiben drinnen, wenn es kalt ist (das Wetter formt die Tage, die Tage sind die Leinwand, auf die das Wetter gemalt werden kann; die Dunkelheit wird länger). Wir sind müde und ausgeruht, wir gehen schlafen und stehen auf. Wir schlafen aneinandergeschmiegt wie Vögel auf einem Zweig, wie Katzen in einem Korb. Die Routine schafft ein Zuhause, oder wir tun es durch diese Routine. Wir gehören zueinander, weil wir nah beieinander sind.

Maryam lächelt hin und wieder und scheint zu verstehen, was wir sie fragen. Wir stellen nur simple Fragen, zum Essen und Spielen, zur Uhrzeit und zum Wetter. Ich gebe ihr ein Heft. Sie hat schon im Flüchtlingslager schreiben gelernt. Einzelne Wörter: Baum, Schule, Boot, verziert mit kleinen Zeichnungen.

Wir rösten Esskastanien, die sie mit in die Schule nimmt, um sie mit den anderen Kindern zu teilen. Nach Schulende bringt sie die Dose gefüllt wieder mit zurück.

Die Lehrerin ruft Jona abends an, um etwas mit ihr zu besprechen. Ich höre in der Küche, wie Jona sich entschuldigt. »Wir werden darüber reden.«

»Was war los?«, frage ich, als sie wieder hereinkommt.

»Sie spuckt die Kinder an.«

Ich muss lachen.

»Wenn sie gerade nicht aufpassen. Die Lehrerin dachte erst, das sei eine Erfindung der Kinder, doch dann hat sie es selbst gesehen. Ich habe ihr versprochen, dass wir mit Maryam darüber reden werden.«

Am Sonntagnachmittag backen wir einen Kuchen. Beim vorigen Mal haben wir es zusammen gemacht, jetzt darf Maryam es alleine machen. Entschlossen gibt sie alle Zutaten zusammen (Mehl, Zucker, Backpulver, Hafermilch und Öl), genauso spielend leicht, wie sie jeden Abend das Katzenpuzzle legt. Sie stellt den Backofen zum Vorwärmen an, nimmt den Mixer aus der untersten Lade.

»Schau dir das mal an.«

Jona stellt sich in den Türrahmen. »Sie macht das perfekt.«

Maryam schaltet den Mixer ein. Wir sehen ihr gemeinsam zu, wie sie aufgeht in dem, was sie tut. Ich habe früher Klavier gespielt. Die wöchentliche Klavierstunde bereitete mir zwar immer Bauchschmerzen, aber dass man mit zwei, drei Noten schon etwas Schönes fabrizieren kann, hatte für mich etwas Magisches. Dass man die Welt ganz machen kann, dass die Welt durch deine eigenen Hände für dich singt, dass du dich darin verlieren kannst. Egal, was du tust, auf die Konzentration kommt es an.

Jona erzählt, dass sie eine Nachricht von der Pflegefamilie erhalten hat, Maryam kann schon nächste Woche dorthin.

Maryam macht den Mixer aus und lässt den Teig in

die eingefettete Kuchenform gleiten. Als sie sieht, dass wir ihr zuschauen, schenkt sie uns ein richtiges Lächeln.

Sobald der Kuchen im Ofen steht, gehe ich mit Maryam in den Wald, um Pilze zu fotografieren. Die Bäume geben ihr Bestes, nach Herbst auszusehen: raue Stämme, fallendes Laub, melancholische Ausstrahlung. Die Pilze haben sich schon wieder zurückgezogen, vor ein, zwei Wochen waren sie überall, jetzt sind nur noch ein paar kleinere Familien übrig. Maryam hantiert mit meiner alten Kamera, sie kann die Filmrollen schon allein einlegen und herausnehmen. Sie bleibt vor dem Astloch einer Birke stehen und stellt scharf.

»Birken reisen durch Europa. Es scheint so, als stünden sie alle fest an ihrem Platz, doch Wälder geben dem Wind ihre Samen mit und können sich dadurch weiterbewegen. Wir Menschen helfen natürlich auch manchmal dabei, indem wir sie pflanzen oder fällen. Aber sie machen das auch von allein. Man nennt Birken deshalb Pionierbäume.«

Baumstämme sind Mikrokosmen: In diesen Unebenheiten und Mustern und Sumpflandschaften, diesen dicken alten Augen, Lochkarten, ist schon alles enthalten. Ich erzähle Maryam etwas über die Flechten auf den Stämmen, die wahrscheinlich ziemlich alt sind – sie wachsen sehr langsam. Sie benötigen kaum Nährstoffe und können deshalb sogar auf Grabsteinen leben, in die sie im Gegensatz zu Grünpflanzen eindringen können. In Zeiten großer Trockenheit legen sie manchmal eine jahrelange Ruhephase ein, um dann wieder physiologisch aktiv zu werden, sobald sie Wasser bekommen. Sie sind daher ein wichtiger Bestandteil des Lebens in Polargebieten und Hochgebirgen. Die Rentierflechte ist zum Beispiel die wichtigste Nahrung für die Rentiere in Lappland. »Flechten sind stärker als Menschen. Sie können die UV-Strahlung des Weltalls aushalten.«

Das ganze Haus riecht nach Kuchen. Maryam setzt sich zu mir aufs Sofa, wir sehen uns *Pu der Bär* an. Der Tag hat sie müde gemacht, ihr fallen dauernd die Augen zu, und dann fährt sie wieder hoch. Nach einer Weile ist sie so schläfrig, dass sie zu mir hinsinkt. Sie springt auf, als sie es merkt. »Komm ruhig.« Ich klopfe aufs Polster, die universelle Einladung, sich zu setzen, für Katzen, Hunde, Menschen und andere Lebewesen. Sie setzt sich wieder. Ich klopfe auf meine Schulter. »Du darfst dich gern anlehnen.« Sie rückt näher und fällt binnen weniger Minuten in Schlaf. Ihr warmer kleiner Leib ist schwer, riecht halb vertraut, halb fremd; ich widerstehe der Versuchung, ihr einen Kuss auf den Kopf zu drücken, ich möchte sie nicht wecken.

20

»Eigentlich könnte man es am besten ganz abreißen.« Die Maklerin macht eine ausholende Armbewegung, als wollte sie selbst kurzen Prozess mit dem Haus machen.

Die Frau des Ehepaars, das zur Besichtigung gekommen ist – sportlich, geschniegelt, dunkelblaue Jacke von Dior, enge schwarze Leggings, Stiefel mit Pelzbesatz, Föhnfrisur –, hakt sich bei ihrem Mann unter. Er trägt einen braunen Steppblouson mit hochgezogenem Reißverschluss über einer Hose in Pastellrosa und dazu Loafer, mit nackten Knöcheln trotz der Kälte. Bei ihrem blauen Lidschatten denkt man unwillkürlich an einen Eisvogel.

»Das Haus ist prima«, sage ich. Die Maklerin versucht mich mit Blicken zu töten. »Und herrlich abgelegen.«

»Man hat natürlich die kleinen Boutiquen in den benachbarten Orten«, sagt die Maklerin. »Und die Cafés.«

»Zum Shoppen fahren wir ohnehin nach Paris«, sagt die Frau beziehungsweise könnte sie gesagt haben.

Der Mann und die Maklerin reden mit einer Mischung aus Anerkennung und Verachtung darüber, dass die Wirtschaft wieder angezogen hat, als ginge es um einen Mantel, der von emsigen Frauenhänden ausgebessert wurde und uns nun wieder beschützt und vorteilhaft kleidet.

»Im Kamin tropft es.« Die Frau macht ein angewidertes Gesicht, der Mann reagiert nicht darauf, die Maklerin lenkt ab, weist auf die authentischen Details hin, sehen Sie mal, das ist was ganz Einmaliges, das findet man sonst nirgendwo mehr. Ich erzähle vom Dach, das undicht war, als wir kamen, folge ihnen in die Küche, wo unsere Sachen stehen, Maryams Becher mit den Mäusen darauf, Jonas Teller voller Krümel. Heute früh haben wir Maryam erzählt, dass es einen Platz in einer Pflegefamilie für sie gibt, dass sie am Wochenende dorthin kommt.

Ich muss mir was einfallen lassen. Sophie würde sich was einfallen lassen. »Man bekommt hier nicht mal Hefeflocken zu kaufen. Nirgendwo im ganzen Umkreis.«

»Was ist das denn?«, fragt die Frau. Sie guckt mich an wie wahrscheinlich im Urlaub die Einheimischen des von ihr besuchten Landes, neugierig und mit einer gewissen Herablassung.

»Würzige Flocken, die man übers Essen streuen kann, wenn man einen leichten Käsegeschmack möchte.«

»Und so was ist hier nicht zu bekommen?«

»Das ist ein Sinnbild dafür, wie abgelegen es hier ist. Nett für ein Wochenende mit Freunden oder von mir aus auch, um hier mal Urlaub zu machen, aber nach ein, zwei Wochen reicht's dann auch. Wir haben hier zu viert angefangen, sind jetzt noch zu zweit, und meine Freundin ist die Hälfte der Zeit in der Stadt.«

Der Mann rümpft bei dem Wort »Freundin« die Nase. Die Maklerin zupft die Frau am Ärmel, die schüttelt sie ab. »Aber warum bist du dann hier?«

»Ich muss meine Examensarbeit schreiben. Dafür brauche ich Ruhe. In der Stadt gibt es immer viel zu viel Ablenkung. Zu viele Menschen, zu viel Lärm.«

»Recht hast du. Jimmy, es zieht hier. Ich glaube, das ist nichts für uns.«

Jimmy seufzt. »Bist du dir sicher?«

Sie nickt und schmiegt sich an seine Schulter.

»Darf ich Ihnen noch einen Kaffee anbieten?«

»Nein, Mädchen, vielen Dank.« Das Paar drückt mir die Hand, die Maklerin bedenkt mich mit einem bösen Blick, und ich trinke den Kaffee selbst, mit einem Spekulatius dazu.

Geld und Macht

Die Interessen der Reichen werden besser vertreten als die der Armen. Reiche können nämlich dafür bezahlen und haben Zugang zu den verschiedensten Einrichtungen, die anderen verschlossen bleiben: gute Schulen, Netzwerke, eine besondere Gesundheitsversorgung. Sie sind auch gut in den tonangebenden politischen Parteien vertreten. Es gibt zwar Parteien, die im Rahmen der parlamentarischen Möglichkeiten gegen dieses System angehen, doch sie laufen Gefahr, in Rede und Gegenrede abgewürgt zu werden. Und solange sie nicht wirklich an den bestehenden Strukturen rütteln, werden sie nie den Ton angeben, sondern müssen sich mit kleinen Teilerfolgen begnügen. Ihre Stimme ist höchstens ein Trostpflaster. Wer aber wirklich gegen diese Ungerechtigkeiten aufbegehren will, muss das Übel an der Wurzel packen. Alles begann damit, dass einige Leute sich Land aneigneten, setzte sich fort, als sie andere für sich arbeiten ließen, und fand mit der Einführung des Geldes seine Vollendung.

Ich lösche, was ich geschrieben habe, das ist abgedroschen und selbstverständlich, und ich weiß nicht recht, welche Alternative ich anbieten könnte.

Die Menschen wollen verdrängen, dass nichts uns jemals ganz gehört. Sie übertünchen ihre exis-

tenzielle Unsicherheit damit, dass sie greifbaren Besitz anhäufen: ein Haus, ein teures Smartphone, Kleidung. Doch die einzige Sicherheit ist, dass die Mauern des Hauses irgendwann wieder einstürzen werden, dass das teure Kleid irgendwann zerfransen wird, dass das Smartphone früher oder später den Geist aufgibt.

Auch das lösche ich und klappe meinen Laptop zu. Wir stellen ja die Eigentumsverhältnisse nicht infrage, wir wohnen in einem geliehenen Haus, und ich lebe vom Zuschuss meiner Eltern. Vielleicht sollte ich mal einen Workshop zu diesem Thema veranstalten oder doch neue Mitbewohner suchen. Und vielleicht war Elines Plan gar nicht so schlecht – um Selbstversorger sein zu können, brauchen wir Geld.

Draußen lässt eine Krähe ein Steinchen fallen. Eine zweite Krähe hebt es auf und lässt es ebenfalls fallen. Jetzt stößt wieder die erste Krähe darauf hinab. Es sieht aus wie ein Spiel. Meine Oma hat mal gesagt, Krähen seien ein schlechtes Vorzeichen. Diese beiden zeigen nur, dass es Dinge gibt, die der Mühe wert sind.

21

Maryam hat auf dem Bahnhof keine Umarmung und auch kein Lächeln für uns. Alle ihre Sachen stecken in dem neuen karierten Koffer. Sonja dankt uns für unsere Betreuung. Sie drückt meine Schulter. »Schwer, hm?«

Im Zug setzt sich Maryam ans Fenster, winkt kurz, als der Zug anfährt, und behält das Gesicht zu uns gewendet, sodass wir winken und winken, bis der Zug auch wirklich ganz verschwunden ist.

Nachmittags mache ich einen langen Spaziergang. Die Bäume sind grün, dann gelb, dann rot. Sie stehen immer hier, ich komme nur hin und wieder vorbei. Sie wissen viel besser, wie die Jahreszeiten funktionieren, wie sich Tag und Nacht abwechseln. Neue Knospen sind schon in Arbeit.

22

Vor der Tür des Landhauses steht ein Mann mit großem rosafarbenem Schnabel. Er trägt einen durchsichtigen Catsuit mit grauen Tupfen und hält ein Bier in der Hand. Neben ihm steht eine Frau in Batman-Kostüm und Schlappen an den Füßen. »Jona!« Batman umarmt sie mit der Innigkeit einer Schnapsdrossel.

»Hannie, toll siehst du aus.«

Das Thema der Party heißt »Helden und Hasenfüße«; wir tragen beide Shorts und braune Wollsocken. Zu Hause fanden wir das ganz lustig.

»Und wer ist die Dame hier?«

»Sam«, sagt Jona. Ich gebe Hannie und dem Vogelmann die Hand.

»Wir holen uns mal was zu trinken.«

Jona fasst mich bei der Hand und zieht mich mit, durch eine Küche voll wuselnder bunter Leiber, die Fröhlichkeit demonstrieren. Jona wird von allen Seiten angetippt, ich erkenne bis jetzt niemanden, obwohl ich schon öfter mit gewesen bin. David Bowie singt, es riecht nach Bier, und es ist zu voll zum Tanzen.

»Bierchen?« Jona wartet die Antwort nicht ab, sondern drückt mir eine Flasche in die Hand.

»Jona!« Ein Mädchen mit langen schwarzen Haaren fällt ihr um den Hals, drückt einen Kuss darauf und ruft irgendwas wie »abgefahren«.

Ich zwänge mich zwischen den Tanzenden hindurch Richtung Erker und trete durch die weit offen stehende Terrassentür in den Garten hinaus. Rosensträucher, Apfelbäume. Es ist wärmer als in den vergangenen Tagen, fast wie an einem nachgereichten Sommerabend. Ich setze mich in einen Liegestuhl und blicke auf den Teich, es ist zu dunkel, um erkennen zu können, ob Fische darin schwimmen.

Ich vermisse die Obstbäume. Jona ist schon seit zwei Wochen in der Stadt und hat mich gebeten, sie auf diese Party zu begleiten.

Das Bier ist lauwarm. Zwei Superheldinnen kommen aus dem Haus und beginnen sich wild zu küssen. Ich kann nicht richtig sehen, was sie darstellen wollen – die eine ist ganz in Blau, die andere in Rot, mit großen Pappflügeln. Sie sehen mich nicht, bis sich die Blaue fast auf mich draufsetzt.

Ich gehe nach drinnen und suche Jona unter James Bonds und Tieren mit Capes, Tänzern mit Masken und beschrifteten T-Shirts, einer Catwoman und einem Spiderman. Ihre Blicke sind teils umnebelt, teils starr und angespannt, manche tanzen mit geschlossenen Augen.

»He du!« Eline haut mir auf die Schulter. Sie hat sich als Hexe verkleidet. Sie redet laut, aber die Musik ist noch lauter, ich verstehe nur vereinzelte Wörter: Jona, hier, lange, Haus, Zentrum, das wissen wir noch nicht, Thomas, Pelz, erzählen.

Sie sieht mich erwartungsvoll an. Ich habe sie zu lange weiterreden lassen, ohne zu sagen, dass ich nichts verstehe, um das jetzt noch zu sagen. »Wie geht es Winter?«

»Ich verstehe dich nicht.«

Ich folge ihr durch einen Flur voller gedämpfter Geräusche.

In der Küche setze ich mich auf die Arbeitsplatte. »Ist Thomas auch hier?«

»Irgendwo.« Sie zeigt um sich herum, er kann überall sein. Worte und Arme sind Richtungsanzeiger.

Wir reden um den Sommer herum, auf den Herbst zu, das ist hier nicht der richtige Ort für Reibungen. Meine Arbeit ist so gut wie fertig, Elines Zentrum läuft besser denn je.

Ein als Baguette verkleideter Mann drückt Eline an sich. »Jaap! Du siehst ja toll aus.«

Er lotst sie mit, sie ruft noch etwas Entschuldigendes. Ich greife zu meinem Handy, um Jona eine SMS zu schicken. Vielleicht steht sie im Garten und knutscht. Wir haben abgemacht, das nicht zu tun, wenn die andere dabei ist. Ich stecke das Telefon wieder weg. Ich muss sie einfach suchen gehen.

 Meine Müdigkeit mischt sich mit der Nacht, lässt das

Licht etwas greller, die Musik etwas schriller erscheinen. Ich finde Jona zuletzt vor dem Klo, wo sie sich mit dem Mädchen mit den langen schwarzen Haaren unterhält. Ihre Gesichter sind dicht beieinander, aber es ist auch laut, und es ist auch spät.

Sie schmeckt süß, leicht nach Banane. »Ich will nach Hause. Aber du darfst natürlich bleiben.«

»Macht dir das wirklich nichts aus?«

Ich schüttle den Kopf. Noch ein Kuss, länger diesmal, wir passen uns der Party an.

An der Haustür fällt mir ein, dass ich vergessen habe, meinen Schlüssel mitzunehmen. Jona hockt noch mit dem Mädchen vor dem Klo, und sie sehen mich nicht, weil sie sich küssen, ganz heftig, viel heftiger, als sie vorhin mich geküsst hat, viel geiler, und ich schaue zu lange zu, wie festgefroren, als könnte mein Warten dem ein Ende machen.

»Jona.«

Sie erschrickt, schießt hoch.

»Ich habe keinen Schlüssel.«

Sie kramt in ihrer Tasche, sieht mit einem Mal so lotterig aus. Das Mädchen starrt teilnahmslos ins Leere, sie scheint mir nicht älter als achtzehn zu sein.

Ich halte den Schlüsselbund den ganzen Weg über fest in der Hand, und komischerweise schlafe ich, als ich im Bett liege, sofort ein.

Bevor ich es höre oder sehe, spüre ich, dass sie neben mir liegt. Das ist ganz kurz eine Beruhigung, ein vertrautes Gefühl, verflüchtigt sich jedoch in dem Moment, zwischen

Schlafen und Wachen, und an seine Stelle tritt etwas Gemeines, das ich durchstehen zu müssen glaubte, während mir jetzt klar wird, dass es eine Warnung ist. Ich gehe barfuß durch den kalten Flur zur Toilette. Auf dem Klositz nehme ich meine Menstruationstasse heraus und kippe zwischen meinen Beinen die Blutklumpen aus. Der Glibber lässt sich an meinen gespreizten Fingern dehnen. Das Rot ist tief und dunkel, der Glibber im Licht durchsichtig. Ich spüle die orangefarbene Plastikkappe im Waschbecken aus und führe sie wieder ein. Wasser schwemmt das Blut weg, als ich die Spülung betätige, Woge für Woge, die letzten Reste geben erst ganz zum Schluss nach. Im Waschbecken sind ein paar rote Spritzer, ich wische sie bei laufendem Hahn weg.

Ich dusche nicht, mache keinen Kaffee, warte nicht. Ich muss erst nachdenken, und ich will sie nicht sehen. Eine Tür klappert, mir stockt das Herz, ich halte mich an Tisch und Stuhl fest, ich habe ja zwei Hände, und lasse wieder los. Anziehen, Tasche packen.

Draußen ist das Licht zu grell. Ich sehe mich selbst in den Scheiben von Autos und Fenstern: Stechschritt, Stakkato. Die Stadt ist unverändert. Ich laufe durch den neuen Bahnhofsgang, an Hochglanzgeschäften vorüber, in denen Bilder auf Hochglanz getrimmter Pappfiguren prangen. Luxus, der Leere bedeutet. Vorgefertigte Träume, Oberflächentrost. Tauben mit verkrümmten Zehen laufen gurrend hintereinander her, Touristen dösen vor sich hin, irgendwer spielt auf dem Klavier in der Bahnhofshalle immer wieder dieselbe Tonfolge.

23

Sie ruft um elf Uhr an. Ihr Name leuchtet auf dem Display meines Handys auf, ich wische einen kleinen Fleck weg. Der Zug hat kurz hinter Assen angehalten, irgendein Zwischenfall, aber es soll nicht lange dauern. Ich verlasse mich auf die Stimme des Fahrdienstleiters aus dem Lautsprecher, und schon gleitet die Außenwelt wieder vorüber, erst langsam, dann schneller. Der Name auf dem Display macht der Anzeige eines entgangenen Anrufs Platz. Mir gegenüber isst eine ältere Dame einen Apfel, mit kleinen Bissen. Sie lässt viel vom Kerngehäuse übrig. Ich nage Äpfel immer bis auf einen schmalen Strang ab. Früher hab ich auch den gegessen oder ihn einem Pferd gegeben.

Ein Piepston. »Wo bist du? Ruf mich mal kurz an. Alles Liebe, J.« »Alles Liebe« sagt man zu jedem, auch zu fast Fremden, für uns ist es viel zu distanziert und viel zu abgegriffen. Ein Kuss ist ein Kuss und kein X, das sind Küsse für entfernte Freunde und Familienangehörige, vielleicht sagt man besser gar nichts dergleichen oder einfach »Hallo, Liebling«, »Liebste«, »Liebe Liebste«, »du bist lieb«; »Alles Liebe« schwächt die Bedeutung ab.

Draußen liegen Wolken übereinander wie Bettdecken, weiches Licht scheint zwischen den Falten hindurch. Hier fährt im Herbst niemand mit dem Fahrrad, selbst Schüler nehmen den Bus.

Das Haus riecht muffiger als bei meinem Aufbruch.

Ich stelle meine Tasche auf den Tisch, drehe die Heizung höher. Mein Handy klingelt wieder. Ich nehme es nicht aus der Tasche, sondern gehe in die Küche, um Kaffee zu machen. Neben der Kaffeebüchse liegen Maryams Backförmchen. Das Handy hört nicht auf zu klingeln. Wir haben mal abgemacht, dass wir immer drangehen und uns nicht an der Effekthascherei beteiligen, einen Anruf absichtlich zu ignorieren, doch solange ich nicht weiß, was ich sagen will, sage ich lieber nichts. Weil ich mich nicht traue, den Knoten zu zerschlagen, oder weil ich noch für ein Weilchen selbst die Zügel in der Hand halten möchte.

»Ich bin's. Könntest du mich bitte kurz zurückrufen? Es lief ein bisschen blöd gestern, das tut mir leid. Ich hoffe, du bist gut zu Hause angekommen, ich nehme an, dass du auf den Hof zurückgefahren bist. Bei mir ist ja auch zu Hause, auch dein Zuhause. Aber das weißt du hoffentlich.« Ich drücke sie weg, bevor ich ihre ganze Nachricht abgehört habe, weil ihre Stimme mich berührt, mich umgarnt, mich einlullen wird und ich jetzt wach bleiben muss.

»Ich bin gut angekommen, ich ruf dich später zurück.« Senden.

»Bis später.« Katzenkuss.

Ich mache das Kaminfeuer an, um den ganzen Mist auszuräuchern.

Am nächsten Morgen werde ich vom Handyklingeln geweckt. Sie macht das gut, wird es aber nicht lange durchhalten. Um meine Unruhe zu besiegen, mache ich sauber.

Staubsaugen, aufwischen, Fenster putzen – im Spinnennetz an der Haustür haben sich mindestens hundert kleine Fliegen verfangen. In den Schlafzimmerecken sind kleine Löcher, Mäusegänge.

Am späten Nachmittag bin ich mit dem Erdgeschoss fertig und habe im Geist viele mögliche Gespräche geführt, bis zwei übrig geblieben sind: das, in dem ich vernünftig bin und sie auch und wir einander näherkommen und alles wieder weitergeht, genauso und doch anders, und das, in dem ich erkläre, nein, Schluss, und sie versuchen darf, mich umzustimmen, aber ich dabei bleibe, nein, es ist wirklich Schluss.

Ich öffne meine Mails. »Liebe Sam. Dein Vater und ich machen uns Sorgen um dich. Du hockst da in diesem kalten Haus, und wir haben den Eindruck, dass es auch mit deiner Examensarbeit nicht sonderlich vorangeht. Wir haben uns überlegt, dir den Zuschuss zu streichen. Aber darüber können wir nächste Woche reden. Dein Vater hätte gern eine neue Armbanduhr zum Geburtstag. Vielleicht können wir ihm die gemeinsam schenken. Die Uhr, die er von Stella bekommen hat, musste er schon dreimal reparieren lassen, das letzte Mal vor zwei Wochen. Ich denke also, wir kaufen ihm lieber eine neue. XX Mam.«

Stella wurde zwei Tage später gefunden. Wir hatten den ganzen Tag nach ihr gesucht, erst bei ihren Freunden, dann zusammen mit ihren Freunden, in der Stadt und am Wasser. Ein Spaziergänger bemerkte den Leichnam. »Leichnam« ist das Wort, das man für jemanden verwendet, der nicht mehr ist, zwar noch vorhanden, aber nicht mehr unter uns, der in die Erde gelegt wird, um in allem, was war, aufzugehen. Sie lag in einem Arm vom IJsselmeer, ich sehe sie nackt und in Fötushaltung vor mir, aber ich weiß nicht, ob das zutrifft, vielleicht trug sie das grüne Blümchenkleid noch, das sie anhatte, als sie das Haus verließ. Im Fernsehen lief, als sie anriefen, ein Radrennen, die Tour de France, erst viel später an diesem Abend kam jemand auf den Gedanken, das Gerät abzuschalten.

Die nächste Mail ist von Martijn, der meine Examensarbeit betreut – er möchte noch wissen, warum Gewaltlosigkeit so wichtig ist, ob ich das in Abschnitt 3.4 noch näher ausführen könnte, und »ansonsten hätten wir's jetzt in etwa. Gut gemacht!«.

Auf meinem Handy kommt eine Nachricht – Jona schickt mir ihr Gesicht auf dem Kopfkissen in Nahaufnahme, ihre Nase ist ganz groß im Bild. »Grüße!« Ich muss lachen, schicke ihr, bevor ich es mir anders überlegen kann, Grüße zurück (was sind Grüße eigentlich? Die Autokorrektur will »Grusel« daraus machen, sehr vielsagend!).

Sie ruft an.

»He«, sage ich.

»He«, sagt sie.

Sie sagt, dass es ihr leidtut, ich sage, dass es mir leidtut.

»Nein, ehrlich. Ich bin eine Idiotin. Ich sollte nicht ständig mit anderen gehen, es ist nur so verführerisch, und du weißt, wie das bei mir mit Sex ist, dafür bin ich immer zu haben.«

 »Ich weiß.« Ich seufze (vor Erleichterung).

Wir reden über unseren Tag, über kleine, begreifbare Dinge. »Ich muss von hier weg«, sage ich. »Das Geld ist fast alle. Aber ich weiß nicht, ob ich in die Stadt zurückwill.«

»Komm einfach her, dann planen wir gemeinsam.«

»Das geht nicht mehr.« Als ich das sage, weiß ich, dass es stimmt. All die Dinge, mit denen wir Schluss machen, ohne zu wissen, wo sie enden, all die Räume voller loser Enden und ungefühlter Gefühle, all die nie gedachten Gedanken, nie erlebten Abende, die Berührungen und Gespräche, die in den Fingern und im Mund blieben, viel zahlreicher als das, was wir tatsächlich getan haben (und das, was wir getan haben, ist alles, war alles, was überhaupt geschehen konnte).

»Meinst du, nicht mit mir, oder meinst du, nicht in der Stadt?«

»Beides, glaube ich.«

24

Über einen Teppich aus gelbem Laub laufe ich in den Wald. Im Briefkasten war ein weiterer Brief von der Gemeinde: Da die Finanzierung früher gesichert ist als geplant, soll schon in den kommenden Wochen mit den Arbeiten begonnen werden. »Tut mir leid«, sage ich zu den Bäumen. »Sie werden euch allesamt fällen.«

Zwischen den Stämmen hängt leichter Nebel, der das hereinfallende Licht sichtbar macht. Alles ist feucht, die Erde mit einer glatten Schicht überzogen. Der Wald rüstet sich für den Winter und wird stiller, in sich gekehrter: die Bäume, die Vögel, die Kaninchen, die Füchse, die Sträucher, das Moos.

Bei den Kastanien setze ich mich auf einen Baumstumpf. Ich suche auf meinem Smartphone nach Aktionsgruppen gegen Abholzung. In dieser Region gibt es nicht eine einzige. Ich schicke Mails an ein paar Naturschutzverbände, um sie darauf aufmerksam zu machen, was sich hier abspielt; vielleicht können sie mir einen Rat geben. Ich stecke mein Telefon wieder weg, bleibe auf dem Baumstumpf sitzen. Es wird schon dämmrig. Die Kälte kriecht mir allmählich in die Glieder. Als ich mich erhebe, scheinen meine Beine nicht mehr mir zu gehören.

Der Baumschutz schreibt mir am nächsten Tag, dass die Angelegenheit nicht in den Rahmen seiner Aktionsthemen falle. Baum Rose Fisch lässt mich wissen, dass man nur im Bereich Flüsse tätig sei. Die Stiftung Birke und Buche hat das Zeitliche gesegnet. Natur JETZT! schreibt, dass sie eventuelle Aktionen von Herzen gern unterstützen würden, selbst aber keinerlei Kapazitäten hätten, neue Aktionen zu starten, da sie alle ihre Kräfte bräuchten, um gegen das Vorhaben des Ministers zu protestieren, sämtliche Bäume an Landesstraßen zu fällen. Die Mail schließt mit einer langen Liste von Tipps, wie man selbst aktiv werden kann, etwa durch E-Mail-Bombardierung der Behörden oder fantasievolle Proteste im Wald oder im Internet.

Die letzte Mail ist von The Treehuggers, einer internationalen Aktionsgruppe, die mir leider auch nicht helfen kann und mir rät, selbst etwas auf die Beine zu stellen. »Nutze die sozialen Medien!« Am Ende der Mail steht ein Link zu einem Artikel über die Treehuggers. Ich lese, dass es diese Bezeichnung, hinter der man heute eher esoterische Spinner vermutet, Naturselige, die über den Kontakt mit den hölzernen Erdbewohnern ihr authentisches Selbst entdecken wollen, schon sehr viel länger gibt. Der Maharadscha des indischen Jodhpur schickte 1730 seine Soldaten in das Dorf Khejarli, um dort Bäume für den Bau eines neuen Palastes fällen zu lassen. In Khejarli leben Bishnoi, die dafür bekannt sind, dass sie die Heiligkeit aller Lebensformen achten. Sie verehren den Prosopis cineraria, einen mit Dornen besetzten, unregelmäßig verzweigten Baum aus der Familie der Hülsenfrüchtler, der bis zu zehn Meter hoch werden kann. Er hat eine tief gefurchte graue Borke und ist meist immergrün – ein wichtiger Baum in Wüstengebieten, der als Quelle von Lebenskraft gilt. Als die Soldaten nun in das Dorf kamen und Anstalten machten, mit der Abholzung zu beginnen, umarmte Amrita Devi, eine der Frauen der Gemeinschaft, den Baum, vor dem sie gerade standen, um das zu verhindern. Ein Soldat attackierte sie mit seiner Axt. Darauf taten die drei Töchter der Frau es ihrer Mutter nach, und weitere Dorfbewohnerinnen folgten ihrem Beispiel. Die Soldaten attackierten alle gnadenlos, und so wurden 363 Bishnoi getötet. Als der Maharadscha von dem Blutbad hörte, verbot er, im Lebensraum der Bishnoi je wieder Bäume zu fällen oder Tiere zu töten, weshalb dieser auch heute noch zu den grünsten Landstrichen Indiens gehört und eine Oase für seltene Tiere und Pflanzen ist.

Eine Gruppe von Bäuerinnen im Norden Indiens ließ sich in den Siebzigerjahren des zwanzigsten Jahrhunderts von den Bishnoi inspirieren und umarmte Bäume, die gefällt werden sollten. Damit hoben sie die Chipko-Bewegung aus der Taufe – »Chipko« ist das Hindi-Wort für »festhalten«. Ihre Methode des gewaltlosen Widerstands (*Satyagraha*) wurde von Aktivisten im ganzen Land übernommen. Auch deren Proteste hatten Erfolg, sodass in der gesamten Himalayaregion Abholzungen verboten wurden.

Ich poste einen Aufruf »Helft den Bäumen!« in meinem Blog und auf Facebook, erläutere darin, was Sache ist, und bitte um Unterstützung. Ich schließe mit der Geschichte aus Indien, zur Inspiration.

Einige Stunden später ist mein Aufruf schon zweiundsiebzigmal geteilt worden. Bäume zu retten, scheint im Schwange zu sein. Vierundvierzig Kommentare stehen darunter. Auch einer von Eline – »Spannend! Ich bin gern dabei!«. Sie hat den Aufruf ebenfalls geteilt, und viele Leute, die Kurse bei ihr machen, haben darauf reagiert. Viele wollen wissen, was die Aktion alles beinhalten soll und ob ich wirklich vorhabe, die Bäume zu umarmen. »Vielen Dank für eure Posts«, schreibe ich. »Ein Update ist in Arbeit.«

Ich schicke Eline eine SMS. »Sie legen in zwei Wochen los. Meinst du, wir kriegen bis dahin eine Aktion ins Rollen?«

»Diese Bäume zu umarmen?«

»Ja, so was.« Ich beiße mir auf die Lippe.

»Gute Idee. Ich könnte mich um die Presse kümmern,

Thomas um die Logistik. Schreibst du einen kleinen Text? Schick ihn mir kurz per Mail.«

Bäume sind lebende Wesen, die Kontakte oder sogar Freundschaften zueinander unterhalten, die miteinander und mit Flechten kommunizieren und uns mit sauberer Luft versorgen. Sie werden daher in vielen Kulturen verehrt. Nicht so hier in Zeemist, wo ein jahrhundertealter Wald zugunsten von Industrie, Naherholung und Neubauten weichen soll. Aber hier will niemand wohnen. Diesen letzten Satz lösche ich wieder. *Das alles ließe sich auch anderswo ansiedeln. Die Bäume können nicht dagegen protestieren, wir aber sehr wohl. Wenn die Maschinen anrücken, werden wir die Bäume beschützen, mit unserem eigenen Leib.*

Ich schließe mit ein paar praktischen Einzelheiten und füge in kleinerer Schrift wieder die Geschichte aus Indien an. Dann maile ich das Ganze an Eline, die im Nu die Einladungen fertig hat und zurückschickt.

Bevor mich womöglich der Mut verlässt, drucke ich einen kleinen Stapel aus, den ich bei den Nachbarn in die Briefkästen werfe. Ich radle weiter zum Supermarkt. »Darf ich das hier an die Pinnwand hängen?« Die Frau an der Kasse nickt, ohne von der vor ihr liegenden *Story* aufzuschauen. Ich hefte meinen Zettel zwischen ein Weihnachtsangebot vom Bowlingcenter an der Autobahn (*Festbüfett plus Bowlen für nur 45 Euro p.P.!*) und die Ankündigung einer Gesprächsgruppe für einsame Menschen (*Die ganze Woche mit niemandem gesprochen? Kennen Sie das? Jeden Tag fernsehen, nur um eine Stimme zu hören? Sie wissen nicht, wie Sie das ändern können? Sie wünschen sich ein gutes Gespräch? Einsamkeit Volkskrankheit Nr. 1? Dienstagabend treffen wir uns im Gemeindezentrum Der Bunte Hund. 19.30 Uhr. Auf ein gutes Gespräch!*).

Auf dem Rückweg komme ich am Regal mit dem Gewürzkuchen entlang. Da der zu Hause fast alle ist, nehme ich einen mit. Erst an der Kasse fällt mir ein, dass den ja immer Jona isst und ich selbst ihn eigentlich gar nicht so mag. Trotzdem kaufe ich ihn, es wäre zu traurig, ihn wieder zurückzulegen.

Zu Hause mache ich Tee und schneide mir eine Scheibe Gewürzkuchen ab. Er ist zu süß, ich mag nicht gern Süßes, und klebrig ist er noch dazu. Ich esse trotzdem zwei Scheiben, und allmählich versiegt meine Streitlust.

Wenn man lange genug auf einen Gegenstand mit einer Maserung schaut, egal, was es ist (ein Stück Holz, ein Omelett, Eisblumen am Fenster), beginnt man, etwas anderes darin zu sehen: einen Namen, ein Gesicht, das Gesicht von Elvis. Auf einen Pfannkuchen geträufelter Sirup nimmt die Gestalt von Jesus am Kreuz an, Topfböden werden zu Planeten. Dieses Andere ist nicht wirklich da und doch präsent. Ich blicke auf unsere gemeinsame Geschichte und versuche, eine andere Geschichte darin zu entdecken (sie will sich wegen ihrer Vergangenheit nicht binden, sie hat sich nie binden können, es hat nichts mit mir zu tun, nichts mit unserer Liebe).

Dabei mache ich mir nichts vor, das sieht man an den dunklen Ringen unter meinen Augen, die noch verquollen sind vom Weinen, und an dem immer ernsten Mund, den damit einhergehenden leisen, traurigen Worten.

»Ich möchte eigentlich nur, dass sie wieder zurückkommt.«

Ich rede mit dem Tisch, der Wand, durch die Wand hindurch mit dem Garten, den Tieren im Garten, die es den anderen Tieren weitererzählen, den Bäumen im Wald, die es dem Wind mit auf den Weg geben, bis dorthin, wo sie ist.

25

Die Baumrinde ist rau und zugleich weich, färbt meine Fingerspitzen grün. Es gibt drei Bäume, die mir geeignet scheinen: die sehr fotogene alte Buche im Wäldchen am Ende vom Weg, eine von den Kastanien an der anderen Ecke, zum Dorf hin, woher sie wahrscheinlich kommen werden, oder die große Eiche in der Mitte, der wohl älteste Baum. Ich kann die Buche ganz umarmen, die Kastanien bis auf eine auch, die Eiche nicht, aber ich könnte mich an ihr festbinden lassen oder sie mit jemand anders zusammen umarmen. Vielleicht kommt auch gar keiner. Ich mache mit meinem Handy Fotos von den Bäumen, damit ich heute Abend weiter darüber nachdenken kann. Dann gehe ich zu der Eiche. Ich breite die Arme aus und presse die Wange an ihre Rinde.

Im Haus werden meine steifen Finger allmählich wieder warm – als ich sie unter den Wasserhahn halte, bilden sich rote Flecken.

Es beginnt bereits zu dämmern. Die Zeit bis zur Baumaktion erstreckt sich vor mir wie eine leere Autobahn, nichts als Straße und kein Ende – ich mache das Radio an. Ein Psychiater wird zu einer Selbstmordwelle in Japan interviewt. Eine siebenundzwanzigjährige Frau ist vor fast vier Monaten vom Dach des Hochhauses gesprungen, in dem sie arbeitete, sie hatte zwei Jahre lang zehn Stunden am Tag Hypotheken vermittelt. Eine Woche nach ihr sprang ein fünfundzwanzigjähriger Mann in den Tod, der bei einer großen Telefongesellschaft arbeitete und schon seit fünf Jahren keinen Urlaub mehr gehabt hatte. Die Nächste war eine Zwanzigjährige, die in der Modeindustrie arbeitete und den Druck dort nicht mehr aushielt. Der Psychiater erzählt, dass solche Selbstmordwellen häufiger vorkämen, vor allem unter jungen Menschen, weshalb die Medien bei ihrer Berichterstattung zurückhaltend sein sollten. Der Moderator sagt, sie könnten doch wohl darüber reden, es gehe schließlich um eine ganz andere Kultur. Er macht einen Scherz über Effizienz, über den der Psychiater nicht lachen kann.

Stella in den Selbstmordwellen. In den ersten Jahren bekam ich beim Wort »ertrinken« immer weiche Knie, genauso wie beim Wort »Selbstmord«. Selbsttötung, Suizid, Freitod, Ende, respektieren, angespült, Seestern, See, See, See.

»Und jetzt die neue Single von Frech wie Rotz: ›Mit trockenen Augen‹.« Ich stelle das Radio leiser.

 Der zweite Tag war am schlimmsten. Am ersten Tag

dachten wir noch, dass – konnten wir noch hoffen, dass sie einfach bei Freunden war, die wir nicht kannten, die wir noch anrufen mussten, bei jemand weiter unten auf unserer Anrufliste. »Sie schläft bestimmt noch«, sagte mein Vater immer wieder, auch mittags noch und später, und wir lachten darüber, solange man lacht, kann es nicht so schlimm sein. In der Nacht nach dem zweiten Tag wurde ich wach, weil ich aufs Klo musste, aber ich ging nicht, denn wenn ich gegangen wäre, hätte ich nachsehen müssen, ob sie nach Hause gekommen war, und solange ich nicht nachsah, konnte sie nach Hause gekommen sein.

Durch das Fenster sehe ich die schwarzen Silhouetten der Bäume, die sich zu bewegen scheinen, obwohl es windstill ist. In der Dämmerung verwischen die Konturen, ein Schattenspiel, Stabfiguren, so wie man selbst sich im Schlaf in ein Traumwesen verwandelt und alle Geschichten ineinanderzufließen beginnen.

Meine Bücher liegen auf dem Tisch, ich muss nur noch kurz die Bedeutung der Gewaltlosigkeit erklären, und dann ist die Arbeit fertig. Bevor ich damit anfange, lese ich noch einmal den Brief von Clémence, der in der neuesten Ausgabe des Tagebuchs im Anhang steht.

Paris, den 10. September 1936

Meine liebe Sophie!

Ich hoffe, dass Du das Kuvert, in dem dieser Brief steckt, mit glücklichem Herzen öffnest. Dass Deine

Wünsche wahr geworden sind, dass Dein Leben erfüllt ist, dass Dir Neues widerfahren ist, Du neue Menschen kennengelernt, neue Geschichten erlebt hast, die unsere Geschichte überschrieben haben. Unsere Geschichte: diese seltsame Begegnung, durch die du alles auf einmal in Farbe siehst, durch die sich auf einmal eine neue Welt eröffnet, voll Verheißungen und Möglichkeiten, voll Zartheit und Nachdruck und Schönheit und Unsicherheit. Du hast immer gedacht, ich hielte die Zügel in der Hand. Nichts ist weniger wahr. Ich bin Dir gefolgt, Dir mit Deiner Bravour und Deiner Überzeugung, bis zur Kreuzung oder vielleicht auch zum Abgrund, einem Punkt, der mir so viel Angst machte, dass ich nicht weiterkonnte.

Du warst nicht die erste Frau, die ich geliebt habe, das habe ich Dir schon gesagt. Die erste hieß Marie-Louise und wäre fast mein Tod gewesen. Ich lernte sie kennen, als ich noch verheiratet war, und beschloss schon nach einem Tag, dass meine Ehe beendet sei. Ich war genau wie Du, ich glaubte nur an das, was ich fühlte, und sie hatte schon mehr erlebt. Wir waren drei Monate zusammen, und ich glaube, das war die glücklichste Zeit meines Lebens. Drei Monate, und dann verschwand sie. Buchstäblich. Ich klingelte bei ihr, sie machte nicht auf, ich schrieb Briefe, ich suchte ihre Freunde auf. Nichts. Die Angst fraß sich einen Weg durch mein Innerstes, bis ich nur noch Haut und Knochen war, nur noch Trauer. Ein kah-

ler, hohler Baum. Sie ist nie wieder aufgetaucht. Gerüchte machten die Runde – dass sie mit einem Seemann auf und davon sei, einem Mann, den sie schon lange vor mir gekannt hatte, dass sie verunglückt sei, sich das Leben genommen habe. Ich weiß es nicht. Noch immer trage ich einen schwarzen Fleck mit mir. Ich ging zu Solomon zurück, der eine Woche später diesen schrecklichen Unfall hatte. Monate irrte ich zwischen Leben und Tod durch die Stadt, durch das Land.

Louis zog mich da heraus und nahm mich zu sich, deshalb. Er brachte das Licht zurück. Durch ihn lernte ich wieder lachen. Er ist krank, vielleicht hast Du davon gehört, er hütet das Haus. Mitunter sprechen wir von Dir. Er ist stolz auf Dich, auf das, was Du geschrieben hast, auch wenn er Dir das nie sagen würde, und ich glaube, Deine Unbeugsamkeit erinnert ihn an sich selbst.

Es lag nicht an ihm. Es lag auch niemals an Dir.

Liebe ist ein Geschenk, das verpflichtet, dem man gerecht werden muss, soweit man kann, und ich konnte es nicht. Es stand zu viel auf dem Spiel. Ich konnte Dir das nicht sagen, weil Du dann die Hoffnung nicht aufgegeben hättest, und diese Hoffnung verzehrt einen. Ich wollte Dich sehen, ich wollte Dich nicht mehr sehen. Ich schrieb ja schon, dass ich die Zügel nicht in der Hand hielt. Ich konnte die Grenzen auch nicht verschwimmen lassen. Vielleicht hätte ich Dich schützen müssen, vielleicht hätte ich klarer sein müssen, stärker sein müssen. Ich dachte, als es anfing zwischen uns, dass es ginge, sich fallen zu lassen, ohne zu landen.

Liebe Sophie. Dies sind die Worte einer sentimentalen alten Frau, die auf eine Vergangenheit zurückblickt, welche ihr noch stets nah ist. Vielleicht hast Du den Brief ja schon weggeworfen, ist das für Dich alles hohles Geschwätz, obwohl ich weiß, dass Du Worte liebst. Ich hoffe, dass Du mich darin sehen kannst, dass ich einen Teil unserer gemeinsamen Geschichte wiedergutgemacht habe. Oder zumindest neu erzählt. Die Vergangenheit ist im Allgemeinen biegsamer als die Gegenwart. Im Meer dessen, was war und was hätte geschehen können, waren wir beide ohnmächtig, auch wenn wir einander berührt haben. Licht macht Dinge sichtbar, zu viel Licht blendet. Es war zu hell für mich.

Nach Victors Tod sind wir nach Nizza gezogen, wo Louis' Familie ein Landhaus besitzt. Dort hat er Der grüne Weg *geschrieben, und ich habe Kindern Musikunterricht gegeben. Wir sind drei Jahre dort geblieben. Dann bekamen wir Heimweh. Ich glaube, wir haben einander hier knapp verpasst und Du bist in dem Monat, als wir zurückkamen, nach Russland gegangen. Vielleicht kommt mein Brief jetzt zu spät, ich hoffe nicht. Schreib mir, ja, schreib mir von dort, wo Du bist. Komm uns besuchen, wenn Du in der Stadt bist.*

Ich denke an Dich. Bis dann.

 C.

»Sophie, kennst du diesen Brief eigentlich?«

Im Radio geht es mittlerweile um Mautgebühren. Es kommt mir plötzlich ziemlich kindisch vor, noch mit Sophie zu reden. Ich klappe meinen Laptop auf und schreibe den Abschnitt über Gewaltlosigkeit noch einmal um. Dann verschicke ich die Datei.

26

»Guten Morgen! Sie kommen um Punkt neun Uhr zur Besichtigung. Meinst du, du kannst noch ein bisschen sauber machen? Thanks! B.«

Ich hatte vergessen, dass Interessenten kommen wollten. Im Pyjama räume ich alles, was herumliegt, in die Waschküche. Ich staubsauge, rücke die Teppiche zurecht. Berry ist mit dem Preis runtergegangen, aber ich kann mir nicht vorstellen, dass es Leute gibt, die dieses Haus kaufen wollen.

Um Punkt neun klingeln sie. Die Maklerin gibt mir die Hand und gönnt mir ein zuckersüßes Lächeln. Die Frauen stellen sich als Joke und Marijke vor. Sie tragen beide Parkas, praktisch und doch ordentlich, darunter dunkle Shirts und dunkle Hosen. Sie können genauso gut fünfundvierzig wie fünfundfünfzig sein. Einen Kaffee nehmen sie gern, gefrühstückt haben sie schon.

»Fantastisch«, Joke oder Marijke begutachtet die dunklen Balken.

»Viele authentische Details«, sagt die Maklerin. »Der Dachboden ist auch noch ganz im Originalzustand.«

»Es ist schon sehr abgelegen hier«, sage ich zu den Frauen, als sie nach dem Rundgang wieder vor mir stehen. »Und man ist hier nicht sonderlich tolerant.«

»Joke hat eine Stelle in Stevenen angeboten bekommen«, sagt Marijke (die blaue Ohrringe trägt). »Und ich bin dabei, eine eigene Yogapraxis aufzuziehen. Wir wollen schon sehr lange aufs Land, auch der Kinder wegen.«

»Untersuchungen zeigen, dass die Leute dort, wo sie häufiger mit bestimmten Rollenmodellen zu tun bekommen, ganz von selbst weniger intolerant werden«, sagt Joke.

»Wir werden gut für das Haus sorgen.« Marijke schaut nach draußen. »Und das ist die Scheune?«

»Mit Internet, Licht und Heizung«, sagt die Maklerin. »Der Umbau ist so gut wie fertiggestellt. Das wäre ein wunderbarer eigener Praxisraum.«

Im Garten nimmt Joke die im nassen Gras beinahe ausrutschende Marijke bei der Hand. Die Maklerin knipst das Licht in der Scheune an, sie streifen alle drei die Füße auf der alten Zeitung an der Tür ab.

Nachmittags erhalte ich eine SMS von Berry. »Juhu! Tut mir leid, Sam. Sie möchten gern zum ersten Januar einziehen. Deine Veranstaltung ist doch nächste Woche, oder? Das müsste dann gerade noch hinhauen. Ansonsten müssen sie eben noch eine Woche warten.«

Ein fröhlicher Smiley mit Luftballon. »Wir stoßen noch darauf an!«

Draußen ist der Regen in Schneeregen übergegangen. Es wird schon dämmrig, das Licht in der Scheune brennt noch, es macht die an den Scheiben hinabgleitenden Flocken weißer. Eine Yogaschule, Kinder, die hier die Treppe runterrennen, vielleicht kommt eine Schaukel in den Garten und ein Kaninchenstall.

Mein Handy piepst – Jona. Mein Herz, dieser unzuverlässige Geselle, macht einen freudigen Hüpfer.

»Eline erzählte, dass du eine Baumaktion organisierst. Soll ich auch kommen? Dann kann ich gleich meine Sachen mitnehmen.«

Der letzte Satz hebt den zweiten auf. Meine Mutter ruft an. Ich lasse das Handy auf dem Tisch vibrieren, greife erst danach, als sich die Mailbox meldet. »Hallo, Schatz, kannst du kurz zurückrufen? Dein Vater möchte wissen, ob wir im neuen Jahr noch Studiengeld zahlen müssen oder ob du jetzt ganz fertig bist.« Eine Wohnung, denke ich. Ein Job, notfalls Freiwilligenarbeit, aber zuerst eine Wohnung, in Amsterdam findet man nichts, aber hier kenne ich niemanden. Meine Gedanken fächern sich auf, führen zu immer wieder anderen Gedanken, die Sorgen umkreisen mich, die langen, geraden Finger nach mir ausgestreckt, und die Minuten dauern um vieles länger, als gut und real wäre.

Ich gehe nach draußen, um in der Scheune das Licht auszumachen. Im Haus fällt das Eis von meinen Profilsohlen, kleine Schollen, die sofort zu schmelzen beginnen.

27

Am Mittwoch klingelt es schon früh am Morgen. Der Nachbar, der Tierpräparator, steht vor der Tür. Er ist im Trainingsanzug, obwohl es draußen ziemlich ungemütlich ist, und hat einen Strauß Blumen dabei. »Ist die andere Dame nicht da?«

»Jona musste wieder zur Arbeit. In Amsterdam. Sie wollte vielleicht kommen, aber ich glaube, eher nicht.«

»Schade.« Er nippt am Kaffee. »Ist die Milch noch gut?«

»Das ist Hafermilch.«

Er nickt und nippt weiter, ohne eine Miene zu verziehen.

»Ich stelle mal eben die Blumen ins Wasser.«

»Gladiolen.«

In der Küche schicke ich Eline eine App. »Der Nachbar ist schon da. Bist du in der Nähe?«

Sie schickt ein Smiley zurück. »Fast. Viel Erfolg!«

»Eline erzählte, dass Sie Tiere ausstopfen.« Ich setze mich wieder an den Tisch.

Er erzählt, dass das ein Hobby sei. Er habe schon in jungen Jahren damit angefangen und sei derzeit einer der besten Präparatoren in den Niederlanden. Er ziehe oft schon frühmorgens los, um sich nach toten Tieren umzuschauen. Am schönsten seien sie, wenn sie eines natürlichen Todes gestorben sind, wenn das Herz versagt hat, aber auch angefahrene Tiere seien oft noch gut zu gebrauchen. Überfahrene natürlich nicht, die wären zu stark beschädigt.

»Huhu! Ist jemand da?«

»Ich wusste gar nicht, dass du so ein Aktivist bist«, sage ich. Berry küsst mich dreimal. Er trägt einen großen Pelzmantel, der nach Schimmel riecht – ich hoffe nur, er ist nicht echt.

»Mensch, Simon, dich hätte ich hier nicht erwartet«, sagt er.

Durch die Haustür kommt ein schwanzwedelndes Wesen herein. »Winter, du lieber Kerl.« Er umkreist meine Beine, drückt die Schnauze in meine Hand.

Ich umarme Eline. »Möchtet ihr Kaffee?«

»Ich hol ihn.« Berry geht in die Küche.

Eline zieht ihr Handy aus der Tasche. »Es haben sich jetzt, mal schauen, vierhundert Leute zu der Aktion angemeldet. Das heißt noch nicht viel, oft kommen dann doch weit weniger. Aber ich schätze, dass wir mindestens fünfzig sein werden. Mit Tendenz Richtung siebzig.«

»Und die Presse?«

»Das müssen wir noch abwarten. *Het Noordelijk Nieuwsblad* kommt sowieso, und der Lokalanzeiger auch, vielleicht die NOS, vielleicht *Trouw*. Wenn das Ganze ein Erfolg ist, werden auch die Übrigen kommen.«

Simon und Berry gehen vorneweg – ein schmächtiger Mann im ollen Trainingsanzug neben einem imposanten Pelzmantel. Eline hakt sich bei mir unter. Nebel hängt noch zwischen den Bäumen, Winter trippelt neben uns her. Er sieht etwas in der Ferne, bleibt stocksteif stehen – ein Strunk, kein Kaninchen.

»Und jetzt?« Berry dreht sich um, zieht seinen Mantel etwas fester um sich.

Ich gehe ihnen voran zu den Kastanien. Die sind am fotogensten und werden als Erste dran glauben müssen.

Eline schaut auf ihr Handy. »Wir haben noch gut zwanzig Minuten, bis sie kommen.«

Über das Feld nähert sich die Frau vom Supermarkt. Sie trägt Crocs mit dicken Fleecesocken darin. »Hier.« Sie drückt mir einen Kuchen in die Hände. »Ich habe auch eine Thermoskanne Tee für euch.«

»Simon?«

»Mensch, Machteld. Lange nicht gesehen, Mädchen.«

Berry befühlt die Bäume. »Angenehm eigentlich.«

Simon klappt seinen Angelhocker aus. »Hast du auch Becher?«

Machteld nimmt auf dem Hocker Platz und gießt den Tee in weiße Wegwerfbecher. Ich verkneife mir eine Bemerkung dazu.

Ein Mann in langem Regenmantel und Regenhose darunter, eine große Kamera um den Hals, tritt zu uns. »De Vries, von *Het Zettertje*. Klar zum Gefecht?«

Winter hat Thomas früher bemerkt als wir und rennt ihm entgegen. »Die anderen kommen auch. Wir haben den Bus beim Haus abgestellt, einige brauchten noch eine Pinkelpause.«

»Kommen sie mit dem Bus in den Wald?«

Thomas schüttelt den Kopf. »Ich glaube, das sind die Waldarbeiter.«

Okay. Alle schauen erwartungsvoll zu mir auf.

»Ich fange einfach an«, sage ich und lege die Arme um die Kastanie vor mir. Ich schließe die Augen, höre, dass de Vries Fotos macht.

Stimmen kommen näher, ein Motor wird abgestellt. Noch mehr Stimmen.

»Was soll das denn? Wir müssen hier arbeiten.« Ich lasse die Augen zu, minutenlang. Eline erklärt, dass wir protestieren, in der Ferne höre ich weitere Stimmen. Eine Autotür fällt zu, Simon fragt, ob noch jemand ein Stückchen Kuchen möchte.

»Sam?« Eline tippt mir auf die Schulter. »Du solltest mal eben die Augen aufmachen.«

Alle Bäume, die ich sehen kann, werden umarmt – ich erkenne Freunde von Thomas wieder und ein paar Leute von dem Trostwochenende. Dann sind da noch Dorfbewohner, berufsmäßige Aktivisten, halbwüchsige Punks, zwei Frauen in indischen Tüchern und ein paar Naturfreunde. Winter liegt zu meinen Füßen. Die Waldarbeiter stehen ein paar Meter entfernt – der dickste hat ein Handy am Ohr, die Übrigen gucken nur.

Ein paar Stunden später ist richtig viel los – so gut wie alle Bäume des Waldes werden jetzt beschützt, sogar die Buchen in dem Wäldchen weiter hinten. »Buchen sind erst mit achtzig bis hundertfünfzig Jahren geschlechtsreif, sie können ohne Weiteres vierhundert werden«, erzähle ich dem Reporter von der *NOS*.

Ein paar ältere Frauen aus dem Dorf haben Thermoskannen mit Tee und Kaffee, belegte Brote und Kuchen mitgebracht. Ein hochgewachsener Mann in grünem Overall kommt mit großen Schritten auf uns zu. »Wer ist hier der Anführer?«

Simon zeigt auf Eline, Eline bringt den Mann zu mir.

»Was soll der Scheiß hier?«

»Das ist ein Protest.«

»Protestieren kannst du bei der Gemeinde. Wir sind hier die Ausführenden.«

»Die Gemeinde ist herzlich eingeladen, sich das hier anzusehen.« Ich lehne mit dem Rücken am Baum und umarme ihn, als der Mann einen Schritt auf mich zu macht. »Bleiben Sie mir vom Leib. Sonst rufe ich die Polizei.«

Eline steht neben uns und greift zu ihrem Handy. Thomas tritt auch zu uns. »Ich filme das alles.«

»Hallo, Liebes!« Mein Vater trägt Gummistiefel und eine grüne Pudelmütze. »Was für eine gute Aktion! Deine Mutter hat Apfeltaschen mitgebracht. He, was machen Sie denn da?«

Der Mann geht einen Schritt zurück. »Na gut, dann kommen wir morgen wieder.«

»Wir bleiben hier.«

Auf dem Rücken seiner Jacke ist das Logo seiner Firma zu sehen, ein kleiner durchgestrichener Baum.

Meine Mutter hat fünf Papiertüten mit Apfeltaschen bei sich. Eline zeigt ihr auf ihrem Handy, dass die Reportage schon in den Nachrichten ist. Eine Gruppe Jugendliche in hippen Outfits trifft ein – Thomas scheint sie aus seinem Lokal zu kennen. Sie studieren Future Planet Studies und haben Campingsachen dabei.

»Wow«, entfährt es mir unwillkürlich.

Berry macht auf einem Campingkocher Suppe warm. »Gut gemacht, Mädchen. Nettes Happening.«

»Wie geht es jetzt weiter?«, fragt Simon.

»Ihr könnt nachher ruhig nach Hause gehen.«

Er salutiert.

Eines der Mädchen aus der neu eingetroffenen Gruppe greift zur Gitarre und fragt, ob jemand was dagegen hat, wenn sie singt. Berry reicht mir eine warme Suppe.

Ein schwarzer Hummer-Geländewagen kommt über das Feld gefahren. Der Mann, der aussteigt, trägt Anzug und Regenstiefel. Er stampft auf das singende Mädchen zu. »Was ist das hier?«

Das Mädchen spielt ungerührt weiter. Der Junge neben ihr erzählt, dass es sich hier um einen Protest handle.

»Das war mir klar.« Der Mann läuft zu Berry und Simon. »Habt ihr was damit zu tun?«

»Tag, Willem«, sagt Berry. »Sam, der Bürgermeister möchte dich sprechen.«

Aus der Nähe sehe ich die geplatzten Äderchen auf der Nase des Bürgermeisters.

»Morgen früh fangen wir mit dem Fällen der Bäume an. Egal wie. Also seht zu, dass ihr dann weg seid.«

»Wir werden morgen früh da sein. Und übermorgen. Und am Tag danach. So lange, bis die Bäume nicht mehr in Gefahr sind.«

»Dann werde ich entsprechende Schritte unternehmen. Noch bin ich kulant.« Er schiebt sich ein paar blonde Locken aus dem Gesicht.

»Wir wollen auch, dass der Wald stehen bleibt.« Machteld kommt dazu. »Ich habe hier früher gespielt. Mit Simon und Thea und Mieke. Du bist gar nicht von hier.«

Es wird langsam dämmrig. Während Machteld dem Bürgermeister die Meinung sagt, stellen die Studenten ein Armeezelt auf. »Seid ihr euch sicher?«, frage ich. »Ihr könnt auch drinnen schlafen.«

»Wir werden einen Stundenplan aufstellen müssen, wenn das länger gehen sollte.« Thomas klappt seinen Laptop auf.

»He.« Eine Hand auf meiner Schulter. »Das ist ja toll.«

»Was machst du denn hier?«

Jona zuckt mit den Schultern. »Ich wollte einfach mal gucken, was du machst. Den Bäumen helfen. Ich hab was zu essen mitgebracht.«

»Wir sind gut versorgt.« Ich zeige auf den improvisierten Tisch ein Stück weiter weg.

Thomas stellt ein Iglu-Zelt für mich auf. Es treffen noch ein paar Leute mit einem Transparent von der Baumföderation ein, die ebenfalls ihr Zelt aufstellen.

»Ladies and gentlemen.« Berry steht mit erhobenen Armen am Waldrand. »Folgen Sie mir. Wir gehen ins Warme.«

Thomas zeigt mir das Zelt. »Dieser Schlafsack hält bis minus fünfzehn Grad warm. Na, so kalt wird es wohl nicht werden. Wir sind morgen um sieben wieder hier, für den Fall, dass sie früh kommen. Wenn was ist, ruf an.«

Jona nimmt das Essen mit ins Zelt.

»Bleibst du über Nacht?«

»Willst du das nicht?«

Ich sehe sie an.

»Dann gehe ich mit zurück.« Sie setzt sich auf die Luftmatratze.

Am nächsten Morgen schneit es, zum ersten Mal seit Jahren.

Die Originalausgabe erschien 2019 unter dem Titel
»Voorwaarts« bei Cossee, Amsterdam.

FSC
www.fsc.org
MIX
Papier | Fördert gute Waldnutzung
FSC® C104608

Penguin Random House Verlagsgruppe FSC® N001967

1. Auflage
Deutsche Erstveröffentlichung August 2023

Umschlaggestaltung: semper smile, München
Umschlagmotiv: © shutterstock/Alex_Murphy; Kate Macate;
Victoria Sergeeva; rraya; Olga Korneeva; stockvit
Satz: Uhl + Massopust, Aalen
Druck und Einband: Nørhaven Book A/S
MA · Herstellung: sc
Printed in Denmark
ISBN: 978-3-442-77328-2

www.btb-verlag.de
www.facebook.com/penguinbuecher

Melissa Barbeau

Meeresleuchten

Roman

272 Seiten, btb 77213
Aus dem Englischen von Ute Brammertz

»Ein atemberaubendes Debüt!«
The Fiddlehead

Neufundland: Das Forscherteam einer nahe gelegenen Universität hat in einem kleinen Hafen eine Forschungsstation eingerichtet, um das geheimnisvolle Phänomen des zuletzt häufig auftretenden Meeresleuchtens zu untersuchen. Der jungen Meeresbiologin Vivienne geht durch Zufall ein der Wissenschaft unbekanntes Wesen ins Netz: eine Art Fisch, doch Vivienne fühlt sich sofort emotional mit dem Wesen verbunden, das weibliche Merkmale trägt und offensichtlich zu starken Empfindungen fähig ist. Als Viviennes Vorgesetzte versuchen, die unglaubliche Entdeckung für ihre Zwecke auszunutzen, droht die Kreatur zu sterben, und Vivienne muss eine Entscheidung treffen.

btb